小情歌
第二季
-01-

风声晚凉
作品

云深不知处

贵州出版集团
贵州人民出版社

图书在版编目（CIP）数据

云深不知处 / 风声晚凉著. —— 贵阳：贵州人民出
版社，2016.9（2020.3重印）
ISBN 978-7-221-13431-8

Ⅰ.①云… Ⅱ.①风… Ⅲ.①长篇小说－中国－当代
Ⅳ.①I247.5

中国版本图书馆CIP数据核字(2016)第192726号

云深不知处

风声晚凉 著

出 版 人　苏　桦
出版统筹　陈继光
选题策划　杜莉萍
责任编辑　唐　博
流程编辑　潘　媛
特约编辑　廖晓霞
装帧设计　刘艳昆词
出版发行　贵州人民出版社（贵阳市观山湖区会展东路SOHO办公区A座，
　　　　　邮编：550081）
印　　刷　三河市华东印刷有限公司
开　　本　880×1230毫米　1/32
字　　数　198千字
印　　张　8
版　　次　2016年10月第1版
印　　次　2016年10月第1次印刷
　　　　　2020年3月第2次印刷
书　　号　ISBN 978-7-221-13431-8
定　　价　42.00元

目录

目 录

── 第一章 ──

我遇见了这样一个少年，他不知道他是我的奇迹、我的光

YUNSHEN
BUZHICHU

1. 姜雪微，穷就可以不要脸吗

流火七月，C市一家好乐迪KTV的豪包里，一群中学生正在聚会，有人唱歌，有人玩游戏，有人聊天拼酒，好不热闹。

袁青霜玩骰子输了，被罚喝酒，她不敢喝，她一喝酒就脸红，难看死了，而且虽然中考结束，爸妈允许她跟同学疯玩，但喝酒这种事，是被绝对禁止的。

她后悔极了，又不好意思不服输。

"阿深，帮我个忙好不好？"她眼珠一转，凑到旁边的叶云深耳边问他。

叶云深正心不在焉地在听歌，斜眼看了她一下，随口答应了。

"耶！"她高兴地拍掌，把啤酒举到叶云深面前。

他二话不说，举杯饮尽，然后把杯子还给她。

有人鼓掌欢呼，有人暧昧地起哄："不带这样的，怎么能找外援呢，这是欺负我们没有帮手啊。"

　　袁青霜假装生气，笑着去打那人，心里却觉得甜蜜。

　　她和叶云深从小学到初中都是同班同学，双方父母是生意场上的伙伴，两个人除了上学时天天见面，假期也会跟着父母出席各种宴会，可以称得上是青梅竹马。

　　叶云深对于旁人的起哄不做任何回应，这几年来，他早已经习惯了。刚开始，他会一本正经地解释，但没人相信，他有种越抹越黑的感觉，索性什么都不说了，随便吧。

　　他对袁青霜确实比对别人要好些，但这只是因为跟她更熟悉，把她当成自己的一个朋友、一个玩伴而已。

　　袁青霜满脸笑意地把杯子放下，其他人要开始下一局游戏，她连连摆手："不玩了不玩了，我玩不过你们。"刚拿起手机，手机振动起来，有来电。

　　她出了包间，几步走到安静的地方，才接通了电话。

　　"喂，哪位？"

　　"霜霜，我是微微，我在 C 市，有点事想找你，我们可以见个面吗？"

　　"我跟同学在外面玩呢，我给你地址，你过来吧。"

　　挂了电话，袁青霜回到包间，点了一首她最喜欢的歌，排队等歌的人太多，她没好意思插到最前面，但还是一番调整，把自己的歌放到了比较靠前的位置。

　　等了几首歌之后，终于轮到她。她唱的是《钟无艳》，站在小小的舞台上，眼睛似乎看着屏幕上的歌词，其实注意力都在叶云深身上。

　　这是她第一次在他面前唱歌。

　　大多数时候，一个女生在一个男生面前唱歌，选的那首歌，一定是有特别意义的，绝不会是随便选的。

叶云深像之前听其他人唱歌一样，没有任何特别的表情，袁青霜有些失望，但又在意料之中。唱到那句"我甘愿当副车，也会快乐着唏嘘，彼此这么了解，难怪注定似兄妹一对"时，突然有人推开包间的门。

大家以为是哪个同学出去上厕所又回来，都没在意，甚至没人抬头。

但那人却站在门口，并不进来。外面的噪音一下子传进来，有人看向门口，袁青霜也皱眉看过去，却看见一个有些熟悉又有些陌生的女生站在那里。

"这谁啊，找错房间了吧？"有人说道。

女生有些怯生生地站在那里，慌乱地扫视了房间一圈，最后目光定格在站在舞台上的袁青霜脸上。这时候所有人的目光都已经落在她身上，使她更加不自在，她犹豫了一会儿，歪着头探着身子看着袁青霜："霜霜，是我，姜雪微。"

是刚才给她打电话的姜雪微。

因为已经太久没见面，袁青霜对她的样子已经有些陌生了。

袁青霜冲她点点头示意自己知道了，想继续把歌唱完，但她却还站在那里，小心翼翼地看着她："霜霜，你可以出来一下吗？"

袁青霜一下子就不高兴了。她好不容易在叶云深面前唱首歌，却被打断。只是大家都看着，她只好放下麦克风走到门口："都是我同学，没事，进来坐吧。"

姜雪微从来没来过这种地方，有些拘谨，但还是依言坐下。

有大胆的男生凑上来："你朋友啊？介绍下呗。"

袁青霜更不高兴了。

跟姜雪微几年未见，袁青霜没想到她会出落成如今这亭亭玉立的模样，虽然穿着一条上不了台面的旧裙子，但依旧如初夏含苞待放的荷花一般清丽。

她念着小时候的情谊，耐着性子问姜雪微："找我什么事啊？你怎么来C市了？"

本来拘谨着的女生，一下就红了眼眶，她有些不好意思地垂下头，小声说："我奶奶生病了，现在在省医院治疗……"

因为她的突然到来，其他人的注意力都被吸引了，虽然不好意思直接围过来，但玩游戏的都玩得心不在焉，歌也没人唱了，大家声音小了很多，或多或少都竖起耳朵在听这边的动静。

袁青霜点点头表示自己在听，示意姜雪微继续说。姜雪微吞吞吐吐半天，终于鼓起勇气说："霜霜，你能不能……借我一些钱……"

坐在袁青霜旁边的是她最好的朋友凌乐，她一听这个陌生的女生提出这个要求就咋呼开了："你奶奶病了，你爸爸妈妈会管啊，为什么来找青霜借钱？很奇怪的好不好！"

姜雪微的脸红得发烫，她惶恐地一个劲道歉："对不起……我知道我这么做不合适，你帮了我那么多，我还没来得及回报，就又来找你，真的很不应该……可是……可是我实在没有别的办法了，只能来找你……"

"我理解我理解，"袁青霜好声好气地说，"只是，微微，你也得知道，我家的钱也是爸爸妈妈辛苦赚回来的，不是从天上掉下来的。之前在电话里我就跟你说过了，最近我们家生意也不太好，没有闲钱了，所以我以后都不能再资助你了。再说你也快十六岁了吧？不是小孩子了。"

虽然袁青霜诚恳地看着姜雪微，语气也很轻柔，但她那些话，却像利剑，字字都戳向姜雪微早已脆弱不堪的自尊。

姜雪微第一次见袁青霜时，她们都才只有十岁。

那年袁青霜妈妈的单位搞了个下乡送温暖的活动，把袁青霜也带上了。因着住宿不方便，但自然环境不错，单位索性买了一批帐篷，大家都住帐篷。

乡下孩子没见过世面，看什么都觉得稀奇，一群一群的小孩凑过来看他们搭帐篷，在帐篷旁边跑来跑去地嬉戏。袁青霜站在妈妈身旁看着那些脏兮兮的连鼻涕都没擦干净的小孩子，一脸嫌恶。

妈妈推她："去跟小朋友们一起玩吧。"

她摇头，心想，脏死了，我才不去呢。

这时候，姜雪微出现了。她穿着有些旧但却干净整洁的裙子，梳两条好看的辫子，脸蛋光洁，安静而羞怯。

在一群脏兮兮的疯跑个不停的孩子里，她的安静、她的干净、她初露的少女模样，是那么美好，一下子吸引了渴望有个玩伴的袁青霜。

两个年龄相当的女孩子迅速成了好友，姜雪微带袁青霜抓蝴蝶、摘桑葚、看星空，袁青霜则给她展示自己带来的课外书、小饰品、各种零食。

姜雪微带袁青霜去过自己家一次，她家小而旧，但收拾得很干净。姜妈妈上班去了，不在家，奶奶正坐在屋檐下用竹子编筲箕，面前堆着几个编好的筲箕，脚下还有一堆竹条。看见姜雪微带着袁青霜来了，她急忙站起身，拍拍藏蓝色围裙上的灰，热情地招呼道："来来来，小姑娘，快进来坐，奶奶给你拿好吃的。"

袁青霜赶紧摆手："谢谢奶奶，我不吃。"她无法想象奶奶那双满是裂纹的手会从那间阴暗的厨房里拿出什么样的食物，无论是什么，她都是不敢吃的，但是她又不想姜雪微难堪，于是干脆拉着她的手往外跑，一口气跑出好远，一直跑到那棵大银杏树下才停下来。

"微微，你爸去哪儿了？"袁青霜问。

"奶奶和妈妈都说爸爸去打工了，但我知道不是。爸爸已经两年没有回来过了。我听周围的邻居说过，他是嫌家里负担太重，扔下我们跑了。"姜雪微说话的时候，大眼睛忽闪忽闪的，像是有泪光在闪烁。

袁青霜最喜欢自己的爸爸了，爸爸很宠她，妈妈不许她做的事，不许她买的东西，爸爸总是偷偷满足她，她无法想象一个没有爸爸的小朋友该有多可怜。

临走时，袁青霜带着妈妈来到姜雪微的家，对她说："微微，我要走了，但以后放假我会来看你的。这些是我的压岁钱，你拿着。"她拿出一个信封递给姜雪微。

姜雪微的妈妈和奶奶都在，她们十分不好意思地推辞："这怎么行呢，你们这次来已经给我们带来很多东西了，不能再要你们的钱了。"嘴上虽然这样说，手上却没有任何动作，因为那些钱，她们实在很需要。

十岁的姜雪微已经有了属于一个小女孩的自尊心，她知道她不能收袁青霜的钱，但她更清楚，再过一个多月就开学了，需要钱交课本费，她也知道，妈妈要去单位的仓库里清点很久很久的货物，奶奶要编很多很多的竹制品，才能赚到信封里那些钱。

她有属于自己的自尊，虽然家里穷，但她的衣服总是干干净净的，头发总是梳得漂漂亮亮的。虽然她清楚地知道，她和袁青霜的家境有天壤之别，她也曾偶尔羡慕过她，尤其在那些漂亮的裙子、丰富的书本、五彩的饰品、琳琅满目的零食面前。

但，仅此而已。

她从来没奢望过自己也能过上那样的生活，更没妄想过要从袁青霜那里得到任何不属于自己的东西。她只想好好念书，快快长大，找一份好工作，多赚点钱，让妈妈和奶奶不要那么辛苦，能跟着她享享福。

可在这个信封面前，她深深懂得了贫穷的滋味。也许，贫穷的人，是没有资格讲自尊的。

所以她露出一个甜甜的笑容，接过那个信封，对袁青霜和袁妈妈鞠躬："谢谢，谢谢你，霜霜，谢谢您，阿姨。"

"这孩子真懂事。"袁妈妈微笑着摸摸她的脑袋。

"微微，以后每个月我都会给你寄生活费，你要好好学习，多看书，争取考上一个好的初中。"袁青霜小大人一般叮嘱姜雪微。

"嗯！我会的。"姜雪微重重地点头。好好学习，是她改变命运的唯一途径。

那以后，袁青霜真的每个月都给姜雪微寄钱，数额不定，有时候多点，有时候少点，但对姜雪微来说，再少，也是很大的帮助了。

后来袁青霜来看过她两次，一次是妈妈的单位回访，一次是次年暑假。两个女孩子久别重逢，要好得随时手牵手，恨不得连睡觉都不分开。姜雪微的同学都知道她有个要好的朋友，在省城最好的学校上学。

但再后来，假期里袁青霜总是忙着上各种才艺培训班，或者忙着跟爸爸妈妈旅行，再也没来过了。

不过她们偶尔会通电话，上初中以后，姜雪微也会在计算机课上登QQ，看袁青霜贴在空间里的那些旅行照片。初二这年，为了方便联系，妈妈给姜雪微买了部便宜的手机，她终于可以经常上QQ了，只是袁青霜已经很少和她交谈了。

初三毕业后，很久没来电话的袁青霜突然打来电话，说她以后都不能再给她寄钱了，很抱歉。

反倒是姜雪微一个劲地安慰她："没关系，你帮了我这么多已经足够了，真的，已经很好很好了。"

　　其实姜雪微不知道，袁青霜做事情向来三分钟热度。一开始她们俩要好，她是真心真意想要资助姜雪微的，可是后来长久不见面，感情淡了，她也就懒得继续这件事了。

　　还是妈妈每个月督促她省出一部分零花钱寄过去，因为妈妈希望她做一个讲信用的女孩子，承诺过的事情就要办到。

　　中考后，同学聚会不断，大家约着到各个地方去玩，吃吃喝喝送礼物，需要花很多钱，袁青霜不仅没有省下零花钱，还经常找爸爸偷偷补贴。妈妈再催她给姜雪微寄钱，她就理直气壮地说："她都这么大了，又不是小孩子了，可以自己打工赚钱了吧。"妈妈想想也是，就不再管她了。

　　本来以为这件事就此告一段落，却没想到，才过了一个月，姜雪微竟然就找上门来要钱了。

　　"对不起……我知道不应该……可是我真的没有别的办法了，你能不能……先借我一些钱，让我先把奶奶的医药费预缴了，让她可以继续接受治疗？我已经在做兼职了，我会努力赚钱还给你的。"姜雪微十分着急，低声哀求道。

　　袁青霜还没开口，凌乐抢先说话了："原来你就是那个姜雪微啊……青霜已经资助你这么多年了，你还不知足，还好意思找上门来要钱？"

　　凌乐的声音很大，像是生怕其他人听不见似的。早就充满好奇心的众人这时也不再对自己的八卦心态加以掩饰，都停了手里的事，甚至有人把音乐也按了暂停，全都望着沙发上的姜雪微。

　　"怎么回事啊？"有人问道。

　　凌乐这算是来了兴趣，把她知道的事添油加醋地讲给众人听，重点突出了袁青霜是怎样每个月省下零花钱寄给姜雪微的，袁青霜多么不容易地默默坚持做了五年多的慈善而没有告诉别人，面前这个贫穷的女生是多么不知足，在袁青霜停止资助之后竟然恬不知耻地找上门来要钱。

在座的几个女生马上群情激奋了。

"喂，怎么有你这种人啊？人家帮你是情分，不帮你也是本分啊。"

"是啊，一点都不懂得感恩。"

"你这么大了，好手好脚的，需要钱为什么不自己去赚？"

"你没有父母的吗？还是你父母和你一样，只知道靠别人施舍过活？"

"啧啧啧，看起来斯斯文文的，居然这么好吃懒做，狼心狗肺。"

"做人不能这么不知足啊。"

在她们的议论声中，姜雪微始终低着头不发一言，她不想解释什么，但她希望袁青霜可以说点什么，毕竟，她的情况，她应该是知道的。可旁人的话越来越难听，袁青霜却始终冷眼旁观，沉默不语。

在这样无穷无尽的沉默里，姜雪微的心越来越慌，来时她是信心满满的，毕竟她们是那么好的朋友，可现在……她害怕自己空手而归，害怕奶奶的医药费没有着落。终于，她站起身，然后，面向袁青霜跪下来："霜霜，求求你，看在我们认识这么多年的份上，看在我们小时候的情分上，帮帮我，帮帮我奶奶……我不想失去奶奶，我不能失去奶奶……只要你帮我这一次，以后我愿意为你做任何事……"

所有人都被她下跪的举动惊呆了，袁青霜也愣住了，下意识站起来，失声道："微微，你干什么？"

"求你，霜霜，求你帮我最后一次……"姜雪微努力控制自己，但眼眶已经微微发红。

"你先起来。"袁青霜伸手来扶她。

她不肯起来，袁青霜不耐烦了，站直身子，正要说什么，旁边的凌乐抢着开口了："喂！别以为你下跪了青霜就要妥协，你这算什么啊，要挟吗？等下是不是还要上演一哭二闹三上吊？可笑！"

袁青霜听了这句话，又恢复了高高在上的姿态，双手抱臂，冷冷地站着。

又是沉默，令人难堪的沉默。

不知道过了多久，她终于开口了，语气里全是疏离和冷淡："对不起微微，我真的帮不了你。你还是走吧。"

姜雪微紧紧咬住下唇，应了声"嗯"，然后站起身，对她微微鞠躬："谢谢你，今天真是打扰了。"说完，低着头往外走去。

走到门口，她用力拉开那扇沉重的木门，走出去，再轻轻把门带上。

外面全是各个包间传出来的唱 K 的声音，从刚才那诡异而难堪的安静里走到这样嘈杂的环境里，姜雪微松了一口气，可眼睛却酸涩得厉害。

她并不是因为那些难听的议论而难过，那些人，不过是些不相干的陌生人罢了。让她难过的是，霜霜已经不是从前的霜霜了，她脸上的冷漠和不耐烦，是那么陌生。

除此之外，她更难过的是，奶奶的医药费，仍然没有着落。

相比来时的满怀希望，现在，她的步伐变得那么沉重。

奶奶还在医院等着她呢。妈妈忙着上班挣生活费，照顾奶奶的重任就落到了她的肩头，幸好已经放暑假了。

昨天，医院催她缴费，之前预缴的医药费已经花完了，必须再预缴钱，才能继续治疗，否则就要收拾东西回家。

她想起奶奶满是皱纹的温柔的笑容："微微，不要为了奶奶这么辛苦，奶奶会难过的。奶奶没用，不能给你好的生活，还要拖累你们娘俩。"

她对奶奶扬起灿烂的笑容："不辛苦，一点都不辛苦。只要和奶奶在一起，就是好的生活。"

她说的是真心话。在他们那个还有些重男轻女思想的小地方，奶奶对她这个孙女简直是疼到了骨子里，想办法给她做好吃的，尽量不让她干活，谁欺负她了，奶奶一定第一时间冲出来，拿竹条追得那人到处跑。所以，再难的生活，只要有妈妈和奶奶陪着，她就是幸福的。

"唉，都怪我，没把儿子教好……我对不起你们娘俩……"奶奶说着说着，又开始抹眼泪了。

对爸爸扔下一家人跑了这件事，奶奶一直很自责，觉得是她没有教育好自己的儿子。

"好啦奶奶，别胡思乱想了，这么多年我们不也好好的吗？你好好养病，配合治疗，医药费的事我来想办法。"

姜雪微慢慢往外走，想着昨天自己跟奶奶的对话，心里十分难受。该怎么办呢？还有什么办法？因为奶奶的病，家里仅有的积蓄花完了，妈妈能借的都借遍了，自己做兼职能结的工资也都结了，还有什么办法可想？

"姜雪微？"有人在身后喊她。

她回头，看见一个陌生的男孩子。

"我这儿有些钱，你先拿着吧。"男生从包里摸出一沓钱递给她，"对不起，我今天只带了这么一点钱，你拿着。"

"你是……"姜雪微一头雾水。

"我是袁青霜的同学。"男生悲悯地看着她，把钱放到她手里，"拿着吧。"

袁青霜紧紧攥着那些钱，感激得眼泪都快出来了。她深吸一口气，对他鞠躬："谢谢你，谢谢，谢谢……你叫什么名字？我会还给你的。"

不要问她为什么接受一个陌生人的施舍，骄傲、自尊，那都是昂贵的东西，她要不起。她只知道，这些钱至少有两千块，又可以让奶奶多接受几天的治疗了。

"不用了，好好照顾你的奶奶吧。"男生转身就要走，走出两步，又停下来，叹了口气，低声说，"以后，不要轻易给人下跪了。"

这么简单的一句话，却让姜雪微泪眼模糊。她深吸一口气，让自己平静下来，问道："那你可以告诉我你的名字吗？"

"叶云深，只在此山中，云深不知处的云深。"

"叶云深，谢谢你。"姜雪微再次对他深深鞠躬。他已经往回走了，并没有看见她的鞠躬，但她仍然久久没有起身。

没有人知道此刻的她对他有多么感激，也许这对他来说不过是举手之劳，但对她来说，他却不亚于她的救世主，她恨不得对他跪拜，以表达自己的感激之情。

2. 他再不会撒娇任性

很快，叶云深就把这随手的善举忘在脑后。他并不热衷于慈善，也不会随便拿钱帮助陌生人，只是姜雪微为了自己的奶奶而哭着哀求别人的样子，被人羞辱还默默忍受的样子，为了奶奶甚至给人下跪的样子……这些，都让他想起往事，所以才对她动了恻隐之心，才会装作出去上厕所，追上去把身上的钱全部给了她。

天气太热，大概是空调吹多了，叶云深感冒了。在附近的诊所开了药，吃了几天不见好，因为咳嗽的感觉实在太烦人，他终于忍不住去了离家最近的省医院。

他没想到会在这里遇见姜雪微。

她一副失魂落魄的样子，跌跌撞撞地走在人群里，完全没注意到他。他犹豫片刻，终究还是有些不放心，于是跟了上去。

她穿过人群往外走，走着走着，眼泪就落下来，终于走到一个没人的角落，她在一棵树下蹲下来，抱着膝盖开始放声大哭。

他远远地站着，不敢走上去惊扰她。她一直哭一直哭，哭了好久，那哭声里的悲伤，让他跟着红了双眼。

他又忍不住想起很久以前那个小小的自己。他也曾经这样放声大哭过，但，那已经是多年前的事了。

因为父母忙着做生意，叶云深是被奶奶带大的。奶奶是 C 大教授，丈夫去世后独身多年，退休后又被学校返聘，住在学校的教师公寓。在他的记忆里，小小的两室一厅总是收拾得干净整洁，餐桌上时常插着一束鲜花。

奶奶家有很大一面书柜墙，还有一架钢琴。小时候，叶云深做得最多的事情就是看书和弹琴。别的小孩儿都在外面疯玩，他却沉浸在书和音乐的世界里，丝毫不觉得枯燥。

奶奶课多的时候，祖孙俩就去食堂吃饭。不上课的时候，奶奶会给叶云深做简单的家常菜。奶奶做好饭后叫他洗手吃饭，他放下手里的书跑到餐桌前，是他最快乐的时光。

说也奇怪，虽然年纪小，但他不怎么想爸爸妈妈。爸爸妈妈每次来看他，都会买很多东西，各种零食和玩具摆了一桌子，像是在弥补不能陪在他身边的愧疚。每次爸妈走后，他都把零食拿出去分给楼里的其他小朋友，玩具则扔在墙角，有些甚至连包装都不会拆开。

　　他的性子大概是遗传了奶奶，沉稳、安静，小小年纪就有了属于自己的对事物的认知和喜好。他的世界足够丰富，不需要父母用零食和玩具来弥补。

　　直到九岁那年，奶奶去世。

　　奶奶是突然生病的，他看着父母匆匆赶来，把奶奶送进医院，心里全是恐慌。之后只过了几天，奶奶就去世了。

　　他永远记得那天，医生对他们宣布奶奶死亡，他冲进病房趴在奶奶身上，死死地抓着她的胳膊，不肯放手。无论爸爸妈妈和医护人员怎么劝说，他就是不肯放手。那是他这么大以来第一次感觉到深深的害怕。他明白什么叫死亡，只是不能接受它降临在他最爱的最依赖的人身上。他害怕，怕他一放手，奶奶就会永远离开他。

　　他可以没有爸爸妈妈，却不能没有奶奶。他怕以后再也不会有人教他弹琴，给他讲故事，为他做饭。他怕以后的日子里，再也没有人为那个玻璃花瓶换上新鲜的花束，他怕以后的夏天，再也没有人为他将西瓜切成小块小块的方便他吃，他怕自己被蚊子咬了，再也没有人心疼地吹吹他的蚊子包，细心地涂药止痒……

　　他从来没有如此害怕过。他怎么可以放手，怎么可以让奶奶离开自己？

　　但爸爸最终还是强行把他抱离奶奶身边。他的手指被一根根掰开那一刻，他终于爆发出惊天动地的哭声，他一直哭，号啕大哭，哭到天地变色，可无论如何，奶奶也不会再醒来了。

　　护工要把奶奶推到太平间，他挣脱爸爸的怀抱，哭着跪在病房门口，小手死死攥着门框不让人通过。见惯生死的护工对这个妨碍自己工作的小孩子有点不耐烦，嘴里嚷着："家属，来把你们家小孩抱走。"妈妈走上来，半拖半抱把他抱到旁边，劝他："阿深，让奶奶安心地走吧。"

他恨妈妈这样轻松地说出这句话。让奶奶走？没了奶奶，他该怎么办？他怎么可以让奶奶走？

可显然，没人在乎一个九岁小孩的感受。之后，爸爸妈妈把他接回身边，转学到家附近的私立小学。爸爸妈妈仍然很忙，请了一位阿姨来家里照顾他。阿姨很喜欢他，因为觉得他很乖，但只有他自己知道，这种乖，和在奶奶身边时的乖，是不一样的。

他最亲近的、最爱他的奶奶已经不在了，没有人会再像奶奶那样付出百分百的心意来爱他，所以他知道，他已经失去了撒娇耍赖的权利。

爸爸妈妈只觉得这个儿子跟自己不是很亲，以为时间久了就好了，却没想到，这么些年过去了，他始终是淡淡的，乖也乖，成绩也好，钢琴早早考过十级，让人挑不出毛病来，但就是觉得他们之间隔着一层什么。

── 第二章 ──

我喜欢的少年啊，我会妥善收藏不会打扰

YUNSHEN
BUZHICHU

1. 可世事没有如果，可世上应有奇迹

不知道过了多久，姜雪微终于停止了哭泣。她擦干眼泪，慢慢地往回走。叶云深跟在她身后，不知道该不该上前。

走到住院部大厅时，姜雪微看见妈妈急匆匆地走过来，赶忙迎上去。

"奶奶怎么样了？"妈妈忧心忡忡地问。

"刚下了病危通知书，必须马上手术。"姜雪微说。她的样子是那么冷静，看不出一丝焦灼和悲痛，似乎刚才躲在角落里大哭的人根本就不是她。

妈妈受到她的感染，也暂时冷静下来，但随即又开始发愁："医生说钱的事了吗？"

"嗯。"提到这个最让人头痛的问题，姜雪微的脸也垮下来，但她还是努力安慰妈妈，"会有办法的，这两天我帮病人家属跑腿也赚了点钱，我发现很多家属想陪床但是没地方睡，我打算去批发点充气床来卖，应该能赚不少钱。会有办法的，一定会有办法的。"说着，她还扬起一个大大的笑容，也不知道她是在安慰妈妈还是在安慰自己。

她那个笑容让叶云深特别不忍心。奶奶病危，不知道能不能度过危险，手术费用也不知道该怎么办，在这样焦头烂额的情况下，她竟然还要在妈妈面前故作坚强、强颜欢笑。

他叹了口气，走上去跟她打招呼："姜雪微。"

"叶云深？你怎么来了？"见他突然出现，她惊讶地瞪大了眼睛，然后跟妈妈介绍，"妈妈，这就是我跟你说的那个好心人，他叫叶云深。"

姜妈妈闻言，赶紧对叶云深道谢："谢谢你啊小伙子，你真是太善良了……"

叶云深礼貌地打断她："阿姨，不用这么客气。我刚刚听到你们的对话，奶奶及时动手术要紧，我们先去缴费吧。"

姜妈妈和姜雪微都不敢相信自己的耳朵。

姜雪微觉得自己又在做梦了，她有些期待，又有些不好意思地看着他："你已经帮过我们一次了……"

"走吧。"叶云深直接往缴费处走去，姜雪微赶紧小碎步跟在后面。

"医生建议预缴一万块……"姜雪微很不好意思地冲着叶云深的背影说。她好紧张，生怕他听到金额之后反悔，但又不得不说。

"嗯。"他点点头，脚步没有丝毫迟疑。

到了缴费处，他摸出一张卡，刷卡，输入密码。机器开始哒哒哒地往外打印票据，听着这声音，姜雪微突然有种做梦般的虚幻感。直到票据拿在手里，她还是觉得脚下是虚浮的。

"叶云深。"她突然喊他的名字。

"嗯？"

"谢谢你。"她双手握住票据，深深地冲他鞠躬，"谢谢你的大恩大德。"

　　"哪有这么严重啊。"他不在意地笑笑，"我只是……只是不想又有一个人承受失去至亲的痛苦罢了。"他的笑容突然收起来，有那么一个瞬间，似乎陷入了什么痛苦的回忆，但马上又抽离出来了。

　　姜雪微能看出他有一瞬间的失神，但她不敢去探寻他的秘密，也不知道该说什么，想了半天，终于找到话题："钱我会还给你的，只是可能需要挺长一段时间，可以吗？"

　　"不用啦。"他不在意地说，"咱们也算有缘，你就别跟我客气了。"

　　"要的要的，要还的，不能平白无故收你这么多钱，无功不受禄，我心里会不安的。"姜雪微着急地说。

　　"好啦，随便你。"叶云深摆摆手，又说，"我陪你去看看情况吧。"

　　缴了费，姜奶奶的手术马上进行，叶云深本来想走，可不知道为什么，心里竟然挂记着手术室里那个素昧平生的老太太。他祈求她的手术能成功，他希望那个看似柔弱实则坚强的女孩子付出的艰辛都能得到回报，他希望她不会失去她亲爱的奶奶。

　　大概过了两个小时，手术结束，奶奶度过了危险。护工从手术室将奶奶推出来那一刻，姜雪微迎上去，捧着奶奶的脸就激动地哭了。叶云深站在旁边，很是感慨，走上去，手掌覆上她的肩膀，用力握了握，似要给她力量。

　　她意识到自己的失态，擦擦眼泪直起身子。看惯了生死的护工面无表情地继续把病床往电梯里推。

　　"度过了危险就好，一切都会越来越好的。"叶云深说。

　　姜雪微不好意思地擦擦眼泪，又吸了吸鼻子，瓮声瓮气地说："谢谢你。"其实她想说，谢谢你，不仅谢谢你的钱，也谢谢你的陪伴，给了我力量和勇气。你是我的幸运之神，因为有你在，所以我相信奶奶会没事。

但她怕这些话会吓到他，忍了忍，没好意思说出口。

回到病房，姜雪微急切地把叶云深介绍给奶奶。

手术是局部麻醉，奶奶的意识比较清醒，她看着眼前这个文质彬彬的小伙子，露出感激又慈祥的笑容："小叶，上次微微回来就跟我提到你，谢谢你，救了我这老太婆一命，我实在不知道该怎么报答你啊。"

姜雪微的奶奶是个没多少文化的农村老太太，因为多年操劳，看起来比实际年龄大上很多，跟叶云深那个体体面面的大学教授奶奶完全不一样。但叶云深看着她那样温暖又朴实的笑容，却觉得无比亲切，亲切到让他鼻酸。

如果他的奶奶还在的话，会是什么样子？如果……可世事没有如果，这个世界上最爱他的，待他最好的那个老人，已经不在了。

可惜他当时年纪太小，没来得及回报奶奶一丝一毫。

"奶奶，别这么说，您的身体能好起来就是对我最好的回报了。您好好休息，养好身体，我下次再来看您。"叶云深难得地露出小孩子般的笑容，充满耐心地一字一句跟老人慢慢对话。

"你要走啦？"姜雪微本来斜坐在病床边的，一听这话马上弹起来。

"嗯，我该走了，你好好照顾奶奶。"

"我送你！"

"不用了。"

"让我送送你吧。"姜雪微话音还没落，姜妈妈和姜奶奶都说："让微微送送你吧。"

叶云深不再坚持，道了再见之后和姜雪微一道走出去，两人乘电梯下楼，她又一直把他送到医院大门口。

"留个联系方式吧，方便我还钱。"纠结了一路，分别前，姜雪微终于说出口了。

"你还真要还啊? 我都说了不用了。"

"要的要的, 一定要的。"姜雪微急切地说, 生怕他这一走, 从此就消失在人海。

叶云深摸出钱包, 抽出一张银行卡, 把卡号写给她: "给你个卡号, 直接打钱给我就行了。"

"那我要是打了, 你怎么知道是我呢, 还是留个电话号码和 QQ 号, 方便我联系你吧。"姜雪微厚着脸皮说。

叶云深便又把电话号码和 QQ 号都写在了纸上: "行了吧?"

姜雪微紧紧捏着写有他联系方式的便签, 猛点头: "行了行了。"直到他坐上出租车, 车子消失不见了, 她才转身往回走。

这是她第一次问一个男生要联系方式。她看得出, 他是真的不在乎这一万多块钱, 也不打算让她还, 可她很怕以后再也不会遇见他, 钱, 是一定要还的, 面, 她希望会再见。

他是救世主, 是她的神, 让几个小时前还在因为医生下了奶奶的病危通知书而痛哭, 因为手术费用没有着落而焦急的她, 走出困境, 留住了奶奶。

她感谢她的神给她带来奇迹, 是啊, 他让她知道了, 这个世界真的有奇迹存在。

2. 你是淡然辰光, 你是温柔秘密

手术之后, 奶奶又在医院住了几天, 就出院回家了。姜雪微家现在已经搬到市区, 不再住在乡下的老房子了。

搬家的决定是妈妈做的。姜雪微考上了 C 市的名校, 芙蓉中学, 为

了方便她上学，加上考虑到城里的工作机会更多一些，妈妈在芙蓉中学附近一个老旧的小区租了一套小小的两室一厅，辞去了镇上的工作，在C市找了新工作。

刚搬家没多久，奶奶就病了，好在现在她们一家人住在市区，照顾奶奶也方便了许多。

奶奶病好后，休息了一段时间，闲不住，非要出去赚钱。如今奶奶的手工箐箕已经卖不出去了，她也没了竹条，便在小区门口支了个小摊，卖春卷。虽然生意清淡，但总归是有收入的。

姜雪微则在芙蓉中学外的一家奶茶店找到了工作。老板看她长得秀秀气气的，手脚勤快，话却不多，有客人来了她都是微笑迎接的，对她很是喜欢，竟然同意她做完暑期工之后，每天下午放学后以及周末都来兼职。

除此之外，她还找到一份送牛奶的工作。夏天的早上，把一瓶瓶冰凉的牛奶酸奶放进订奶箱，虽然骑自行车很热很累，但她还是挺享受这份工作的。

八月过完，九月，开学了。

站在芙蓉中学的大门口，姜雪微深吸一口气，难免有些紧张。在本省的中学生里，芙蓉中学的大名应该是无人不知，无人不晓。这所学校的本科升学率达到百分之九十几，所以只要考进芙蓉中学，就等于一只脚已经踏进了大学。这个学校的精英班更是名声在外，每年除了出国的那部分学生，剩下的基本都上了清华北大。

当初姜雪微拼命学习，想考这所学校，理由其实很简单。第一，袁青霜初中就是在这里就读的，她不止一次以无比骄傲的口气提到过自己的学校，还曾经数次提到希望姜雪微以后可以考进来，这样她们就可以每天一起玩了。第二，姜雪微很早就明白，以她的出身，想改变自己的命运，将来靠她的力量给妈妈和奶奶好的生活，读书是唯一的出路。

但真的考上了，她还是觉得不可思议。

校门口车多人多，熙熙攘攘好不热闹，有家长帮助要住校的孩子搬行李的，其他就算不住校，家长也是亲自送到班里，还要跟老师交流交流，希望自己的孩子可以多得到一些关照。

姜雪微自然是一个人来的。

妈妈忙着上班，哪有空送她来上学。奶奶倒是想来，可她年纪那么大了，身体又不好，何必让她来受累。

看着那些被家人簇拥着的学生，姜雪微竟然生出一点点优越感：嗯，独立的滋味不错。

她被分到了 A 重 1 班。她没费多大力气就找到了自己的班级，报到，安排座位，发书，自我介绍，老师讲话，一切都跟三年前刚上初中时差不多，但不同的是，那时候她懵懂无知，身边也有三两好友，如今，她孤身一人，来到了完全陌生的环境。

第一天就这样乱糟糟地过去了，第二天开始正式上课，早上她早早起床、洗漱，吃简单的早餐，背上书包出门，先送牛奶，再骑自行车赶到学校。

她到得太早，住校生还在做早操，教室里空无一人。她有种偷来了不少时间的庆幸，赶紧翻出书开始预习起来。

上了两节课，她走出教室上厕所，从厕所出来，听见旁边有人在喊："喂，叶云深！"

她惊呆了：他也在这所学校吗？

她狂喜地回头四处搜索他的身影，果然，不远处那个穿着崭新的深蓝色和白色相间的校服，漫不经心地靠着栏杆站着的男生，不是叶云深是谁呢?

自从上次和她一起守着奶奶做手术之后,他们就再也没见过面,她没有存够一定数目的钱,也不敢用别的理由联系他,只好偶尔在心里默默想念他。没想到他们竟然在同一所学校!

对啊,他说他和袁青霜是同学,霜霜初中就在这里念的,高中自然也继续在这里念了,那在这里遇见他,也是理所当然的了。

突然见到他,原本十分陌生的学校一下子变得不再陌生,她欢快地走过去,有些俏皮地冲他挥手:"嗨,叶云深。"

但她的喜悦并未收到对等的回应,叶云深像是压根儿没看见她似的,继续跟那个男生聊天。她有些尴尬,又有些不好意思,觉得自己这样打断别人谈话肯定非常不礼貌,所以他才没理她。

没说几句话,那个男生离开了,叶云深这才转头看了姜雪微一眼,她扬起笑容,有点不好意思地说:"嗨,你也在这所学校啊,好巧。"

"嗯,是啊。"他冷淡地点点头,连笑都不笑一下,"我回教室了,拜。"也不等她回答,就头也不回地往自己班里走去。

他的冷淡像一把刀,将她满腔的欢喜割得粉碎。她不明白他为什么会对自己这么冷淡,虽然只见过两次面,但在她心里,他是善良的、温暖的,像辰光一样,她已经习惯了他对自己的善意,所以……所以,她有点受伤。

他走进了优班的教室,姜雪微已经听说了,自己所在的 A 重 1 班大多数都是像她这样,通过刻苦的学习从郊区考上来的,基本上都没什么背景,而优班的学生,则都是非富即贵,成绩不错,家庭条件更不错。

他们原本就是两个世界的人,偏偏因为他前两次的出手相助,她还产生过一点点可笑的不切实际的幻想,以为在茫茫人海中,他帮了她,是不是说明他觉得她与众不同?至少,有一点点特别?要不然,为什么是她?

　　现在她明白了，没有别的原因，不过是巧合而已，如果不是她，换作别人，他大概也会伸出援手。就像他走在街上，往一个乞丐面前扔了一些钱，那个乞丐是谁，根本就不重要，只是乞丐运气好，恰好跪在了他经过的路旁罢了。

　　叶云深回到自己的教室，重遇姜雪微的事，他完全没放在心上。两次帮她是真心的，他不忍看见她为了奶奶给人下跪，他欣赏她偷偷痛哭之后还要在妈妈面前故作坚强的担当和懂事，他同情她，不愿看她失去自己的奶奶，但，仅此而已。

　　他没打算让她还钱，也没想过要再遇见她。即使现在在学校遇见了，对他而言，她也不过是个隔壁班的校友而已，两人不必产生任何交集。再说，他这个人最怕麻烦，要是她抓着他感谢个不停，被那些八卦的人知道了，不知道添油加醋说成什么样。安全起见，跟她保持距离才是明智之举。

　　因为教室在同一层楼，如果有心的话，姜雪微每天都能看见叶云深。不止叶云深，还有袁青霜。

　　如果没有发生在 KTV 里跪求袁青霜那件事，那么来到芙蓉中学，姜雪微第一个要找的人肯定就是袁青霜。袁青霜曾经不止一次向她描述芙蓉中学有多美，袁青霜说如果她考上了，会带她去哪里哪里。她也不止一次地幻想过，跟袁青霜一起手牵手走在这所本省排名前三的中学，该有多快乐。

　　可当她跪在袁青霜面前，袁青霜却任由旁人肆意羞辱她而不发一言时，她就明白，她们之间，已经不是当年的模样了。人是会变的，感情也是会变的。

　　只是，她很难接受这样的转变，所以为了不碰上袁青霜，她很少出教室，能不经过优班就尽量不经过。

　　但有些人有些事，你越想避开，越避不开。

　　没过几天，出课间操的时候，袁青霜就看到了姜雪微。

　　袁青霜有些意外，走上来跟她打招呼："微微，真的是你？"

　　"嗯，我考上了，在 A 重 1 班。"姜雪微露出一个笑容。真的面对面碰上了，她才发现，其实能在这里见到袁青霜，她还是觉得亲切。

　　"我在优班，咱们就在同一层楼，你下课可以来找我玩儿啊。"袁青霜看着她，"上次的事，你不会还在生我的气吧？"

　　"没有没有，当然没有了。"她连忙摆手，"我怎么会生你的气呢，对你，我永远都是感激的。"说完这些话，她又有些惊讶，惊讶自己也会言不由衷了。

　　是啊，她不生气，她有什么资格什么立场生气呢？袁青霜又不欠她什么，她资助了她这些年，反倒是自己欠了她很多。她不借，本来也没什么，但她的冷漠和疏离，让一直把她当成很好很好的朋友的姜雪微，很难过。

　　因为难过，不知道该怎样面对这个朋友，怕见面了会尴尬，所以她才会躲着她。

　　她自己都没想到自己会说出这样一番话来，但袁青霜听了倒是很满意，上前来挽住她的胳膊："跟我不用这么客气啦。"

　　正腻歪呢，叶云深从旁边路过，袁青霜伸手拉住他："阿深，给你介绍一下。这是我小时候的好朋友，姜雪微，就是我一直在资助的那个，我曾经跟你提过，你应该有印象的吧？"

　　叶云深勉强点头："嗯。"

　　一直没说话的凌乐终于插上话了："上次她来 KTV 找青霜借钱，你也在呀，还记得吗？"

虽然这一切叶云深早在 KTV 那次就已经知道,而且还瞒着众人帮助了她,可听到她们在他面前不断地提到资助、借钱,姜雪微还是有些难受。

她们的话,像是在反复提醒她,她跟她们是不同的,她是低人一等的。

虽然穷,但姜雪微一直还算是个乐观开朗的女孩子,她从不因为贫穷而自卑,从不仇富,从不怨天尤人,因为妈妈和奶奶都十分疼爱她,所以她觉得自己是幸福的。

但这一刻,她过去的认知被残忍地打破了。穷就是穷,哪怕被爱,哪怕亲情富足,也不过是个需要人资助,在亲人病了时拿不出医药费的穷丫头罢了。

姜雪微突然没有继续交谈的欲望了,她随口说:"马上要做操了,我先回我们班了,拜拜。"说完就仓皇地逃离。

回到自己班的队伍里,她心不在焉地做着广播体操,转体运动时,忍不住在茫茫人海中搜寻叶云深的影子,但人太多,她又还不熟悉班级的区域划分,草草看了几眼,没找到,只得作罢。

她不愿意承认,她之所以这么难过,大部分原因,还是因为叶云深。他对她的冷淡,明明帮过她两次却装作不认识,他和袁青霜、凌乐三个人与自己之间那天然的界线,这些都冲击了她从前拥有的小小的幸福。

3. 姜雪微,我等的是你

过了一段时间,姜雪微通过在奶茶店打工和送牛奶,终于攒够了一千块钱。她犹豫了很久,还是鼓起勇气给叶云深的 QQ 留言,提出要还钱。

她不敢给他打电话,她怕听见他冷淡的声音,怕他连话都懒得跟她说,怕自己太慌乱说出什么不该说的傻话,怕自己太紧张不知道该说什么,出现让人难堪的空白时间。

她从来都不知道，原来给一个人打电话之前，居然会有这么多顾虑，不过是一通电话，她却无论如何都无法鼓起勇气拨通，最终只能选择 QQ 留言。

QQ 留言多好啊，可以想好了再打字，不满意了可以删掉再来，打完了还可以检查一遍，发出去之后，如果没有回应，可以安慰自己他没看到，如果很快就回复了，可以骗自己他是在乎和重视自己，才会这么快回复。

遗憾的是，一天过去了，叶云深也没有回复。

姜雪微坐立不安，想来想去都在想这个事。他在干什么呢？很忙吗？一整天都没有查看过 QQ 吗？还是懒得回复她，根本不想理她？连睡觉时她都握着手机，时不时按一下，查看有没有漏掉他的回复。

第二天早上起来，姜雪微第一件事就是按亮手机，可让她失望的是，叶云深仍然没有回复。

他是什么意思呢？让她不要烦他，直接打到他卡上吗？直到站到奶茶店工作了，姜雪微脑子里还在想这个事。

好在因为是周末，奶茶店生意很好，她忙起来，终于暂时将这个事情抛到脑后。

"一杯原味奶茶，不加冰。"

"好的，请稍等。"姜雪微嘴里一边应着，手上一边忙碌着，总觉得哪里不对，回头看看客人——叶云深？

她一紧张，手滑了，小半杯水就泼到腿上。她手忙脚乱地拿毛巾擦水，又重新给他做奶茶。她在奶茶店打工也有几个月的时间了，这杯奶茶一定是她做过的最用心的一杯。

她做好了，递给他。大概因为这一天多都在等他的回复，在猜测他的想法，此刻突然见到他，竟然觉得有些委屈，眼眶都泛红了，她强忍着情绪，礼貌地说："你的奶茶好了。"

叶云深拿过奶茶，付了钱，竟然没有离开，而是在小小奶茶店的一角坐了下来。一开始姜雪微以为他在等人，但过了很久，他的奶茶都喝完了，也没人来，而他一直坐在那里玩 iPad，一副闲得没事做的样子。

她去他旁边那桌收拾杯子时，鼓起勇气问他："你在等人吗？"

"嗯，等你。"他理所当然地说。

"那你怎么不跟我说？"姜雪微很无语，"我还要很久才下班呢。"

"没事，反正我也没事做，等你下班再说吧。"叶云深又低头开始玩iPad。

姜雪微走了几步，没忍住，又倒回去问他："你怎么知道我在这里？"

"路过这里的时候看到过你。"他头也不抬地说。

就这么简单的几句话，让姜雪微这么久以来的郁结都消失了。他并不是对她视而不见呀，他知道她在这里打工，他来这里找她，他还愿意花半天时间来等她。

— 第三章 —

那是怎样好看的眉好看的眼好看的瞳，又是怎样好看的容颜
YUNSHEN
BUZHICHU

1. 她觉得自己对他的喜欢，是一种亵渎

整个下午，叶云深都坐在奶茶店一角，就算不回头，她也知道他在那里。

很奇怪，他等她应该只是为了她提到的还钱的事，可无论有多累，只要想着他坐在那里陪着她，她就觉得安心，甚至是……幸福。

这是她以前从来没有过的感觉。

上高中以前，因为年纪小，妈妈不准她到外面打工，加上那时候在乡镇中学，周围也没什么打工的机会，她只能靠帮同学写作业来赚点钱补贴家用。

初中毕业后，妈妈带着她和奶奶来到城里，她才开始在外面打工。无论什么时候，她都是一个人，一个人走在打工的路上，一个人走在回家的路上，一个人面对以前从来没有面对过的温暖又残酷的陌生世界。

她长相清秀、手脚勤快，但不多话，让老板很喜欢，却也让她受到一起打工的人的排挤。好比这家奶茶店，那个长期供职的叫余玲珑的女生，

姜雪微一来，她就对她充满敌意。

大概是嫉妒姜雪微比她长得漂亮，抑或是嫉妒姜雪微能在最好的中学上学，而自己只是个初中毕业就辍学打工的女生，余玲珑总是想尽办法刁难姜雪微。

她有一个打扮流里流气的男朋友，前几天他在来接她下班时，伸手要摸姜雪微的脸，嘴里还调笑着："你们这儿还有这么正的妹子啊，怎么不给哥哥介绍介绍。"

姜雪微躲开了，抓起背包就开跑。余玲珑和她男朋友在身后满不在乎地笑，说："人家可是正经女孩子，是芙蓉中学的高材生呢。"

姜雪微一直跑出很远才停下来，停下来之后发现自己的手还在微微发抖，大概是刚才抓背包带子抓得太用力了。她不明白余玲珑为什么对男友的态度那么无所谓，如果是她，自己的男朋友调戏别的女生，难道不是应该大发雷霆吗？

她弄不懂这无聊的爱情，也没兴趣去弄懂，她甚至没空去害怕，去担忧，她要忙的事实在太多了。

但今天，叶云深坐在店里陪着她时，她才体会到，原来自己以前并不是不害怕，只是不得不勇敢，不得不忽略心里的害怕。有他在，她第一次感觉到轻松，第一次不再像从前那样，心里始终紧紧绷着一根弦。

原来有人陪着，竟然是这种感觉。到后来，姜雪微自己都没意识到，她甚至跟着店里的音乐哼唱起来。

快下班时，余玲珑那个流里流气的男朋友又来了。跟他一起来的，还有两个同样的男生。跟余玲珑打过招呼后，他们三个就站在店门外，余玲珑的男朋友对其中一个男生说："老大，你看那个妹子，正吧？我一看就知道是你喜欢的类型。"

另一个男生坏笑着说："对对对，老大就喜欢这种乖乖牌女生。"

那个老大打量了姜雪微一会儿，满意地说："嗯，你小子有眼光，我要是把这个妞泡到手，一定能把铁公鸡的那个妞比下去。"

三个人商量好了，那个老大走上去对姜雪微说："妹子，快下班了吧？你住哪儿，我送你？"

姜雪微看了他一眼，没接话，又低头洗奶茶店的器皿。

"喂，别这么没礼貌，我们老大跟你说话呢。"余玲珑的男朋友不满地嚷道。

"如果你们是来喝奶茶的，要喝什么口味，请讲。如果你们是来找我女朋友的，有什么事，跟我说。"叶云深不知道什么时候走了过来，漫不经心地伸了个懒腰，站在姜雪微面前，将她和那三个小流氓隔开。

他个子高，长手长脚地往那里一站，很是夺人眼球。

"什么狗屁男朋友？玲珑跟我说了，这丫头没有男朋友！"余玲珑的男朋友跳起来说。

"我不想做无谓的口舌之争，找她有什么事，跟我说。"叶云深又重复了一遍，根本没把那个小流氓放在眼里。

"你真是她男朋友？"那个当老大的半信半疑地问。

"看起来不像？"叶云深不满地看着他。

"我怎么知道你是真是假？"

"看好了，"叶云深斜他一眼，然后低头飞快在姜雪微脸上吻了一下，问他，"我要不是她男朋友，她能让我亲吗？"

当老大的毕竟有几分眼力，看得出来叶云深打扮得体、气质不凡，一对三也毫不畏惧，应该是有几分背景的人，于是气鼓鼓地往余玲珑的男朋友身上招呼："你这个没用的东西！情况也不调查好就敢喊老子来！浪费老子的时间，丢老子的脸！"

被打的小流氓不敢反抗，只能抱着头受着，完了转头阴狠地瞪了余玲珑一眼。余玲珑不敢说什么，赶紧把头低下去了。

姜雪微收拾好了，拿上自己的背包，跟叶云深一起往外走。叶云深接过她的包挎在肩膀上，又牵着她的手，两个人慢慢往外走去，谁都没有说话。

走出一段距离，确信那些小流氓看不见了，叶云深才放开姜雪微的手。她的手早已经出汗，低着头不敢看他，用低如蚊蚋的声音说："我的包给我吧。"

他把包给她，两人又往前走了几步，他突然觉得气氛有些不对，她刚才，那是脸红了？不对不对，她可千万别误会了啊！他觉得自己有必要解释："我很少打架，一对三的话，没有必胜的把握，所以刚才才会……那是迫不得已，你别生气。"

"不会不会，"姜雪微慌忙摇头，"你是在帮我，我应该感谢你才对。谢谢你。"

"我也没有别的意思，只是看不惯那些小流氓，你千万别误会。"他又说。

"不会的。"她的声音重新低下来，小声说，"我怎么会误会呢，我有自知之明的，我知道你只是好心。"

她一副有些受伤的样子，他不知道该怎么接话了。

两人沉默了一会儿，姜雪微终于想起什么似的，说："你来等我，是看到我的留言了吗？"

"嗯。"他点点头。

"你为什么不回我呢？或者来找我之前提前跟我打个招呼，也不用让你等我这么长时间了啊。"

"正好今天没事干，等你就当消磨时间了。"

"哦。"姜雪微不知道说什么了，打开包，摸出装在里面的一千块钱，"这里是一千块，这次只能先还你这么多，你数数吧。"

他随手接过，塞进钱包里："还钱的事不急，你赚了钱还是先照顾好奶奶吧。"

"我会的，谢谢你。"

两个人都没话说了，叶云深清清嗓子，说："那，我走了？"

"拜拜。"姜雪微跟他挥手。

他转身，几步就消失在转弯处。

姜雪微站在原地，怅然若失，伸手摸了摸脸，他唇畔的温度似乎还留在那里。为什么遇上他之后，一切都像是在做梦？为什么她遇到困难的时候，总是他突然出现，为她解难？又为什么，他在学校里对她那么冷淡，完全无视她的存在？

她想不通，她只知道，经过今天，她彻底沦陷了。

如果说之前，她对他只是感谢，将他当作自己的天神、自己的救世主来感谢，那么在学校重遇之后，他对她的冷淡，这种前后的落差，已经让她的心态失了衡，既没法再像之前那样单纯地感激他，也没法像对待一个普通同学那样对待他。

经过今天，他为她挺身而出，他在她脸上落下一个吻——虽然只是在脸上，但也算是她的初吻了——他对她而言，已经不再只是个可以装作不认识的熟人了。

他闯进了她的心，让她从此会因为他而快乐，因为他而痛苦，因为他，而成为一个完全不一样的自己。

每一个少女，在遇见自己的爱情之后，都会发生改变，无论变成什么样，无论往什么方向变化，总之，再也回不去了。

最让她痛苦的是，他是她高高在上的神，所以，她觉得自己对他的喜欢，是一种亵渎。

但每个遇见爱情的人都知道，喜欢一个人，是无法控制的。哪怕你明知道不应该，明知道是个错误，甚至明知道是一种罪过。喜欢了就是喜欢了，哪怕天崩地裂，哪怕要跟全世界为敌。

2. 女生都是麻烦精，以袁青霜为典型

叶云深自然不知道姜雪微的这些心思。

他百无聊赖地晃荡回家，家里的保姆李阿姨正在看电视，见他回来了，赶紧把电视关了，起身问他："云深回来了啊，晚上想吃什么？"

"随便。"他兴趣缺缺地说完，钻回自己的房间了。

李阿姨早已经习惯他这个答案了，他很少会点名要吃什么，虽然如此，但出于本分，她还是会问。

爸妈自然是不在家的，一年到头，他们在家吃饭的次数数也数得过来，偶尔回家跟他一起吃饭，除了象征性地问他两句学习情况，钱够不够花，剩下的，都是聊生意。这个家对他们来说更像是酒店，而他，算什么呢？酒店的常住客？

在家待得最多的人反而是李阿姨，但叶云深跟她也并不亲近，李阿姨从来不肯跟他一起吃饭，说身份有别，总是等他吃过了她才吃，所以大多数时候，他总是一个人坐在长长的餐桌前寂寞地吃饭。

这让他对吃饭这件事实在没多大兴趣。

他是多么怀念小时候,跟奶奶两个人手牵着手一起去C大的食堂吃饭,或者奶奶在厨房做饭时,他明明手里拿着书,可脑子里想的全是奶奶做的好吃的。奶奶住的是学校的老公寓,厨房的抽油烟机也是老式的,效果不好,一做饭整个屋子都是油烟味,可他从来不觉得腻,不觉得呛人,只觉得幸福。

那是属于普通人的,有人间烟火味的幸福。

这样的幸福,奶奶去世后,他再也没有感受过。

李阿姨的菜还没做好,妈妈打电话来了。原来是几个生意伙伴晚上要聚会,因为袁青霜非要参加,叶云深的妈妈就给他电话,叫他也参加。

"我不想去,能不能不去?"他有点烦。他很讨厌不提前打招呼,临时让他做什么,这让他有种招之即来挥之即去的感觉。

"司机已经出发了,你收拾收拾,换好衣服等着司机吧。"妈妈说,"这么大了,成熟点,别闹小孩子脾气了。"

叶云深郁闷地挂了电话,打开衣柜找衣服。

妈妈从来都是这样,跟谁讲话都用命令的口气,所以爸爸才老是跟她吵架。她似乎也并不关心别人的想法,至少从来不关心她这个儿子的想法。他想做什么、不想做什么,对她来说都不重要,在她眼里,只有应该做什么、不应该做什么。

他今天本来就莫名地烦躁,心情不好,突然想起姜雪微的留言,临时决定去奶茶店找她,想通过她的忙碌,通过她那种明明就很惨,却还积极向上,做什么都很努力的态度,来证明自己的烦躁不过是太闲了。

没想到她真的那么惨,在奶茶店打个工,竟然也会被骚扰。他实在看不过去了,出手帮她,还一不小心亲了她。事后他才觉得自己这个行为似乎不太恰当，万一被她误会自己对她有意思了怎么办？他可不想帮忙帮出个大麻烦。

没错，女生都是麻烦精，以袁青霜为典型。

要不是袁青霜非要跟着爸妈参加聚会，自己会被硬拖去当陪客吗？

换好衣服，他又认命了。也好，就当去见见爸妈吧，已经好几天没见过他们了，他打球的时候伤到手了，他们都不知道。

想起来了，原来今天的烦躁并不是没来由的，早上他约一个关系不错的男生出来，那男生说自己感冒了，爸妈不让出门。不过是一个小小的感冒，还不能出门了？真是矫情。他嗤笑一声，看到自己还没恢复的手腕，瞬间就不高兴了。

聚会地点在王朝酒店，没有一点新意的地方。

叶云深走进去，袁青霜已经到了，看到他，她很高兴地迎上来。

"阿深，你也来了啊？我本来还怕会无聊呢。都怪我爸，我说我不来，他非要我来。还好你也来了，我总算有个伴了。"

有意思吗？明明就是自己死活要跟着来的。叶云深很无语，这才多大的女生啊，就学会口是心非了。

"从这儿看出去挺美的，我们合个影吧？"袁青霜拉着叶云深站在落地玻璃前，看着外面的夜景说。

"我今天脸都没洗，还是算了。"

"没关系啦，你不用看镜头，就站在这里就好了。"袁青霜举起手机，对着镜头嘟嘴，咔嚓咔嚓拍了好几张。

拍完照，她又反复查看，选出最满意的一张，然后用美图软件修了一下，这才发到 QQ 上。

叶云深刷新空间就看到她发的说说了，只有一句话：聚会，夜景真美。下面配的照片，是她嘟嘴卖萌的正面照，叶云深站在她旁边看着外面，只露出一个侧面。

很快就有人回复：哟，小两口又约会呢，还在这么高大上的地方。

袁青霜回复：别胡说，小心我抽你呀。

又有唯恐天下不乱的人说：叶少可真忙，下午还有人看见他在奶茶店亲 A 重 1 班的一个女生呢，这会儿又来陪正室来了。

袁青霜没有回复这一条，马上有其他人炸开了锅：什么？不可能吧，上图上图，有图有真相。

又有人回复：A 重 1 班都是些什么人啊，乡巴佬，叶少能看得上？

袁青霜关了 QQ，强忍着不安和愤怒问叶云深："有人说看见你亲一个女生？"

叶云深对她反感到了极点，她以为自己是谁，算什么，有什么资格和立场来质问他？本来以前他还拿她当不错的朋友，毕竟两人认识这么多年了，她对他确实也很好。可上次她在 KTV 对下跪的姜雪微不理不睬，让他着实意外，他没想到她竟然也有这么冷漠无情的一面，所以对她的印象差了很多。

他冷冷地说："需要向你请示汇报？"

"这么说来，是真的了？ A 重 1 班，是谁？"

叶云深看她一眼，懒得回答，走开了。

袁青霜拼命掐自己的掌心，才控制住自己，不当场爆发，她还是分得清轻重的，知道这不是可以发火的场合。

整场聚会，袁青霜都闷闷不乐地呆坐着，不发一言，叶云深懒得理她，他坐在爸爸妈妈身边，故意把受伤的手腕露出来，可跟往常一样，他们从头到尾都跟生意伙伴热络交谈，注意力压根儿就不在他身上。

虽然早已经习惯了，但他还是难以抑制地感到失望。

散场时，他看着袁青霜低落得快要哭出来的样子，又不忍心，于是走过去解释道："我只是帮个忙，所以那不算亲，只能算一个毫无意义的皮肤接触。"

她歪着头看他，不依不饶地说："是这样哦，好啊，那你也给我来个毫无意义的皮肤接触吧！"

他讨厌她的任性，这算什么？她又不是他的谁，他愿意解释已经是好心了，她还胡搅蛮缠？他懒得理她，跟在父母身后上了车。

3. 全世界都知道他俩是一对，你是小三你知道吗？

袁青霜只花了一天时间就查出来，叶云深亲吻的那个女孩子，竟然是姜雪微。她简直不敢相信，带着凌乐气急败坏地去 A 重 1 班把姜雪微叫出来。

"叶云深亲了你？"她愤怒地瞪着她，毫不客气，直奔主题。

姜雪微的脸一下子就红了，她有些害羞又有些诧异地看着她们："你们怎么知道的？"

"若要人不知，除非己莫为！"袁青霜气得猛推她一把，"喂，姜雪微，看不出来你表面上傻乎乎的，暗地里这么有手段！这才多久啊，就把阿深勾引到手了？你对得起我吗？你对得起我们小时候的情谊，对得起我的那些钱吗？"

姜雪微毫无防备，被推了一个踉跄，她站定，看着袁青霜，有些生气，但又不愿意爆发，只是问她："你喜欢他？"

　　凌乐叉着腰不满地说："什么喜欢呀，全世界都知道他俩是一对，你是小三你知道吗？"

　　"第一，我并不知道你们俩的关系，你没告诉过我，我以为你们只是同学。第二，我们之间什么都没有，那天他只是为了帮我解围。"姜雪微严肃地一字一句说完，又看着凌乐，"请你不要说得那么难听。"

　　优班教室里，有人嚷嚷："叶少的旧爱和新欢打起来了，大家快去看哪！"

　　刚走到后门的叶云深听见这句话，脸黑了下来，几步走到1班，拨开围观的人群，正好听见袁青霜用高冷的语气说："行，我就当你以前不知道，现在总知道了吧？以后离他远点，免得大家误会。"说完，大概也意识到自己语气不太好，又主动拉着姜雪微的手，柔声说："微微，我相信凭我们俩的感情，你是不会背叛我的，对吗？"

　　面对放低身段的袁青霜，姜雪微再也气不起来了，她回握她的手，点点头，诚恳地说："霜霜，对不起，之前我真不知道你和叶云深的关系，再说我们也真的没什么……"

　　袁青霜打断她，故作大度："好，我相信你，过去的事就不提了……"

　　叶云深冷着脸上前，一把捏着袁青霜的手腕就往外拖。袁青霜见是他来了，气势立马弱下去，乖乖跟着他走。

　　凌乐跟在后面，对围观的人说："都散了都散了，别看了！"

　　男主角做出了选择，带着正室走了，留下新欢独自一人，结局显而易见，大家的八卦之心得到了满足，一边小声议论着，一边散去了。

　　这其中，不乏有人用同情的目光看着姜雪微的。袁青霜行事高调而霸道，并不怎么得人心，而且她和叶云深之间，大家都看得出来，叶云深很冷淡，是她一头热。现在突然出现这么一个长得清清秀秀，样子十分惹人怜爱的强有力的竞争者，叶云深亲她可是有人亲眼看见的，这么一来，站在姜雪微这边的人也不少。

姜雪微强装镇定，站在原地没有离开，直到人群都散得差不多了，她才一脸淡然地回到教室。

同桌女生叫涂晓，跟姜雪微关系还不错，见她虽然一脸淡然，可手却在微微发抖，担忧地握着她的手："喂，你没事吧？优班的人就是这么霸道，咱们惹不起的。"

"我没事。"姜雪微对她笑笑，笑得极其难看。

她是真的不知道袁青霜和叶云深的关系。从来没人跟她提过，她也没见到他俩在一起过。她不怪袁青霜，如果换成是自己，也一样会生气吧。

她怎么这么糟糕，喜欢上自己的神不说，他还是她的恩人的男朋友？

那边，叶云深把袁青霜拉到没人的地方，用力捏着她的手腕，凶巴巴地说："袁青霜，看在我们从小一起长大的份上，看在我们父母的关系的份上，我一直都给你留面子，但是你不要得寸进尺。以前你没向我表白，也就不存在我拒绝你的问题，今天我清清楚楚明明白白地告诉你，我们只是朋友，OK？不要以我女朋友的身份去找别人的麻烦，如果你再摆不正自己的位置，那就连朋友都没得做了。"

袁青霜从来没见过这样的叶云深。以前，在她面前，他总是斯斯文文，彬彬有礼的，就算有时候不耐烦，他也尽量忍耐，让着她。无论对她有多生气，他大部分时候都能保持基本的礼貌，不会发火。虽然有时候冷淡了些，但像今天这样，还是第一次。

是为了姜雪微吗？是为了那个穷丫头，才变成这样的吗？

从小顺风顺水的袁青霜觉得自己受到了奇耻大辱，她的眼泪夺眶而出，泣不成声地问："所以你是真的喜欢她了吗？她有什么好的？长得比我漂亮？"

　　叶云深都快烦死了，冲她吼道："谁说我喜欢她了？这件事根本就与她无关好吗！你们这些女生麻烦死了，我一个也不喜欢！"

　　"你还不承认……你以前从来没有因为谁这样对待我……"她才不相信他的话。

　　叶云深觉得自己简直是在对牛弹琴，气冲冲地扔下一句："跟你说不清楚！总之以后请你摆正自己的位置，不要再让别人误会我们之间有什么，就这样！"

　　那天，群众都看不懂这个剧情了，为什么男主角做出了选择，带走了正室，正室却哭得那么伤心？再看新欢，也是郁郁寡欢的样子，这剧情到底是什么走向啊？

— 第四章 —

怪风太温柔像酒像旧时候

YUNSHEN
BUZHICHU

1. 你像风来了又走，我的心满了又空

再在路上遇到叶云深，如果是迎面相遇，姜雪微会礼貌地匆匆点个头，如果还隔着一段距离，可能的话，她一定会选另一条路。

以前她真不知道自己的性格原来这么"鸵鸟"。

过了一段时间，两人遇上时，叶云深竟然主动跟她说话了："那天的事，你别介意。袁青霜这人，被宠坏了。"

姜雪微连忙摇头："没事。"

"都怪我做事太欠考虑，如果那天换种方法，就不会给你带来这么多麻烦了。"叶云深满怀歉意地说。这几天，他能感觉到她在躲他。本来挺无所谓的一件小事，因为她的卑微和回避，因为她闪躲的眼神，他竟然生出一丝丝罪恶感，可气的是，他明明什么都没做错呀。

"千万别这么说。"姜雪微抬起头对上他的眼睛，"你帮了我，我只会感激你。霜霜那里，怪我之前不知道你们的关系，才会让她误会。"

"你少听她胡说！我们什么关系都没有，就是普通朋友。"叶云深不耐烦地说。

姜雪微不知道他为什么突然生气了，但听他对自己解释他和霜霜只是普通朋友，明知道不应该，她还是感到一阵窃喜。

可随即她又觉得失落。

就算他觉得他们只是普通朋友，那又如何呢？霜霜喜欢他，在大家眼里，他们是一对，他们的父母是朋友，他们从小一起长大，他们才是同一个世界的人。

而她呢？她什么也不是，只是个总是需要他帮忙，总是接受他帮助的可怜虫罢了。

她有什么资格去喜欢他？他身边的位置，本来就只有霜霜那样又漂亮家世又好的女孩子才配拥有。

是的，她根本就不该有一丝的妄想。可刚刚那一丝窃喜，却让她清清楚楚地意识到，她确实喜欢上他了。

很糟糕，她喜欢上一个不应该，也不能喜欢的人，因为这个人，她和对自己有恩的，曾经最好的朋友，站到了对立面。

是她错了吧。动心是错，动心之后有所期待是错，失望之后还妄图靠近，更是错上加错。

不能再这样错下去，趁着用情还不深，结束吧。

她看着叶云深，尽量平静地说："嗯，我知道了。谢谢你特地跟我解释。"

叶云深突然有些不好意思，结巴了一下："什么……什么叫特地跟你解释啊，我就是看不得你们女生那小气的样子，路上遇见了就大大方方打个招呼呗，特意躲着我算怎么回事？我没这么可怕吧。"

"我只是不想霜霜再误会。以后不会这样了，你说得对，遇见了就大大方方打个招呼呗。"姜雪微笑着说。

她从前不知道，原来随着年纪一点点长大，人是会越活越累的啊。比如，总是要逼自己露出违心的笑容，就算有时候，明明就很想哭。

2. 你笑得毫无阴霾，我笑得好似在哭

在芙蓉中学，一周一大考，三天一小考，那是再正常不过的事了。姜雪微很喜欢月考，因为月考是按成绩排考室的，第一次月考，她惊喜地发现，她和叶云深同在一考室。她没想到，平时看着总是漫不经心的叶云深，竟然也算个学霸。

那以后，她拼命学习，最大的动力来自下次考试可以坐一考室。

她终于找到一个最接近他的地方了。偶尔叶云深会掉出一考室，但下一次一般都能回来。她喜欢在埋头苦答时偶尔抬头看他，他的侧面很有线条感，做题的时候很认真，时而皱眉，时而发呆，思考的时候左手指尖喜欢轻轻敲击桌面。他的每一个小动作都让她欣喜，让她觉得自己更了解他一些。

每一次按排名来安排考室的正规考试，对姜雪微来说，都是一种享受。

只有一次例外，就是她答应帮人作弊那次期末考试。

奶奶出院后，身体一直不算好，长期服药，偶尔进医院检查，这对家里的开销来说，是不小的负担。为了赚更多的钱，除了早上送牛奶和在奶茶店打工，姜雪微重操旧业，开始帮人写作业。

写作业其实很简单，反正自己也要写，不过是重复劳动罢了。

快期末了，班主任早早打了预防针，考试后要召开家长会，所以这次考试成绩直接关系到每个人能不能过一个愉快的春节。

有个家庭条件不错，平时就是姜雪微长期客户的男生，偷偷找到她，

希望她能帮自己作弊。

在芙蓉中学，校风严谨，考试作弊是一件很严重的事，抓住会重罚。

男生把价码开到了八百块，比姜雪微一个月在奶茶店兼职的工资还高。她斗争了许久，最终同意了。快过年了，多赚点钱，年也能过得好点吧。

第一场考数学，姜雪微参加了大大小小这么多次考试，包括中考，都没这么紧张过。她尽量认真但是又快速地做题，做到还剩最后两个大题时，她偷偷把答案都写到草稿纸上，到了跟男生约定好的时间，就举手请假上厕所。

监考老师用严厉的眼神看了她一眼，犹豫片刻，点头同意了。

答案顺利交到了男生手中。姜雪微终于不那么慌了，安下心来做最后两个大题。之所以不把所有答案都写给男生，一是怕时间不够，二是怕男生突然考得太好，显得假，容易引起怀疑。

考试结束的铃声响起，监考老师要求所有人拿好试卷起立，一个老师负责收机读卡，一个老师负责收草稿纸。

姜雪微一下子就慌神了，她不知道这次考试竟然严格到连草稿纸都要收！时间一秒秒过去，她的冷汗沁出来，终于，老师还是走到了她面前。因为之前她有请假上过厕所，所以老师对她格外留意，此刻拿起她的草稿纸，发现缺了一部分，顿时冷冷地说："你的草稿纸呢？"

从小到大除了帮人做作业，连校规都没犯过的姜雪微方寸大乱，支支吾吾说不出话来，老师毫不留情地说："你到办公室来！"

因为是她的草稿纸缺了一部分，加上又是一考室的优生，很明显是她帮助别人作弊，所以老师态度虽然严厉，但主要是希望她说出作弊的对象，如果她肯配合，处罚会轻一些。

但无论老师怎样软硬兼施，她坚持不肯说。她的强硬态度让老师很生气，立马给她妈妈打电话，请了家长。

妈妈这么多年来第一次因为姜雪微犯错被请家长，震怒不已，在办公室当着老师和学校领导的面，逼姜雪微说出作弊的同伙，但她仍然不肯。

其实并不是她多讲义气，只是她清醒地知道，如果这次嘴巴不严将对方供出来了，将来她在同学心中的信誉就会降至负数，那么再也没人来找她做事了，她会少了很多收入。

她不愿意冒这个险，宁愿自己承担所有后果。

中午时分，老师和领导们都去吃饭了，留姜妈妈和姜雪微在办公室，妈妈过了气头，看着姜雪微始终埋头不发一言的样子，突然像意识到什么似的，问她："是不是人家给了你钱要你帮忙作弊？"

她慌乱地摇头："当然不是了，怎么可能。"她不想让妈妈知道她通过这种方式赚钱，妈妈会难过的。她不希望自己的女儿成为这样的人，也不想自己的女儿这么辛苦。

但妈妈还是猜到了。

"微微，你知道吗，你一说谎就不敢看我。"

她更慌乱了，把头埋得更低。

妈妈却长叹一口气，无力地坐了下来。

"都怪我，是我没用，没能力给你好的生活，还要你想尽各种办法来补贴这个家。别的女孩子在你这个年纪都在干什么，你又在干什么……人家的孩子要是能有这么好的成绩，该偷着乐了，我的女儿呢，却要用她的好成绩去帮人作弊来赚钱……我真是太无能了……"妈妈说着说着，眼泪止不住地往外流。

妈妈如果顺顺利利读完大学，应该可以找到一份不错的工作，但她爱上了早早出来混社会的不务正业的爸爸，大学没念完，未婚先孕，气得父母跟她断绝了关系。

一开始爸爸对妈妈很好，不让她去工作，靠着他倒腾些货物赚钱养家，如果他安下心来做生意也好，但他偏偏性子懒散，三天打鱼两天晒网，一来二去，家里越来越艰难。可谁也没想到，他最后索性扔下他搞出来的这个烂摊子，扔下生他养他的老母亲，扔下曾经承诺要照顾一辈子的与他同甘共苦的妻子，扔下年幼的女儿，一走了之，再也不曾回来过。

最开始妈妈完全不能接受，她不相信他会走，她日复一日地守在家门口，以为他会回来。但日子一天天过去，她终于从满怀希望，到满心绝望。看着他的老母亲，看着天真烂漫的女儿，她咬咬牙，踏上了找工作的路。

这么多年来，她应该也曾无数次在深夜里痛哭过吧，但在姜雪微和奶奶面前，她很少哭，大多数时候，姜雪微觉得她根本是忙得连哭的时间都没有。

所以看到妈妈的眼泪，她很惊慌。她扑通一声跪在妈妈面前，向妈妈保证："妈妈，我错了，我不敢了，我以后再也不敢帮人作弊了……"

妈妈看到她认错，更觉心酸，将她抱在怀里，长叹一口气，喃喃道："是你错了吗？不是，但我也不知道，到底是谁错了……走到这一步，我们能怪谁呢？可是无论怪谁，又有什么用呢。日子总要过下去的……"

哭过了，妈妈又绕回原来的话题："微微，你到底是帮谁作弊？你还是说出来吧，大不了咱们赔点钱给那个同学，可要是因此背了处分，不划算啊。"

姜雪微还是很犹豫。

午饭时间过了，抓到姜雪微作弊的那个老师返回办公室，看了她们母女许久，叹了口气，说："只此一次，下不为例，你们去吃饭吧。"

妈妈如蒙大赦，对老师一再鞠躬表示感谢，又拉着姜雪微在老师面前表决心，表示以后只会好好学习，一定不会再犯校规了。

姜雪微不懂自己为什么突然就逃过一劫了，送走妈妈，她去小卖部随便买了个面包果腹，正大口啃着，面前突然出现一盒牛奶。

是叶云深。她为自己的狼狈而脸红，他怎么来了？她今天的窘态，他都看到了吧。她刚才狼吞虎咽的丑样，也被他尽收眼中吧。真丢脸。

她接过牛奶，咕噜咕噜喝几口，把嘴里的面包吞干净了，才说："谢谢你。"

叶云深非常不满地看着她："你到底是在维护谁？谁值得你这样维护？"

她弱弱地说："人家付了钱，我不能出卖他……"

叶云深气得跳脚："闹了半天，你是为了钱才这样啊？我真是服了你了！早知道我就不帮你，看你怎么办！"

"是你帮了我？"姜雪微惊讶地瞪大了双眼。

"不然你觉得老师是看你可怜，所以大发慈悲放过你吗？可我真没想到你是为了钱，拜托你，欠我的钱别还了，你用这种方法赚来的钱，我不稀罕。"叶云深毫不客气地说。

上午考完试，看着姜雪微窘得满脸通红，可怜巴巴地跟着老师进了办公室，他有点恼，这个女生怎么搞的啊？又不是不知道学校抓作弊抓得有多严，处罚有多重，干吗去帮人作弊？

虽然恼她，但他还是放心不下，偷偷去办公室门口打探情况，发现她居然死扛着不肯说出同伙，看着她和她妈抱在一起哭的样子，他真是受不了。这算什么啊，演苦情剧吗？罢了罢了，他实在是看不下去了，于是老大不情愿地敲开了当副校长的叔叔的办公室门。

虽然他板着脸，一副很严肃的样子，她却觉得又温暖又喜悦。是的，她很差劲，总是让自己陷入一个又一个的麻烦中，但她又很庆幸，正是这些麻烦，才让他来到她面前。

他在学校里对她很冷淡又有什么要紧呢，他身边有一个门当户对的袁青霜又有什么要紧呢，至少，每次她遇到困难时，他都会站出来，他是她的神，又是她抬头就可以看见的人，多好啊。

"对不起。"她愧疚地道歉，很快又冲他笑，"谢谢你。放心吧，我以后不会了。"

叶云深本来气得要死，虽然知道她穷，但也没必要为了点钱这么拼吧？既然被抓了，就把那人供出来呗，有什么大不了的？居然把黑锅一个人扛了。但看到她傻气又真诚的笑容，他又气不起来了。哎，这个女生到底怎么回事啊，就不能老老实实上学，规规矩矩把自己的奶奶照顾好么？怎么总是让人这么操心？

他想了想，随便找了个话题："喂，你奶奶还好吧？"

"挺好的。总是念叨你，知道我跟你念同一所学校，教室还在同一层楼之后，天天叮嘱我要好好照顾你，那架势，恨不得让我以身相许来报答你呢。"姜雪微一时嘴快，说完就脸红了。但她又有一丝好奇，一丝期待，想知道他会怎么回答。

"千万别，就你这命中自带无数个麻烦的体质，我惹不起。"叶云深连忙摆手拒绝。

姜雪微干笑几声，心里其实难过死了，嘴上还逞强："得了吧，你以为我稀罕。你看你这双桃花眼，命里不知道有多少烂桃花，谁当你女朋友都得挡桃花挡到吐血而亡。我是挺佩服霜霜的，我绝对没这个勇气去挑战这份苦差事。"

"真的？"叶云深怀疑地看向她的双眼。他还是第一次听见女生这样说他，以往那些女生，对他花痴和奉承居多，而他除了对袁青霜忍让一些，对别的女生都淡淡的，总是一副漫不经心的样子，加上袁青霜总是以他的未来女友自居，所以真正敢靠近他的女生，其实很少。

姜雪微被他看得有些心虚。他靠得很近，近到她能感觉到他的呼吸，近到她能数清楚他的眉毛。

她强迫自己冷静下来，虚张声势地瞪回去："当然是真的！"

"好，那我就放心了。"叶云深松了口气，满意地说。

姜雪微刚刚才升起的一点点幻想又被无情打破了，她有点受伤，换成任何一个女生，自己喜欢的男孩子说，你不喜欢我我就放心了，都会很受伤吧。

不过也没关系啦，反正她也没奢望过什么，能像现在这样远远看着他，偶尔说说话，自己遇上麻烦他还会主动帮忙，她应该满足了。

至于那个姜雪微拼死维护，不肯供出来的男生，叫程熙岭。得知姜雪微作弊被抓，他紧张得要死，最后听说她竟然没把自己供出来，简直不敢相信这是真的。他带着劫后余生的庆幸找到她，对她竖起大拇指，几乎要感恩戴德了："哥们儿，够义气，今后你就是我哥们儿了，有什么事来找我，我一定罩你！"

姜雪微好笑地看着他，把钱还给他。他一本正经地推回去："你已经在数学上帮了我，还这么讲义气没把我供出来，这些钱我怎么能要呢？你收下收下，改天，我还要请你吃饭呢。"

姜雪微不客气地收下了。程熙岭的家境，在优班比起来肯定不算什么，但在他们1班，已经是数一数二了，收他的钱，她毫无负担。

3. 岁月静好，与我无关

期末考试一过，就是寒假，一年也算是走到了尾声。

所有人面临即将到来的寒假都很兴奋，叶云深想着可以宅在家里弹琴看书了，可以随时出门拍照了，心情也不错。

因为奶奶的关系，他这几年一直没放弃看书和练琴，他也是真心喜欢做这些事，每次都能沉醉其中，进入另一个世界。

一个寂寞的世界。

一个人看书，默默看很久，不与任何人交谈，一个人弹琴，沉浸在音乐的世界里，耳畔再也没有别的声音。有时候假期里，一个人待久了，他会产生一种幻觉，好像这世上从来就只有他一个人，其他人，都是虚幻的，或者，至少跟他之间是隔着一层透明的物质，彼此无法靠近的。

这种时候，他就会带上相机，出门胡乱走走，拍一花一木，拍路边的孩童，拍他觉得打动他的任何人和物。他的卧室里有一面墙，全是他的摄影作品。

考完最后一科，交卷，回到自己班上，老师交代一番，就放假了。叶云深背着书包走出学校，家里的车已经在等他了。他走上去，司机马上下车来为他开车门，一边开门一边解释："叶先生叶太太今天有个很重要的会议要开，让我来接你。"

学校的通知短信早就发到了各个家长手机上，他是不是该高兴，他们竟然记得他今天考完放假？不对，这也只能归功于那个能干的助理小何吧。

他突然没了兴致，不想承这个情。他们是不是觉得，作为父母，他们记得叫司机来接他回家，就算尽职尽责了？他偏不让他们如愿，偏不领这个情。

"李叔，我还有事，暂时不回家，你先走吧。"

司机急了："你要去哪儿？小何交代我一定要把你安全送到家。"

果然，也许连来接他，都是小何的意思，而不是他们的意思吧。这个助理倒真是考虑得周到，称得上八面玲珑。

"我这么大人了，你还怕我丢了吗？真没关系，你先走吧。"

既然小雇主都发话了，司机也没办法，开上那辆黑色的凯迪拉克，悄无声息地消失了。

其实叶云深也不知道要去哪儿，他很宅的，如果不是跟着父母出门，不是有同学邀约，他放学后基本是直接回家。但此刻，他不想回家，也不想跟那些同学一起凑热闹。

随便走走好了。他裹紧围巾，双手插进大衣口袋里，漫无目的地在街头游走。

即使是在城市里，冬天也难免给人萧瑟的感觉，路人都是行色匆匆的样子，个个把脸藏在厚厚的衣领和围巾后面，好像整座城市的人都是面目模糊的。

叶云深很少感慨什么，他觉得伤春悲秋是女生的事，男孩子就要大气。其实潜意识里，他是在逃避，有很多让他难过的事情，他不愿意仔细去想，怕想多了，就无法假装平静了。

是的，假装平静。

小时候，他曾经以为父母在他生活里的缺失算不得什么，他只要有奶奶就够了，可奶奶突然离世，他突然回到并没有多少感情的父母身边，父母又对他缺少关心，整天忙于生意，这种落差，他一开始完全无法接受。

或者可以说，他的感情断层了。

这么多年过去了，这断层的地方，一直没能接上。

他总是假装自己不在乎，假装可以接受一切，他潜意识里无比渴望父母可以把注意力都放到他身上，可以多关注他一些，可现实是，父母除了聊生意，一谈感情，一谈生活，就会吵架。

他曾经尝试过，像电视里演的那样，在他们吵架的时候走出去，站在他们中间哭，他期待他们如电视里的父母一样，一看到孩子哭就心疼，就会停止争吵。

可他们根本对他就视而不见，该怎么吵还怎么吵，有时候甚至会吼他："闭嘴！哭什么哭，吵死了！"

反倒是家里的保姆李阿姨有时候看不过去，会把小小的他抱到一边。

后来他就放弃了。既然他对他们来说不重要，那他也不要去在乎他们。他们再吵架时，他就把自己关在房间里看书，随便外面吵成什么样，哪怕把整个家都砸了，他也不会多看一眼。

不过随着他们的生意越做越大，越来越忙，在家的时间也越来越少，他也很少再听见他们吵架了。他们两个人，一提到感情就一塌糊涂，但一起做事情的时候合拍得不得了，堪称绝配。可能他们自己也知道，所以两个人之间会刻意多聊生意，尽量少聊甚至是不聊感情。

叶云深有时候会想，他们为什么从小就把自己扔给奶奶呢？真的是因为太忙了吗？他其实应该感谢他们，让他在奶奶身边过了几年平静幸福的生活。

不过大多数时候他都不愿意多想，当然他也不会承认自己其实是在逃避。

走着走着，叶云深闻到香味，熟悉又陌生的味道，是什么食物？

— 第五章 —

我沉默看时光安静地从你身边走过

YUNSHEN
BUZHICHU

1. 是不是不经意间，走过街角，我遇见你

香味是从一个老旧的小区门口，一个老人摆着的小摊上传来的。叶云深走上去，发现摊子上摆着香喷喷的油糕。不过一开始，他并没有认出来这个老人就是姜雪微的奶奶。

冬天里，天气冷，没什么人吃春卷，奶奶改卖起了油糕。小小的油锅架起来，糯米包着红糖，炸得又香又酥，很是诱人。

他嫌弃街边小摊子上的小吃脏，用的都是来路不明的地沟油，所以很少买。但今天，这油糕勾起他的回忆，也勾起他的食欲。

小时候，奶奶偶尔会兴致勃勃地为他炸油糕，他非常爱吃，可因为小孩子不能吃太多油炸食品，所以他总是要盼很久才能盼到一次。

大概是走了一路，被寒风刮得发冷，此刻面前的油糕闻起来格外香，他的口水都快流出来了。

"小伙子，买油糕吗？"老人见有顾客上门，从凳子上站起身问他。

"来一个吧。多少钱？"他掏出钱包。

老人却不答话，直愣愣地盯着他。

"老婆婆，多少钱一个？"他又问了一遍。

"我怎么看着你特别眼熟呢，很像当时来医院看我的那个小伙子，你是……是叶云深吧？"老人迟疑地说。

"你是……"叶云深本来觉得莫名其妙，但她提到医院，他一下子就反应过来了，试探性地问，"你是姜雪微的奶奶？"

"是我呀是我呀。"姜奶奶很激动，握着叶云深的手不肯放，"微微说你们现在是同学啦，同学之间要互相帮助哟。说起来呀，我跟微微提了好多次，叫她请你来家里吃饭，她总说你很忙。今天既然碰上了，你怎么也不能走了，必须去我家吃饭。瞧瞧这孩子，手都冻得冰块似的了。大冷天的你怎么穿这么少？"

姜奶奶带着老年人特有的絮叨，一边说，一边收摊。

摊子很简陋，没多少东西可收，叶云深一只手帮她收摊，一只手拿着一个油糕吃着，边吃边夸："奶奶，你做的油糕真好吃。如果我奶奶还在的话，我真想叫她也尝尝。"

姜奶奶听了他的话，拍了拍他的手背："有个这么乖的孙子，你奶奶不定多么疼你呢，要是她见到你穿这么少，肯定心疼死了。"

叶云深点点头，口齿不清地说："是啊，我奶奶最疼我了。"

姜奶奶虽然老，但也听出他话里的惆怅，她笑眯眯地看着他："要是你不嫌弃，以后就把我当成你的奶奶吧。我一定把你当亲孙子疼。"

她脸上有很多皱纹，看着他笑的样子，特别慈祥。冬天的风一吹，他竟然有想哭的冲动。

"奶奶，咱们回家吃饭吧。"他强忍着眼泪，乖巧地说。

　　姜雪微家租住在二楼，看见奶奶回来，姜雪微马上迎上来，心疼地说：
"外面好冷，冻坏了吧？叫你早点收摊你就是不听。"话还没说完，她看
见奶奶身后跟了个叶云深，顿时惊呆了。

　　奶奶开始念叨："跟你说了多少次啦，叫你把小叶请到家里来吃饭，
你总是推托，你这姑娘就是脸皮薄，还得我老太婆亲自出马。"

　　"你怎么来了？"姜雪微还在震惊中。

　　"怎么，不欢迎啊？还说呢，奶奶让你叫我来吃饭，你怎么不说？"
叶云深一脸得意地看着她。

　　啧啧啧，瞧他那样子，哪里还是当初那个男神啊，明明就是个调皮的
小男孩。

　　不过叶云深的到来仍然是件大事，姜雪微给妈妈打了个电话，妈妈
正在下班路上，听说叶云深来了，便拐去菜市场买菜，说一定要多加几
个菜。

　　没过多久，姜妈妈回来了，手里拎了好多口袋，见到叶云深，一脸喜色：
"小叶，好久不见，阿姨觉得你又长高了些。今晚多吃点啊。"说完注意
到他只穿一件驼色大衣，又皱起眉头，"你们年轻人就是这样，要风度不
要温度，这么冷的天怎么只穿这么一点？"

　　叶云深只是笑，倒是姜雪微嗔怪地喊了声："妈……"

　　姜妈妈摆摆手："好好好，我不说了，省得又嫌我啰唆。"说完进了厨房，
过会儿又不放心地走出来，"微微，你把暖手宝冲上，给小叶暖暖手。"

　　南方的冬天，屋子里没有暖气，如果干坐着，会越坐越冷。

　　叶云深冬天总是穿很少，在教室里人多，温度高，回家后有空调，这
会儿倒真觉得有些冷了。

　　姜雪微把暖手宝给他，让他看电视，自己则进了厨房。

叶云深跟奶奶说了会儿话，觉得电视越看越无聊，于是到厨房门口探出身子："我来帮忙吧？"

姜雪微赶紧推他回沙发上坐着："你是贵客，负责吃就行了。"

他不放弃："我帮忙摘菜吧？"

"你？菜认得全吗，还摘菜？"她十分怀疑地看着他。

"你可以教我呀，我这人，别的毛病没有，就是聪明，什么东西一学就会。"他摇头晃脑地说。

姜雪微被他逗得扑哧一声笑出来。平日里，走在路上看见他，他总是冷冷淡淡的样子，很少看见他跟谁热络地聊天，她一直觉得他是个矛盾体，明明很善良，总是帮助别人，至少总是帮助她，可又给人一种冰山的错觉，让人轻易不敢靠近。

但此刻的他，仿佛除掉了那层冰冷坚硬的外壳，变得柔软，变得真实，像一个十六岁的人该有的样子，甚至还会开玩笑了。

虽然姜妈妈一再责怪姜雪微，客人客气一下，怎么能真的让他干活呢？可姜雪微仍然把一堆菜放到客厅的茶几上，一样样地教叶云深该怎么摘。

她教他把西兰花掰成小朵，四季豆去掉两边的老筋，掰成小段，空心菜选嫩的掐成小段，老叶子去掉不要。怕他削到手，需要用刀的就不让他动了。

他果然如自己所说，一学就会，很快就上手了，完全没有那些男生刚接触厨房时笨手笨脚的感觉。

叶云深很多年没有过帮忙摘菜的机会了。

小时候，偶尔贪玩，奶奶在厨房摘菜，他非要跟着，有模有样地学，虽然学不像，可奶奶也会夸他能干，等到吃饭时，会告诉他哪道菜是他摘的，他会多吃一点，觉得自己的劳动成果果然很香。

可是回到爸爸妈妈身边之后，这样的场景再也不曾发生过。阿姨做饭时，他往往都躲在房间里，那又不是他的亲人，他没有丝毫欲望想跟她腻在一起，更别提一起摘菜了。

很快，一桌香喷喷，热气腾腾的饭菜就备好了，小小的方桌摆得满满的，四个人各坐一边，边吃边聊，好不温馨。

一开始，姜家祖孙三人都不停地给叶云深夹菜，生怕怠慢了他，他根本不用自己动筷子，碗里的菜一直是满的。后来姜雪微反应过来，让奶奶和妈妈别给他夹菜了："让他自己夹吧，喜欢吃什么就夹什么，咱们给他夹了他要是不喜欢还得吃掉，多不好。"

叶云深这才松了一口气。

他好久没有吃得这么饱过，好久没有在这么热闹又温馨的氛围里吃过家常饭了，以至于，不过是简简单单的家常菜，他却吃出了一点点……幸福的味道。不是夸张，真的是幸福的味道。

吃过饭，姜妈妈还要赶着去上夜班，就先走了。奶奶有饭后散步的习惯，出门散步去了，姜雪微在厨房洗碗，叶云深站在厨房门口看着。

姜雪微洗了这么多年的碗，今天是她压力最大的一次。

她做梦也不会想到，有一天，叶云深会站在她家厨房的门口，看着她洗碗。今天发生的一切都像梦一样美好，叶云深来她家了，和她一起吃饭，她还教他摘菜……

这真是她最接近幸福的时刻了。

但很快，叶云深的电话响了。他接起来，是妈妈。

"阿深，你怎么还没回家？"

"嗯，我在外面。"叶云深闷闷地回答。

"你在哪里，我叫司机去接你。今晚有个宴会，你回去换衣服，然后来参加。"又是命令的口气。

"又有袁青霜？"叶云深皱起眉头，忍不住提高了声音。

"不管有没有，你都得来。"

"好吧，我给李叔打电话让他来接我。"挂了电话，叶云深又给司机打了个电话，报了地址。

姜雪微把水龙头开得很大，假装什么也没听见。她知道自己不应该，可听见袁青霜的名字时，她的手忍不住抖了一下。

这世上，不应该的事太多了，而明知不应该，却无法控制自己，偏偏要去做不应该做的事，说不应该说的话，想不应该想的人，也是人类最愚蠢，但又最可爱的地方。

因为我们是人，有血有肉有感情，无法让自己时时刻刻都活得那么理性。如果有这么一个人的存在，能让我们失去理智，偶尔不受控制，谁说不是一种幸福呢？

姜雪微洗好碗，叶家的司机也到了。

叶云深有些闷闷不乐地说："家里有事，我先走了，你帮我跟奶奶说一声。好好照顾奶奶，下次我再来看她。"

"嗯，路上小心。"她把他送到楼下，看着他上了车，才转身上楼。

屋子里空无一人，姜雪微在沙发上坐下来，就那么呆呆地看着叶云深坐过的地方出神。今天的叶云深跟以前都不一样，他就坐在她身边，他吃着他们一起摘的菜，甚至讲了笑话，逗得她们哈哈大笑。

她好喜欢他这个样子，这让她觉得，他并不是那么的遥不可及，似乎她只需要轻轻伸出手，就可以触碰到他。

2. 希望如你所愿

　　宴会地点在蓉锦会所，C市数一数二的高端会所，主人是叶家和袁家，客人是刚谈成一个合作的加拿大公司的主要员工。

　　叶云深到场时，袁青霜正跟对方一个二十来岁的男生用流利的英文聊天，叶家父母赞赏地看着她，袁家父母则满脸骄傲。

　　她似乎完全没注意到叶云深来了，跟外国男生聊得热火朝天，时不时还发出欢快的笑声。叶云深没打扰她，礼貌地跟在场的人打过招呼，便找了个地方坐下。

　　他恰好是背对着她坐下的，她装作不经意地看向他的背影，整个人一下子黯淡下来。

　　其实刚到场时她对这帮外国人毫无兴趣，礼貌地打过招呼后就安静地坐在一边扮高冷，直到听到叶妈妈给叶云深打电话，她心思一动，这才端起香槟跟最帅最年轻那个男生开始聊天。

　　她是故意的。她想让他知道她有多优秀，有多受异性欢迎，甚至，她不自量力地奢望，他可以因为她跟另一个男生的热络和亲密，而有一点点吃醋。

　　一点点就好。

　　可他却对一切视而不见，仿佛她只是个毫不相干的陌生人。

　　是啊，这么久以来，他们不正像陌生人一样吗？

　　上次他用她从未见过的凶巴巴的样子吼她，要她摆正自己的位置，她咽不下这口气，不肯跟他讲话，而他不仅不曾道歉，竟然也像不认识她一样，这么久了，从未主动开口跟她说过一句话。

　　她真不知道他竟然可以如此狠心。

更叫她寒心的是，对她狠心至此，对那个姜雪微，他怎么又可以那么体贴周到，处处帮着她？他不是个规则意识很强的人，最讨厌别人作弊了吗？为什么姜雪微作弊被抓，他竟然会放下自己一贯的原则去帮她？

这么长时间的冷战，她不是没听到过关于他们的闲言碎语，很多人都认为她被叶云深甩了，说得很难听，几乎是在挑战她的自尊，但她都忍下来了，因为叶云深的举动实在太让她伤心和气愤，所以她宁愿被人嘲笑，也放不下面子主动跟他和好。

可当得知他放下自己的原则去帮姜雪微时，她头一次觉得慌了。

她知道他算不上有多喜欢自己。他那个人，对什么都淡淡的，她愿意相信他只是还没到喜欢一个人的时候。没关系，她可以等，来日方长，她还有很多时间可以等他爱上她。

过去那么多年里，她从来没想过，如果有一天，他喜欢上别人了该怎么办？

她慌了神，再也顾不上赌气，所有的自尊和面子都被抛到一边，听爸爸提到今天有个宴会，她便要求参加，并且厚着脸皮给叶妈妈打电话，拜托她让叶云深也参加。

可她到底是一贯骄傲的袁青霜，不知道该怎样开口示好，于是选择了最笨的办法，装作忽视叶云深，装作跟其他男生很热络，希望他能对此有所反应。

他漠然地坐在那里，让她一直提着的心落到原地，有些难过，有些酸楚，又有些释然。

真是可笑，她在奢望些什么？

草草结束了跟外国男生的对话，她找了个角落坐下，再没了开口的兴致。

叶云深后来又被父母叫到身边，也用流利的英语跟外宾交谈了一番，聊完了，他刚坐下，电话响了，他摸出来看了看屏幕，起身去外面走廊上接电话。

袁青霜只犹豫了那么两秒钟，便轻手轻脚走到门口，努力分辨他打电话的声音。

叶云深姿态放松地倚靠着墙，接起电话："喂？"

"忙吗？"

"不忙，有什么事，你说。"

"你的手表落在我家里了。"

"噢，我知道，刚才想看时间，发现手表没在，才想起来应该是落在你家了。"

"什么时候给你？"

"没事儿，先放在你那儿吧，开学再给我。我可以先戴其他的表。"

"那……好吧，拜拜。"

"拜。"

叶云深收起电话，转身，却看见袁青霜迎了上来。他点点头，算是打招呼。

"手表忘在谁那里啦？"眼看他就要走进去了，两个人擦肩而过时，袁青霜终于忍不住开口了。尽管她努力让自己的语气听起来轻松随意，但声音里微微的颤抖还是泄露了她的紧张。

毕竟，他们已经很久没说过话了，她这句简单的询问，已经是她最大限度放低姿态的求和了。

"同学。"他回答说。

"哪个同学？我也认识吧？"话一出口她就后悔了，她明知道他讨厌她的越界。

果然，他皱着眉头不悦地看着她："需要向你汇报吗？"

她慌乱地摇头，说："对不起……"在别人眼里，她是受尽娇宠的大小姐，高高在上，不可一世，但在他面前，她却总是那么轻易就变得狼狈不堪。

到宴会结束，他们也没有再交谈。离开时，那个加拿大男生盛情邀请袁青霜去加拿大旅游和留学，她心不在焉地应着，看见叶云深去了卫生间，手机还留在桌子上，心里一紧。

她知道他的密码。

别误会，不是通过什么手段得到的，是他自己告诉她的。有一次她要看他手机上的照片，对着一张照片看久了些，手机自动锁上了，他随口就把密码告诉她，她记下来，后来又试过一次，他并没有改密码。

所以怎么能怪她呢，除了她，还有哪个女生知道他的手机密码？难道她不是最接近他的人，不是对他而言最特殊的那一个？他把她推到这样的高度，给了她沉溺的梦境，又亲手将梦打碎，难道不残忍吗？

她的心脏因为紧张而剧烈跳动，她知道她不应该偷看他的手机，可她实在太想知道刚才那个电话是谁打来的了，上帝保佑，只要几秒钟，几秒钟就好。

按 home 键，屏幕亮起来，输入密码，解锁，点开通话记录……

姜雪微。

看见这三个字，袁青霜无力地跌坐在凳子上，满心荒凉。

难怪呢，刚刚坐在这里一直面无表情，接电话却笑得那么温柔。

原来是她。竟然是她！

她有什么好？自己花了这么多年都没能走进他的心，姜雪微才认识他多久，两个人就到了这个地步？

姜雪微到底打了什么主意，对他存了什么心思？他常戴的那只手表是浪琴的，售价一万多美元，就这么随随便便放在她那里了？

送走所有的客人，宴会厅里只剩下袁家三口和叶家三口，双方父母道别，叶云深也礼貌性地跟袁青霜道别。

终于可以卸下伪装了。袁青霜抬头，有些悲伤地看着叶云深，抱着最后一丝渺茫的希望问道："你的手表，是忘在姜雪微家里了？"

"嗯。"他点点头，似乎这并不是件多么大不了的事，也并不打算追究她为什么会知道。

"所以，你们真的在一起了？"

"你胡说什么呢？"他不悦地皱起眉头。

双方父母注意到他们的情绪不对，都围过来。叶云深不想把父母牵扯进来，尽量克制自己，语气温和了不少："你误会了。"

"误会？那你能不能解释一下，你为什么亲她？为什么把手表落在她家？你们都进展到什么地步了，都登堂入室了？做什么事需要把手表取下来？"袁青霜敏感地察觉到他的语气变化，知道他想在父母面前息事宁人，可她偏不，好不容易找到钳制他的机会，她一定要好好把握。

"阿深，到底是怎么回事？"叶妈妈皱起眉头看着叶云深。母子俩不悦的表情如出一辙。

叶云深本来并不觉得这是件多么大不了的事，他也不愿意向袁青霜解释些什么，但既然妈妈难得地关心他，他就耐着性子解释道："没什么，隔壁班有个女生家里很困难，我凑巧帮过她两次。今天在路上遇上她奶奶，非要叫我去她家，我就去坐了会儿。"

"是什么样的困难，让你帮得都亲上了？"袁青霜冷冷地问。

"袁青霜，你不要太过分！"叶云深真的动怒了。他知道她向来任性，但没想到她竟然会不分场合，在双方父母面前胡搅蛮缠。他觉得尴尬，觉得难堪，因为这么多年来，他从来就不习惯向父母敞开心扉，学校里发生的事，他在家从来不谈。

这时候慢半拍的袁妈妈终于反应过来了，她努力在回忆中搜索着什么，说："姜雪微，这名字怎么这么熟，是不是你一直在资助的那个农村小姑娘？"

"就是她！妈妈，你说这穷丫头心机多深呀，看我不愿意再资助她了，就找机会缠上了阿深，她家那么穷，不是图阿深的钱是什么？就阿深这么单纯，才傻傻地上了当，还以为他是在帮助人家呢。"袁青霜本来被叶云深吼得有些心虚，此刻仿佛找到靠山，十分委屈地挽着妈妈的手臂，要她评评理。

袁妈妈一脸凝重："如果真的是这样，那是挺可怕的。小姑娘看起来乖巧伶俐，没想到竟然不走正道，动这些歪心思。看来有些慈善真的不是帮人，而是害人，害得这些受助者放弃努力，以为别人帮助她是应该的。"

"她不是这样的人。"叶云深厌恶地看着袁青霜，冷冷地替姜雪微解释。

"人心险恶，你怎么知道她是什么样的人？如果真是个好姑娘，小小年纪怎么会跟你亲上了？"叶妈妈不满地看着叶云深。

叶妈妈的话实在有些刺耳，叶云深愤怒了："妈！请注意你的用语！那是个误会，我们之间清清白白的。"

"我看你是此地无银三百两！"叶妈妈说完，回头皱眉看着自己的丈夫，"叶简嵘，你还管不管你儿子了？你看看他都做了些什么糊涂事？"

"我儿子难道不是你儿子？谁让你平时不管他的？"叶爸爸翻了个白

眼。

"我不管他？我不管他他是怎么长这么大的？你倒是说得轻松，我问你，你要是少应酬点，多关心关心儿子，他能变成今天这样？"叶妈妈的怒气被点燃了。

相交多年，袁家夫妇早习惯了叶家夫妇这副样子，也不上前去劝架。袁青霜也仿佛没听见叶家夫妇的吵架，仍然沉浸在伤心和愤怒中——叶云深竟然在自己父母面前那样维护那个穷丫头！

"阿深，她到底有什么好，能让你这样维护她？"她双眼含泪，一字一句地问。

"我只是实话实说，谈不上维护。"他面无表情地说完，又想起什么，补充道，"哦，对了，至少她表里如一，不会背后讲朋友的坏话。"

袁青霜又丢脸又愤怒，眼泪唰地流下来，气急败坏地说："她才不是我的朋友！"

"或者可以说，你不是她的朋友。"叶云深说。

袁青霜气得转身就要走，那边的叶妈妈赶紧过来一把拉住她，厉声对叶云深说："阿深，给霜霜道歉，现在，立刻！"

叶云深有些好笑地看着满脸怒气的妈妈，也许连她自己都没搞清楚，她的愤怒，到底是因为儿子的不听话，还是因为老公的不配合？对她而言，儿子只是她的私有物品，只需要听从她的命令，为她争面子，她可以让儿子为了利益而跟生意伙伴的女儿亲近，却从来没想过，儿子也有自己的思想，有自己的喜怒哀乐，从来没想过，要听一听儿子的心声。

从前他是懒得跟她计较，所以她觉得他乖，今天他不过违逆了一句，她便已经受不了，觉得"他变成这样"，他到底做了什么不得了的错事，犯了什么天大的错误，变成了什么她难以接受的样子？

他像是发现了新大陆，有心挑战她的权威，于是偏过头去，强硬地说："我没有错，为什么要道歉？"

大概是习惯了所有人都要听从自己的命令，听到叶云深的话，叶妈妈竟然一时之间反应不过来，愣了一会儿才回过神来，不敢相信地看着他："你说什么？"

袁父袁母又心疼自己的女儿，又觉得很丢脸，同时也对叶云深气愤不已。女儿对叶云深的心思他们一直都知道，女孩子嘛，情窦初开，对方又是个知根知底门当户对的好孩子，他们乐见其成，虽然看出来叶云深对女儿并不热情，但男儿志在四方，总比满脑子儿女情长有出息。可他们万万没想到，叶云深小小年纪就已经当了负心汉，喜欢上了别的女孩子，还这样当众羞辱自己的女儿！

"老叶，你儿子真是出息了啊！"袁爸爸冷冷地说完，伸手去拉自己的女儿，"还傻站着干什么，还嫌不够丢人现眼的吗？回家！"

袁青霜挣脱父亲的手，不甘心地看着叶云深，哭着问："她真的值得你这样吗？你们才认识多久，不到半年而已，你了解她吗？"

"我只是顺手帮过她几次，干吗要了解她？我说了我们之间清清白白，你们怎么就不信呢？"叶云深真是烦死了，明明很简单的事情，为什么要搞得这么复杂？自己的妈和袁青霜还真是一国的，都那么不可理喻。

"行！既然你和那丫头之间没什么，那以后就不要再来往了。"叶妈妈大手一挥，替他做了决定。

"既然没什么，为什么要刻意不来往？"叶云深很无语。

"还说你们没什么，没有为什么不能断绝来往？"叶妈妈的口气有些咄咄逼人。

叶云深也来气了："没有为什么，只是觉得没必要。"

　　"那你就是承认你们之间有点什么了？"

　　"本来是没什么的，但你们都不肯相信，非要给我扣上这顶帽子。行，既然这个罪名我已经背上了，也不能白背，我一定会追到她，把这个罪名坐实。你们满意了吧？"说完，不想再听任何人哭泣或者质问，叶云深转身，大步走出宴会厅。

— 第六章 —

你笑起来像风

YUNSHEN
BUZHICHU

1. 我拥有的那么少，还好有一些美好

扔下一堆烂摊子，叶云深走出蓉锦会所，深深呼吸了一口冷冽的新鲜空气。天色已晚，很冷，他不知道该何去何从，索性漫无目的地沿着街道慢慢走着。

手机就在包里，却没有响过，他本以为妈妈会疯狂地打他的电话，叫他回去，叫他道歉，但她却没有这样做。也许因为这是他第一次公然跟她作对，她太震惊、太难接受，反而乱了方寸吧。

她一定很气吧?

其实冷静下来之后，他也有一丝后悔，但很抱歉的是，他们并没有教过他该怎样良性沟通，他们做父母的办不到，他这个做儿子的，也办不到。

不知道走了多久，双脚沉重得快要抬不起来了，他停下来，靠在路边的树干上休息。今天一天走的路，比他过去十天加起来都多，他自嘲地想，运动量倒是够了。

已经很晚了，路上的行人和车辆都很少了，他抬起头，发现对面那栋楼有些熟悉，再仔细一看，原来自己不知不觉中，竟然走了这么远的路，走到了姜雪微家对面。

他费劲地辨认了一下，姜雪微家似乎还亮着灯。他心里一动，摸出手机，犹豫片刻，拨通了她的电话。

电话响了两声她就接起来了。

"打扰到你睡觉没？"他问。

"没有，我还在看书。"她努力掩饰睡意，让自己的声音听起来清醒些。

"嗯。"他应了一声，陷入沉默。

他不知道该怎么开口。

"有什么事吗？"她终于打破沉默，小心翼翼地问。

"我……我想请你帮个忙。"他说。

"好啊，什么忙？"她爽快地说。

他有些感动，却更不知道该怎么开口了，她是个好女孩，他是不是不应该把她拖入这样的麻烦中？

"怎么啦，遇到什么事，不好开口？"她体贴地说，"没关系，你说吧。"

"我想……我想请你做我的女朋友，和我谈恋爱。"他终于鼓起勇气说出口，但还来不及等她回答，他又赶紧补充，"你别误会，你说过你对我没兴趣，我知道的，我只是想麻烦你假装和我谈恋爱。"

"好啊，没问题。"姜雪微的声音在这样的深夜里听起来格外温柔。

叶云深没想到她答应得这么爽快，甚至不问为什么。

因着这样的信任，他心底竟然涌上来一点点柔情和责任感，他挺直脊背，认真地说："那，就要麻烦你照顾我一段时间了。"

"好啊，那从现在开始你就是我的男朋友了。男朋友，现在已经很晚啦，该睡觉啦。"她轻笑道。

"嗯，知道了，你也早点睡。"

"晚安。"

"晚安。"

挂断电话，叶云深觉得一身轻松，伸手拦了一辆出租车，回家去。

借着窗外路灯昏黄的光芒，姜雪微伸手到床头柜里拿出叶云深留下的手表握在手里，仿佛这样就能更靠近他一些。

她不知道到底发生了什么事，为什么叶云深会突然在深夜里给她打电话，要和她谈一场假装的恋爱？但她不会，也不愿意开口去问。

或者说，她不敢问。

她知道自己不应该答应他。她说过，不会背叛霜霜，所以哪怕是假的谈恋爱，她也不应该答应。她也知道，他并不喜欢自己，明知他不喜欢她，她还借着假恋爱的名头和他在一起，何必呢？见他的次数越多，和他在一起越久，她只会越陷越深。

无论怎么想，她都不应该答应他。

可她却毫不犹豫地对他说，好啊，没问题。

因为，无论理智上怎样权衡利弊都没用，她的心，只有唯一的答案，她的大脑，也只能做出唯一的选择。

叶云深回到家，父母难得地一起坐在客厅等他。他换好鞋，走过去跟他们打招呼："爸，妈。"除此之外再无更多的话。

"去哪儿了？"还是叶妈妈按捺不住先开口。

"随便走走。"

"阿深，你最近是不是发生了什么事？"叶妈妈有些担忧地问。

"没有啊。"

"那你为什么这么反常？你以前不是这样的。是不是青春期到了，开始叛逆了？"叶爸爸试探地问道。

叶云深有些好笑，看来他们已经商量过了，打算走谈心的路线，但他们从来没有尝试过了解他，以至于这样的沟通，显得那样笨拙。

"真没有。"

"你真喜欢上那丫头了？"叶妈妈还是没忍住。

难得他们愿意坐下来平静地跟他沟通，他不想吵架，于是没有回答这个问题。

叶妈妈却以为他是心虚，努力做出很有耐心的样子，尽量温柔地说："阿深，听妈的话，别跟那些乱七八糟的不清楚底细的人来往，不然被人算计了都不知道。"

无效沟通真是一件让人失望的事啊！叶云深的手掌紧紧攥成拳头，直到他觉得自己的力气被耗尽，这才有气无力地说："爸、妈，我困了，去睡了，晚安。"

他是真的又累又困，简单洗漱后，头一沾枕头，就陷入熟睡。

隔天起床时，父母都已经不在家，保姆李阿姨把早饭端上桌，跟叶云深说："阿深，你妈妈让我跟你说，叫你收拾收拾行李，去你澳洲的小姨家玩几天，机票已经买好了，下午出发。"

叶云深跟小姨关系不错，前几年寒假也去过小姨家，虽然明白父母这时候突然让他去澳洲，大概是想让他换个环境冷静冷静，但他倒也不抵触，简单收拾了行李，就去了机场。

到底还是个大男孩，在小姨的安排下玩得乐不思蜀，更是完全把跟姜雪微假恋爱的事忘到了九霄云外。

等叶云深回到家，已经是除夕了。

　　对姜雪微来说，过去的这十来天，是她度过的最漫长的一段时光，每天，只要脑子闲下来，她就会想起叶云深，他为什么毫无音信？说好谈恋爱，然后就再也不联系她，到底是什么意思？

　　她无数次拿出手机，甚至都打出了"还好吗""在干什么"，最后还是一个字一个字地删掉。

　　除夕这天，她终于鼓起勇气，给他发了一条拜年短信，简简单单四个字：新年快乐。如果他问，她可以说自己是群发的，这样是不是显得没那么刻意？

　　短信刚发出去，他的电话就打过来了。她吓了一跳，愣了一会儿才跑进房间里接电话。

　　"在干吗呢？"他问。

　　"刚吃完年夜饭，陪妈妈和奶奶看春晚。"

　　"我来找你吧。"

　　"啊？嗯，好啊。"她毫无准备，反应过来以后，赶忙答应。

　　挂了电话，姜雪微赶紧开始换衣服。因为不打算出门，所以她已经换上睡衣，她从衣柜里翻出仅有的几套衣服，看哪套都觉得不顺眼，最后一咬牙，穿上了明天准备穿的新衣服。

　　虽然现在很多人都不注重过年的一些风俗了，但姜雪微家历来的传统，过年还是会买新衣，而且必须等到正月初一这天才能穿。

　　换好衣服，照镜子，姜雪微又觉得自己的发型很傻，怎么梳怎么难看，折腾半天，最后还是只扎了简单的马尾。趁奶奶看电视看得专注，妈妈在上厕所，她赶紧溜到厕所门口，隔着门小声跟妈妈说："有同学来找我，我下去一会儿。"不等妈妈回答，就跑出去。

　　叶云深已经等在楼下了，看见她，脸上扬起笑容："我来拜年。"

　　她有些不好意思地笑笑，不知道该怎么接话。

　　"我们先去放烟花，然后再上去看望阿姨和奶奶，好吗？"他冲她举起手中的大袋子。

　　她很开心，只知道傻笑着点头。

　　他带她七拐八拐，走到一个她从未去过的地方，已经有很多人聚在这里放烟花，放孔明灯，很热闹。

　　小时候，爸爸还在时，过年会买一些鞭炮和魔术弹回家，她还记得自己又想看又害怕的样子。后来爸爸走了，家里经济又一直不宽裕，就再没有买过鞭炮之类的东西了。

　　而烟花，那更是她只能远远仰望的东西。

　　叶云深从袋子里拿出一把小烟花，点燃两根，递给她。她双手接过，几乎是好奇地看着它们，他又点燃一根，自己拿在手里，快速地舞动，在空中划出各种形状，她觉得有趣，也学他的样子，很快就燃完了一小把烟花。

　　周围有情侣，有父母带着小孩，各种欢声笑语，让她也受到感染，父亲离开后第一次真正感到过年的喜庆。

　　最后，他又拿出一个很大的烟花，立在地上，很开心地跟她说："你仔细看哦，这个烟花很漂亮的。"

　　他蹲下来，点燃引线，然后跑到她的身边站定，回头。引线刚好燃完，美丽的烟花喷射出来，变幻着各种颜色。不是那种会射很高的烟花，而是适合近距离观看的那种，周围的人都停下来看着他们的烟花，小朋友发出一阵阵欢呼。

　　姜雪微长这么大，第一次这样近距离看见这么美的烟花，她看着看着，双眼就有些模糊，旁边的叶云深喜气洋洋地看着她，带着点孩子气地邀功般地问她："好看吗？"

"好看。"她拼命点头，眼泪落下来，赶紧装作揉眼睛，伸手去擦。

这十多天来她所有的忧伤和煎熬，仿佛都在这样美丽的烟花里烟消云散了。

她心里在想，怎么办，叶云深，我爱上你了，我真的爱上你了。你给了我我从未拥有过的美丽和灿烂，即使它们那样短暂易逝，但也已经永永远远留在我心底了。哪怕这一切都是假的，是握不住的幻象，我也只能全情投入了。是的，我只能如此，别无选择，因为，我的心，早就已经不属于我自己了。

这也是叶云深第一次单独跟女孩子一起放烟花。

之前虽然跟姜雪微确定了恋爱关系，但去小姨家以后，他把这件事彻底忘了，直到回家后收到她的短信，他才想起来自己完全没跟她联系过，觉得有些愧疚，想弥补一下，也想去看望看望她奶奶，索性趁父母都在打牌，带上烟花和水果偷溜出来找她。

他只是觉得反正除夕都是要放烟花的，不如跟她一起放，也算是一次约会了。他不会知道，他这样一个随性的举动，对姜雪微来说，意义有多重大。

她从前拥有的实在太少太少，所以他随便给予那么一点点，对她来说，就已经是全世界了。

放完烟花，他送她回家。奶奶来开门，看见他，很是惊喜，忙把他迎进屋里。姜雪微的妈妈正在厨房里做宵夜，见他来了，无论如何要他吃了宵夜再走。

叶云深把手里的水果放下，吃了一些饺子、几个汤圆，吃了几条炸的小面鱼，撑得路都走不动了。而且他还从饺子里吃出一枚硬币，被奶奶和阿姨说了好一通吉祥话。他猜有硬币的那个饺子肯定是阿姨故意盛到他碗里的，虽然只是个小小的举动，但他还是被感动了。

饺子里包一枚硬币，吃到的那个人来年会特别幸运，这是古老的风俗，但在他家，这样的风俗早就没有了，妈妈嫌弃硬币不卫生，还怕会伤到牙齿。

其实这些东西他也挺无所谓的，只是此刻，在这间小小的连客厅和餐厅都分不清的屋子里，他真的体会到一枚硬币带来的快乐。

离开时，姜雪微把他送到楼下。路灯照进她眼里，亮晶晶的，他看着她，突然伸手轻轻拥抱她："新年快乐。谢谢你。"

她的脸迅速烧起来，好在是晚上，光线昏暗，不太看得出来。

"新年快乐。"她有些害羞地说。

直到他乘坐的车已经消失不见，她还傻傻站在原地。

这次不是为了帮她，不是为了做给谁看，这次，他真的拥抱了她。

她开心得快要飞起来了。

2. 程熙朗

新学期开学后的某天，姜雪微课间休息时，遇见叶云深背着相机去摄影社办公室，看见她，他随口说："不如你加入摄影社吧。"

芙蓉中学有很多社团，学校要求每个学生至少加入一个社团，姜雪微文笔好，所以加入了对她来说最省事的文学社。现在叶云深这样说，她当然毫不犹豫写了摄影社的入社申请表。

一般批复社团申请表的时间为一周，但姜雪微的入社申请表只交上去半天，就被叫去摄影社办公室。社长是高三年级的一个学姐，她坐在椅子上，双手抱臂，有些高傲地看着姜雪微，只问了一个问题："你有单反吗？"

姜雪微摇头。

"参加摄影社，最基本的条件是拥有一台单反，如果你连单反都没有，来我们社干什么？打杂吗？"

"只要能加入摄影社，打杂也可以。我可以帮大家提东西，送水，做好后勤工作。"姜雪微急切地说。

"可我们不需要。申请表你拿回去吧。"学姐把申请表递给她，做出好走不送的表情，不再说话。

姜雪微捏着自己的申请表，有些沮丧地走出摄影社办公室。是她想得太简单了，以为一个社团里必定有不同的分工，只要她有心，一定能找到适合她的位置，却没想到，她根本连那道门槛都跨不过。

她不知道的是，在她走出办公室以后，袁青霜从柜子后面走出来，笑眯眯地对社长说："谢谢学姐。"

"跟我还客气什么。再说这种连单反都没有的人，也妄想来我们摄影社？真是好笑。"

"姜姜！"有人突然在身后拍了拍姜雪微的肩膀，不用回头，她也知道那人是谁。除了程熙岭，还有谁会这么肉麻？

"怎么啦，瞧瞧你，愁得眉毛都皱成一团。有什么烦心事，告诉哥，哥帮你！"他先是故作心疼地皱眉，又夸张地拍了拍胸口。

姜雪微好笑地看着他，心底的难过倒是被冲淡了一些。

"又缺钱了吗？用不用我给你介绍个工作？"他热心地说。

如果能赚到更多的钱，有没有可能，她也会拥有一台属于自己的单反？不知道一台最便宜的二手单反需要多少钱。

她在心底默默盘算着，问他："什么工作？"

"我哥刚开了个小广告公司，就在学校附近，正缺人手呢。"

"广告公司？需要一定的专业技能吧，我去了能干什么呀？"

"打杂你总会吧？你要真想去，我跟我哥说说。"

"好啊。"她答应下来，低落的心情有所好转。要是能多一个赚钱的机会，管它是打杂还是做什么，只要她能做的，都可以。如果很努力很努力，她有没有机会买一台二手单反，加入摄影社呢？

程熙岭回家就跟哥哥程熙朗讲了想介绍姜雪微去他那里打工的事。

程熙朗很无语："老弟，你追女生追出新花样了啊？你以为你哥的公司是收容所吗，什么人都要？"

程熙岭赶忙解释："哥，这次你真误会了，姜雪微才不是我的菜。我是认真想要介绍她到你公司的，你就当做善事嘛。"他添油加醋地讲了姜雪微家里有多么贫困，课余时间多么辛苦地打工赚钱，成绩又是多么好，人多么机灵聪明又讲义气，程熙朗被他烦得不行，只好敷衍着应下来："好好好，周末你把人带到我公司来，如果真有你说得这么好，我一定请她来上班，OK？"

程熙岭一声欢呼，抱住哥哥的胳膊："哥，你最好了。"

程熙朗赶紧甩开，受不了地说："少跟我肉麻。"

周五下午放学后，程熙岭带姜雪微去了程熙朗的公司。公司和学校只隔了两条街，店面不算大，但装修得很有范儿，程熙朗和另一个设计师正在电脑面前埋头干活。

"哥！"程熙岭孩子气地跳过去拍哥哥的肩膀。

"来啦，坐。"程熙朗手上正忙着呢，没空招呼他们。

两人在沙发上坐下来，好奇地打量着室内的环境。

"你们这儿能打印吗？"没过多久，一个中年人推门进来，手里拿着一张写满了字的纸。

"可以可以，您先坐，稍等，我马上帮您打印。"程熙朗嘴上招呼着，打算起身。

姜雪微马上起身去饮水机旁边取了一个纸杯，接了大半杯水，放到客人面前，满脸笑容地说："您请喝水。"然后接过他手里的纸，"是需要把这些手写的字输入电脑，然后打印出来吗？"

"是的，我不会用电脑，只好来外边找人帮忙打字了。"中年人说。

程熙朗又重新坐回凳子上，指着旁边一台没人用的电脑对姜雪微说："用这台电脑吧。"

姜雪微坐下来，噼里啪啦开始打字，偶尔有一两个字看不清，就起身问客人，没多久，一份文件就打完了。程熙朗检查了一遍，打印出来，交给了客人。

客人付了钱，满意地离开，程熙朗手上也暂时告一段落，坐到姜雪微和程熙岭面前，打量着姜雪微："你打字还挺快嘛。"

"嗯，初中时，老师说计算机、英语、开车是每个人必备的技能，所以上计算机课我都很认真，练习打字也很认真，虽然我家没电脑，但我打字是我们班最快的。"姜雪微有些讨好地回答道。

"我弟倒是没说错，你是挺机灵的，我也愿意让你来上班，可问题是你平时都在学校上课，还打了别的工，哪里还有时间到我这里来上班？"

"我们每天中午有一个小时的午饭时间和一个小时的午休时间，我可以过来，下午放学了马上就过来，我可以辞掉其他工作，周末全天都能来。"姜雪微急切地说。她很想来这里上班，比起奶茶店，这里明显可以学到更多东西。

"你其他的工作能赚多少钱？"他问道。

"你是说奶茶店吗？一个月六百。"姜雪微老老实实地回答。

"我给你一千二，中午过来工作一个小时，下午工作一个半小时，周末从早上十点到下午六点，工作内容不限，需要你做什么你就做，有问题吗？"

"没问题没问题！"姜雪微兴奋极了，站起来对程熙朗深深鞠躬，"谢谢老板！"

"叫我朗哥就行了，不用叫老板这么客气。"

"朗哥，谢谢你！"姜雪微一个劲地鞠躬。

程熙岭赶紧拦住她："好了好了，不用这么夸张吧，差不多就行了。"

回去的路上，姜雪微大方地请程熙岭吃了一个煎饼，她实在是太感谢他了，之前加上送牛奶，她一个月最多能挣一千块，大多数时候都会因为各种原因被扣掉一些，但现在只广告公司打杂她就能挣一千二，一千二呀，加上早上送牛奶的钱，她也可以养家了！

程熙岭最终还是抢着付了账，他的理由是："我给我哥找到你这么好的员工，他感谢我还来不及呢，肯定少不了给我零花钱，这次，让我请客！"

晚上回到家，程熙朗又跑到哥哥面前邀功："哥，怎么样，我没骗你吧？姜雪微确实是个不错的女孩子。"

"对对对，你说得对。"程熙朗忙着修改一张海报，随口应道。

对于每个月花一千二请一个兼职打杂工，公司里另一个设计师小杨颇有微词，程熙朗谎称姜雪微是弟弟的女朋友，这一千二其实是弟弟出，才算是平息了他的不满。

其实多花几百块，完全可以请一个稳定的全职员工，但程熙朗却选择了姜雪微。一部分原因是她还算机灵，更多的原因，是她让程熙朗想到了一段过去。

虽然家境不错，但因为是长子，父母从小对他要求严格，寄予厚望，他从高中起就开始在外面打工，大学就开始尝试创业，现在开的这个小小的广告公司，他没花家里一分钱。

他当初打工，只是自己对自己有要求，若是行不通，失败了，大不了回到父母的羽翼下，而姜雪微却没有退路，必须用稚嫩的肩膀扛起家里的半边天。

那段打工的岁月里，他也遇到过这么一个女孩子，一个像姜雪微一样的女孩，但后来……他睁开眼，不忍再去回忆。

像弟弟说的一样，就当做善事吧。他不想姜雪微再变成另一个她。

3. 我一路狂奔

大半个月过去了，广告公司里除姜雪微以外唯一的正式员工小杨，已经完全拿姜雪微当自己人了。自从她来了以后，他什么杂事都不用再做，只需要一心做好设计，打印复印一类的小事，只要她在，一定不劳其他人动手，校对文稿什么的，完全交给她，每天下班前，她都会打扫卫生，把乱糟糟的办公室收拾得清清爽爽，文件分门别类，然后才会离开。

空闲的时候，她会一个人坐在旁边默默背书、做题，绝不打扰他分毫。每个周末，她都会带一些家里做的简单的小吃，让永恒不变的午餐——盒饭，多了一点点美味。

程熙朗也对她很满意。公司刚开张，本来也只是个小公司，生意只能算过得去，所以不忙的时候，他会主动提出让她趁空闲看书学习，甚至给她和小杨一样的福利，允许她每个月有一天可以请假。

　　姜雪微没想过要请假。她是那么感激程熙朗，除了努力工作，她想不到还有别的什么可以做的。

　　偶尔制作广告需要给客户的产品拍照，程熙朗就会拿出他的单反相机，每次他拍照时，姜雪微都忍不住凑到旁边看。以前她对相机啊摄影啊什么的毫无兴趣，自从打定主意要加入叶云深所在的摄影社，她就变成一个摄影爱好者，一个没有相机的摄影爱好者。

　　程熙朗看她有兴趣，空了就会教她，让她试拍。她从来没摸过相机，一开始诚惶诚恐，连拿相机的姿势都不对，后来慢慢熟悉了，在程熙朗这个好老师的教导下，懂得了取景、构图，懂得了光圈、快门，也勉强算入了门。

　　早春三月，学校举办了一场摄影大赛。

　　因为每个班都必须交，姜雪微看班长收不到照片愁眉苦脸的样子，就交了两张作品上去。没想到政教处把所有照片收齐之后，在校前广场全部匿名展出，并且给每个学生发了票，可以投给自己喜欢的作品。

　　虽然说是匿名，但大部分作品的主人还是公开拉票，班长也帮姜雪微在班上拉了票，可姜雪微却胳膊肘往外拐，把票投给了叶云深。

　　叶云深的照片主题很普通，就是拍摄了参加田径比赛的同学，但无论是光线还是构图，抑或是照片上的主角咬紧牙关拼命奔跑的表情，以及顺着头发滴落的汗珠，都抓得那么恰当，比起其他人物照，就是多了一种明亮、朝气、拼搏的味道，让人印象深刻。

　　比起他的照片，姜雪微觉得自己的照片连展出的资格都不够。

　　一周后，展览结束，叶云深的照片得了二等奖，而姜雪微竟然得了三等奖。

　　她惊得下巴都快脱臼了，倒是程熙岭很得意："把我哥拍得那么帅，怎能不迷倒万千少女！"

姜雪微的两张照片，一张是拍的坐在学校花园里聊天的同学，另一张，就是拍的程熙朗，也就是她得奖的那张照片。

那天比较空闲，她拿着相机在公司胡乱拍着，程熙朗正坐在电脑面前画设计图，阳光从外面照进来，她突然觉得他认真的模样很好看，很动人，于是就举起相机拍了下来。

拍的时候，她没有过多考虑光线和构图，大概真的是程熙朗的帅气模样为她的照片加分了吧？

拿了奖，班级有加分，摄影师本人还有一笔小小的奖金，最重要的是，姜雪微，被邀请加入摄影社。

发出邀请的是摄影社的新社长，高二年级的学长，叫韩夜。其实高三的老社长在高三上期结束就应该退社了，只是她偶尔还会回社里看看，好巧不巧，姜雪微交入社申请表时，遇上她在社里，正好袁青霜跟她关系不错，就有了之前姜雪微被拒绝那件事。

摄影展上获奖的，绝大部分是摄影社的成员，剩下两个非社员，一个是高三的学长，另一个就是姜雪微，因为学长已经高三，所以韩夜只对姜雪微发出了邀请。

姜雪微受宠若惊，但也只能老老实实跟韩夜说："可是……我没有相机。"

韩夜很意外："没有相机，那你的照片怎么拍出来的？"

"是……借别人的相机拍的。"她回答得有些艰难，脸都红了。

韩夜注意到她的鞋子，那是一双明显洗过很多次，虽然干净，但已经有些旧了的鞋子。他突然明白了，于是体贴地说："没关系，你先加入，下次搞活动的时候，可以和我用同一台相机。或者偶尔能再借到相机，也不错啊。"

　　"真的可以吗？"姜雪微意外极了，不敢相信地看着他。

　　"当然可以。"韩夜不知道她曾经被老社长拒绝过，所以不明白她为什么会这么激动。他很惜才，她连相机都没有，却能拍出不错的照片，说明是有天赋的。

　　当周摄影社例会上，韩夜就向社员们介绍了新成员姜雪微。

　　本来在摆弄相机的叶云深听见她的名字时猛地抬起头，有些意外地看着她。之前跟她提过加入摄影社的事情，但她一直没动静，他以为她不愿意，没想到这会儿突然出现了。她和他目光相接，开心地扬了扬眉毛。

　　将一切小细节收入眼底的袁青霜气得翻了个白眼，大家都鼓掌欢迎新成员时，她只是从鼻子里发出不屑的哼声。

　　这穷丫头，还真是有手段，到底还是进来了。

　　"咦，谁买的盆栽？"程熙朗走进公司，一眼就看到自己工作台上方的搁板上，摆着两盆生机勃勃的绿萝，煞是好看。

　　"我买的，送给你。"刚从学校赶过来的姜雪微一脸讨好的笑，"绿萝可以吸收辐射，对身体好。"

　　"咳咳！"小杨故意咳嗽两声，说道，"啧啧啧，摆两盆也不嫌太挤。"

　　"分你一盆？"程熙朗挑眉问道。

　　"好啊好啊！"小杨忙不迭点头。

　　"自己买！"程熙朗白他一眼。

　　小杨捂住胸口，夸张地说："刚被小姜拒绝一次，又被你拒绝一次，连台词都一样……"

　　程熙朗和姜雪微都笑得不行。

　　笑过了，程熙朗问："为什么送我绿萝？不是无事献殷勤吧？"相处了这么些日子，三个人早已经熟得可以随便开玩笑了。

　　"不是啦！谢谢你借我相机，教我拍照，之前我用你做模特拍的照在学校拿奖了，所以送你礼物。"

　　"侵犯我肖像权？"程熙朗假装瞪眼，"快把照片拿来看看。"

　　姜雪微在电脑上翻出那张照片。小杨凑过来看一眼，夸张地说："哇，老程，你竟然这么帅，我以前怎么没发现？到底是认真工作的男人最帅呢，还是小姜技术好，把你拍得帅？"

　　程熙朗没说话。

　　他又想起那个女孩。

　　她曾经得意地把手机举到他面前，让他看一张她偷拍的他打工时的照片，笑得像只小狐狸："怎么样，帅吧？只有我才能把你拍这么帅。"

　　"为什么只有你才行？"他笑眯眯地问。

　　"因为，你只有在我眼中才最帅，你在我眼中是什么样，我把你拍出来就是什么样呀。"她一副理所当然的口气。

　　现在回想起来，那就是他最幸福的时候了。那时，他们彼此相爱，但都没有说出口——他觉得时机未到，而她，在等他开口。

　　后来……后来他终于开口了，在那样绝望的情境下，他说："留在我身边，我爱你，你知道的。我会尽我所能爱护你，照顾你的，好不好？"

　　她的眼泪猝然坠落，却只能回答他："对不起。"

　　她转身离开那一刻，他的眼泪也落下来，他几乎撕裂了自己的嗓子，疯狂地喊她的名字："许秋池！不要走！"

　　可她没有回头。

　　"老程，被自己帅呆啦？"小杨推一推发呆的程熙朗。

他回过神来，咳嗽两声，掩饰有些发红的眼眶，说："名师出高徒，拍得不错，不错。"

"是是是，都是因为我有个好师父。"姜雪微没注意到他的异常，笑着恭维他。

从那以后，姜雪微又改了口，称呼程熙朗为师父，他教她摄影，教她各种电脑知识，这个师父，他当得起。

4. 此生愿你健康，予你阳光

四月的第一个周日，摄影社举办了一次户外采风活动，姜雪微自然是没去，虽然她很想去，但还是认真工作赚钱更重要。

十点过，睡够了懒觉的程熙岭到哥哥公司来玩，看见姜雪微，惊讶地说："你怎么没去桃花山？我那天不是听你们社长来找你，叫你参加今天的户外采风吗？"

"我跟他说了，我有事，去不了。"

"财迷，请一天假会死啊。这几天的桃花山开满了桃花，超漂亮，不去真是亏了。"

姜雪微只是笑笑，然后低头继续校对一份广告单。

过了一会儿，程熙朗一边讲电话一边从里屋走出来，走到门口，他挂了电话，回头对姜雪微说："走，跟我出门送货。"

"我？"姜雪微疑惑地指着自己。

以往如果需要两个人安装，都是师父和小杨一起出门的，今天为什么叫上她？她什么都不懂，还不如留在公司守着呢。

"走吧。"程熙朗扛上一箱东西就上了车，姜雪微跟程熙岭和小杨打了个招呼，匆匆忙忙跟了上去。

　　车子出了市中心，上高架，又走普通公路，行驶了半个多小时，来到一座山的山门口，程熙朗买了票进山，车子又沿着盘山公路开了大约十分钟，到了半山腰停车场。

　　一路驶来，两边都是桃花，姜雪微只觉得眼睛不够用，倒是没想太多。车子停好后，她下车，看见旁边一栋建筑写着"碧桃山庄"，她才开口发问："这是哪里呀？"

　　"桃花山啊，你没来过？"

　　"这是就是桃花山？我说怎么一路上都是桃花呢，果然很漂亮呀。"

　　"走吧，送货。"程熙朗把东西扛起来，大步往碧桃山庄里面走。姜雪微赶紧小碎步跟在后面。

　　所谓的山庄，其实就是个农家乐，桃花开了，农家乐的生意进入旺季，便找程熙朗做了一些广告横幅，又印了一些宣传单什么的。

　　送完货，老板留两人休息休息，喝口茶，程熙朗拒绝了，两人走到农家乐门口时，他对姜雪微说："今天公司也没什么事，你给你同学打个电话，和他们会合吧。"

　　姜雪微本来一直在想师父为什么叫她一起来，她从头到尾就是个打酱油的，连搭把手的忙都没帮上。这会儿明白他的意思，她又是感动，又觉得自己何德何能让师父对自己这么好，正不知道该说什么，突然听见一群人吵吵闹闹的声音，她回头一看，居然是摄影社的同学。

　　"咦，那不是姜雪微吗？"有人认出她了。

　　韩夜举着相机噔噔噔跑过来，一脸疑惑地看看她，又看看她身后的程熙朗："你不是说你有事？"

　　一群人都八卦地跟了过来，当然，也包括双眼闪着兴奋而不屑的光芒的袁青霜和凌乐，以及一脸冷漠的叶云深。

"我……"姜雪微一时不知道该怎么解释自己在设计公司打工这个事。

"现在事情办完了，就来了呗。"程熙朗冲韩夜说了一句，又转头看着姜雪微，"我先走了。"说完也不等她回答，就向车子走去。

"咦，他不就是照片上那个人吗？"袁青霜突然说。姜雪微的照片得奖，她很不忿，所以细细看了她得奖的照片，刚才第一眼看见程熙朗，她就觉得眼熟，这会儿终于回忆起来了。

"好像是哎。"

"这人谁呀？"

"她男朋友？"

"长得真不错。"

其他人七嘴八舌地议论起来。

叶云深的脸色越发阴沉了。

程熙朗驾驶车子经过他们时，突然刹车，按下窗户，把副驾驶上的相机递出来，对姜雪微说："别忘了这个。"

姜雪微在众人目光的注视下，有些惶恐地跑过去，小声说："不用了，我可以跟同学合用一台相机。"

"合用毕竟不方便，你带着吧，下午回来的时候给我拿过来就好了。"程熙朗坚持。

她总觉得背后所有人的目光盯得她出冷汗，于是慌慌张张接过去："好，谢谢师父。"

程熙朗摆摆手，开走了。

姜雪微拿着相机，低头走到韩夜旁边，小声说："社长，咱们今天都有什么安排啊？"

　　"先吃饭，吃完继续爬山，一边爬山一边拍照，活动结束，选自己最喜欢的五张照片交上来。"韩夜心中也有疑惑，但看她窘迫的样子，便好心地没问。

　　一行十多人进了碧桃山庄，点菜，就坐。姜雪微想走过去跟叶云深打招呼，可看他脸色阴沉，不知道他是在生她的气呢，还是因为别的事不开心，便有些犹豫地站在原地。

　　除了两三个去洗手间的，其余人都落座了，韩夜招呼她："姜雪微，坐这桌吧。"

　　她依言走过去，刚坐到韩夜身边，另一桌的叶云深突然开口说："姜雪微，坐这边来。"她马上站起身，冲韩夜露出一个不好意思的笑容，然后坐到叶云深旁边。

　　马上有人悄声议论："什么意思？她和叶云深？"

　　"我就听说他俩在谈恋爱，之前还不信呢。"

　　"那刚才那帅哥又是怎么回事？"

　　"谁知道呢。真是奇怪，这女生算不上什么大美人呀。"

　　"是呀，依我看，还没有袁青霜长得漂亮。"

　　"哎呀，你懂什么，男生和女生的审美根本就不一样。"

　　姜雪微偷偷看叶云深一眼，他却并没有看她，而是低头看相机上的照片。他生气了吗？虽然他们只是假装谈恋爱，可他听了别人的议论，也会不开心的吧？

　　吃饭的时候，叶云深只是闷头吃饭，也没说话，但如果哪道菜姜雪微多夹了几筷子，那道菜一旦转过来到他们面前时，他就会轻轻按住转盘，让菜稍稍停留一会儿。一开始姜雪微没注意，后来发现了，感动得一塌糊涂，又不敢说谢谢，生怕是自己想太多。

吃过饭，稍作休息，继续爬山，姜雪微默默地跟在叶云深身后，他不说话，她也不知道该说什么，就都沉默着。他停下来拍照，她也就停下来。这样走走停停，大队伍慢慢就分散成几个小团体。袁青霜和凌乐以及另外两个男生在一起，一直和叶云深他们隔着不远不近的一段距离。

走到一段弯道，叶云深突然抓住姜雪微的手往旁边的小路疾走过去，又弯弯绕绕地绕了不少路，才停下来。

姜雪微小心翼翼地问他："为什么突然走这么快？"

"你走得太慢了。"他当然不会告诉她，是为了甩掉袁青霜。

"哦。"姜雪微不知道该怎么接话。

叶云深放开她的手，一个人默默走在前面，她只好跟上去。

走了几分钟，前面突然开阔了，姜雪微仔细一看，看见很多墓碑，吓得汗毛倒竖，话都说不清楚了："叶云深……这里……这里是哪里啊？你看前面……"

叶云深很无语地看着她："这是墓地。"

"我们……我们走吧……"姜雪微觉得耳边阴风阵阵。

"你陪我祭拜我奶奶吧。"他突然说。

"啊？"姜雪微有些吃惊，看着他在墓地里穿梭。

他在一座墓碑前蹲下来，拿出背包里的香蜡纸钱，摆好，点燃香蜡，然后跪了下来。

"奶奶。"他深深地看着墓碑，许久，才轻声说，"奶奶，我好想你。"

姜雪微从没见过这样的叶云深，默默站在一边，大气都不敢出。

他跪了一会儿，开始烧纸，一边烧一边说："奶奶，昨晚我梦见你了，是你想我了，所以才入我的梦吗？奶奶，我也想你……"

说着说着，他的声音低下去，有些哽咽。

他没有再说话，但姜雪微知道，他哭了。

他竟然哭了。

没来由地，她也觉得心痛、鼻酸，眼眶发红。

他跪在奶奶墓前的样子，像一个被亲人抛弃的小孩子，是那么孤独，她好想上前去抱抱他，可是又没有这个勇气。

四下俱静，只有鸟儿偶尔的叫声和风刮过的声音，不知道过了多久，叶云深才终于站起来，拍拍膝盖上的土，像什么事都没发生过一样对她说："谢谢你，走吧。"

看着他有些发红的双眼，她不知道哪里来的勇气，突然张开双臂抱着他，温柔而坚定地说："不要难过，叶云深，有我在，你不会孤独的。"

所有人都以为他是幸福的，他有良好的家境、出色的外貌、优秀的成绩、招之即来的朋友、深深喜欢着他的女孩子……一个人要有多幸运才能同时拥有这些啊，难道他还不幸福吗？

如果他说他不快乐，他很孤独，一定会被人笑他不知足吧。

那些被父母深爱着、得到过父母最温柔的、毫无保留的爱的人，怎么会懂得他的孤独？我们每个人来到这世上，最初需要的，就是父母，尤其是母亲毫无保留的爱，因为对一个无助的婴儿来说，母亲就是他的全世界。如果最初这种原始的情感需求没有得到满足，那么将来花再多力气，也难以弥补。

叶云深不满一岁就被送到奶奶家，由保姆和奶奶照顾他，后来长大些，奶奶辞退保姆，一个人带着他，对小小的他来说，奶奶就是他的父母，是他的全世界。所以奶奶去世了，他原来的世界也崩塌了。

他以为没有人会懂他的孤独。

　　姜雪微也不会懂。她有那么爱她的妈妈，那么爱她的奶奶，虽然没有父亲，虽然穷，但她被至亲深爱着，她是幸福的。幸福的她怎么会懂得他心底的孤独？

　　可她竟然懂得。即使他从未开口诉说。

　　从来没有人跟他说过，有我在，你不会孤独。以至于，他竟然鼻子发酸，双眼模糊。他缓缓伸手回抱住她，紧紧的，过了好久，情绪平息了，才说："谢谢你。"

　　被他抱着的姜雪微动也不敢动。这是他们的第二个拥抱，上一次，他抱了她，她还没回过神，他已经离开，这一次，他们互相抱着对方，仿佛天地间只有彼此。

　　叶云深啊，你值得这世上所有的爱，我要给你全部的爱，再也不让你孤独。

　　下山的路上，叶云深的情绪明显好了很多，两个人一路聊着天，快到山脚时，他突然停下来，指着她的相机问："那个老男人是谁？"

　　"他才二十四岁，不算很老吧？"姜雪微弱弱地说。

　　"他是谁？"

　　"是我师父，也就是我老板，我在他的广告公司打工，今天是来碧桃山庄送货的。"

　　"相机是他的？"

　　"嗯，今天刚好在车上，他就借给我用用。"

　　叶云深没话说了，两人又接着走，到了山门，大家都在那里集合，等着坐车回市区。

　　"他叫什么名字？"叶云深突然问。

"嗯？谁？"姜雪微一时没跟上他的节奏。

"那个老男人啊。"

"我师父？他叫程熙朗，是我们班同学程熙岭的哥哥。"

"就上次让你帮忙作弊那个？"

"嗯……"

"公司在哪里？"

"就在学校附近的中山路。"

"我说怎么没在奶茶店看到你了，原来是换工作了。"他嘀咕了一句，又不说话了。

回去的路上，叶云深和姜雪微坐在一起，一边看今天拍的照片一边讨论，聊得倒是蛮开心的。晚上回到家，姜雪微回想起这一天发生的事，总有种做梦般不真实的感觉。

外套上还残留着叶云深怀抱的味道，是一种淡淡的清新的味道，仿佛在提醒她，这一切不是梦，一切都是真的。

她的叶云深，善良的，温柔的，冷漠的，孤傲的，孩子气的，孤独的……

只属于她的，只会让她看见的，那样一个叶云深。

— 第七章 —

嗨，我喜欢你，对不起

YUNSHEN
BUZHICHU

1. 我的喜欢熬过春，熬过夏

从桃花山回来，袁青霜把姜雪微约到了实验楼天台，要跟她谈一谈。
姜雪微有些忐忑地去了。

只有袁青霜一个人在，连平时跟她形影不离的凌乐都不在。姜雪微去时，袁青霜正靠在护栏上看着远处，见她来了，她点点头，算是打招呼。

两人沉默无言地站了许久，袁青霜才开口："微微，你还记得你答应过我什么吗？"

姜雪微低头看着脚尖，轻轻"嗯"了一声。

"你说过你不会背叛我，你答应我会离他远一点。"她沉声说完，突然把脸凑到她面前，声音一下子提高，怒气冲冲地说，"可现在呢！你说，你们是不是在--起了？"

因为太生气，她的表情有些狰狞，姜雪微看着这样的她，有些难过。她们都不是当初那个只是捉蝴蝶看星空就能开心起来的小女孩了，她们不再手牵手，她们甚至站到了彼此的对立面。

如果可以的话，姜雪微其实更愿意看到一个开心的袁青霜。她不想她难过。

"没有。我们没有在一起。"她有些哀伤地说。

"没在一起？没在一起为什么你们俩会走着走着就消失了？你们俩避开其他人，难道不是去做什么苟且之事了？你到底怎么勾引他的？"她说着说着，突然想到什么，震惊地瞪大眼睛，"你们……你们是不是已经睡过了？"

"袁青霜！"姜雪微惊怒不已，大声呵斥她，"你胡说什么！我跟他清清白白的！"

"清清白白的那他怎么会喜欢你！"袁青霜大概也知道自己说得太离谱了，有些沮丧地蹲下来，双手捂住脸，眼泪大颗大颗地落下来，"你知不知道，我从九岁那年就开始喜欢他了……我喜欢他，比认识你还要早……我哪里不如你了……他为什么宁愿选你也不选我……"

"你别这样……"姜雪微想安慰她，想扶她起来，想给她擦眼泪，可如今她们的关系变成这样，她已经没办法很自然地做出这些亲密的举动了，她只能说，"你真的误会了……他不喜欢我，他亲口说过的。"

"真的？"袁青霜燃起一丝希望，旋即又重归沮丧，"你骗我……他不喜欢你为什么会吻你？不喜欢你为什么会为了你跟父母吵架？不喜欢你为什么出去拍照的时候只跟你走在一起……"

叶云深为了她跟父母吵架了吗？姜雪微很吃惊，但看着哭到快要崩溃的袁青霜，她来不及想太多，她只想安慰霜霜，于是她也蹲下来，打算把他们假恋爱的事告诉她。

"真的，上学期放寒假的时候……"

她的话还没说完，就被打断了。

"姜雪微，你过来。"一个声音冷冷地说。

她转过头，看见叶云深站在不远处，满脸的不耐烦。她条件反射地站起来，马上又犹豫了。

"过来，站到我身边来。"他不耐烦地说。

她犹犹豫豫地看了袁青霜一眼，还是没动。

他大步走过来，把她拉到自己身边，然后看着袁青霜："袁青霜，我记得我跟你说过，不要找姜雪微的麻烦吧？你有什么跟我说，别把她扯进来。"

袁青霜蹲在地上，胡乱擦了一把眼泪，猛地站起身来，有些恨恨地看着他："我还没把你的心上人怎么样呢，你至于这样保护她吗？"

姜雪微尴尬得只想找个地洞钻进去。叶云深找她谈恋爱是什么意思呢，难道就是为了给袁青霜看？好吧，既然都答应下来了，那这个人肉盾牌不当也得当了。她硬着头皮站在叶云深身边，假装没看见袁青霜刀子般的目光。

"叶云深，我们也算从小一起长大，这么多年的情意，竟然比不上她跟你的这短短几个月？你们男生都这么喜新厌旧吗？"袁青霜继续控诉道。

叶云深很想发火，但念在这么多年的情意上，他忍住了，耐着性子说："我一直拿你当朋友，你对我好，我知道，也谢谢你，但我对你真的只是朋友而已，所以，谈不上喜新厌旧。"

"我就不信你从来没有一点点喜欢过我！在她出现之前，离你最近的人难道不是我吗？难道你不明白，我才是你爸妈理想的媳妇，你爸妈根本不会接受你和她在一起的！"

"你错了。我对你，从来就没有过一丝一毫男女之间的喜欢。袁青霜，我希望你以后不要因为我再找姜雪微的麻烦，不然，我真的会翻脸。"叶云深不想再说下去，拉着姜雪微就要走。走到楼梯口，他又停下脚步，回头对袁青霜说，"还有，现在都什么年代了，你的书都读到哪儿去了，怎么还满脑子旧社会的思想？"

两人下了楼，叶云深放开姜雪微的手腕，问她："你还好吗？没什么事吧？"

"没事，她只是跟我聊天而已，用不着这么紧张啦。"

"谁紧张你啦？自恋。"他瞪她一眼。

她也意识到自己说错话，不好意思地低下头，脸也红了。

"怎么她叫你去你就去，你傻吗？下次不许单独跟她见面了。"他叮嘱她。

"其实……她曾经是我最好的朋友，帮了我很多，所以我相信她不会把我怎么样的。"姜雪微小声说，说完又抬头看着他，"你为什么要让她误会你喜欢我呢？为什么不解释清楚？你要我和你假装谈恋爱，就是为了给她看，让她死心吗？"

为什么不解释清楚呢？嫌麻烦？觉得没必要？叶云深没想过。

"嗯，就算是吧。"他模糊不清地回答道，转身要走，"没事的话我走了。"

"嗯。"姜雪微点点头，看他走了，也转身回教室。她这么久以来放在心底又不敢问的疑问今天终于有了答案，她有点失落，又觉得释然。是啊，这是最好的答案了，不然还能是为什么呢？

那今天他都把话说到这个份儿上了，霜霜会死心了吗？如果……如果她死心了，他也就没必要再假装谈恋爱了吧？到时候，他是不是就会和她"分手"？

好乱，她甩甩头，把这些乱七八糟的想法甩掉，切换到学霸模式，开始埋头做题。

姜雪微去广告公司的时候，程熙朗正在电脑上看她在桃花山拍的照片。她把照片都拷在她常用的那台电脑上，选了几张交到摄影社，剩下的，她还没来得及细看。

见她来了，他招招手叫她过去，指着电脑上的照片点评："你看，这张构图差了些，桃花太满，反而不好看，要学会留白。"说完翻到下一张，又说，"这张应该把相机再拿高点，从上往下更好看。"

他边说，她边点头，还不忘恭维他："不愧是师父，厉害。"

再往下翻，满屏的风景照里突然出现一张人物照，显得有些突兀。程熙朗一时没吭声，姜雪微也觉得有点尴尬，像是被人发现了自己藏在心底深处的小秘密。

那是她拍的叶云深。那天他们祭拜完他的奶奶，他在前面走，她跟在后面，下了阶梯，是一条石板路，两边是高大的树木，他埋头往前走，因为正好穿着墨绿色外套，仿佛快要融进那样的风景中，她心里一动，没有多想，就举起相机把他的背影拍下来。

就在她拍第二张的时候，他听见按快门的声音，回头来看，于是她刚好拍到他回头的一瞬间。

程熙朗看了那张背影照，没说话，往下翻，又看到叶云深回头的照片。

"挺帅气的一个小伙子，你男朋友？"他问。

姜雪微不知道该怎么回答。他算不算她的男朋友呢？

"哇，姜姜，人家传你和叶云深的事儿，我还不信，原来是真的啊。"没想到程熙岭在这里，这会儿突然从洗手间里钻出来，兴奋地凑到电脑前。

"别胡说。"姜雪微下意识否认。

"啧啧啧，别不好意思了嘛。我觉得叶云深挺好啊，就是他那个前女友有点烦人，一副四海之内皆她妈，谁都得惯着她的样子。难怪叶云深要甩了她跟你好。"程熙岭八卦得很。

"喂，你别瞎说啦，叶云深跟袁青霜没谈过，更没有甩了她跟我在一起。"姜雪微有点生气了。

"不至于吧，这就生气了？我也是关心你嘛……"程熙岭做了个鬼脸。

"好啦，少说两句会死啊？"程熙朗喝止了弟弟，又对姜雪微说，"芙蓉中学的学习压力很大，竞争也激烈，学习一刻也不能放松。"

"嗯，知道了。"姜雪微小声回答。师父目光如炬，她总觉得他看穿了她的小心思。

晚上回家，程熙朗装作不经意地问起弟弟关于姜雪微和叶云深的事，其实程熙岭也知道得不多，只是听说叶云深甩了袁青霜，跟姜雪微在一起了。他又问了叶云深的大概情况，程熙岭把自己知道的都说了，完了突然反应过来："哥，你怎么也变得这么八卦了？"

"随便问问。"程熙朗说，"好啦，快做作业。"

程熙岭愁眉苦脸地继续做题了。

离端午还有几天，程熙朗就告诉姜雪微，端午当天放她一天假。他说："你平时又要忙学习，还忙着来这边打工，都没好好休息，更没好好陪家人，端午节就放假一天吧。"

姜雪微很过意不去。师父已经很照顾她了，她时常觉得那么高的工资自己受之有愧，所以不到万不得已从来不请假。但她又确实很想要这一天的假，因为，她早就想过，端午节叫叶云深到家里吃粽子。所以虽然过意不去，她也并没有推托。

奶奶是包粽子的好手，每年端午都会做些粽子拿到外面去卖，销量也都不错。姜雪微跟妈妈和奶奶说了自己的想法，她们都很欢迎叶云深。叶云深则更爽快，他说："直接吃多不好意思啊，让我去一起包吧。"

要卖的粽子都是提前做好的，因为大家一般会提前买回家，真到了端午节当天，反而很少有人买粽子了。所以当天奶奶只是上午在外面摆摊卖了会儿粽子，不到中午就回家了。

因为叶云深说他要包粽子，奶奶特地留了些材料等着他来包。奶奶回家时，叶云深已经上手在包了，妈妈在厨房做饭，姜雪微在充当老师，奶奶一看就笑了，这位老师自己都包得不咋的，学生就学得更不咋的了。

"还是跟着我学吧。"奶奶洗了手，坐下来，手把手开始教叶云深包粽子。

叶云深从来没有包过粽子。从前奶奶是在外面买成品，后来家里的保姆只去超市买大品牌的成品粽子，他对粽子也谈不上喜不喜欢，向来都是可吃可不吃。

姜雪微提出邀请他到家里吃粽子，他很开心。他喜欢去她家，只要想到那个小小的屋子，就觉得很温馨。

在奶奶的示范下，三个人包了白粽子、肉粽子、豆沙粽，粽子们大小不一，奇形怪状地堆在一起，看着就觉得可爱。

每种口味的粽子叶云深都尝了，只觉得哪种都好吃，是从未有过的好吃。

真奇怪，为什么每次待在这间小小的屋子里，他都那么容易就觉得快乐呢？

快吃完时，姜雪微的手机响了，她接起来，是程熙朗。

原来小杨突发阑尾炎进了医院，公司里又同时来了两个客户，偏偏都是没什么耐心的人，程熙朗只好给姜雪微打电话，麻烦她过去帮下忙。

姜雪微赶紧装上几个粽子就要出门，叶云深跟上来："我送你去。"

姜雪微家离学校和公司都不算远，骑自行车过去用不了十分钟，实在没必要让人送，但叶云深却兀自推过自行车说："我载你。"

她没想到叶云深骑自行车居然骑得这么好，夏天的风吹过，他的衣服下摆鼓起来，不时拂过她的手臂，痒痒的，仿佛痒到她心里去了。

很快就到了公司，姜雪微拎着食盒从自行车后座跳下来，噔噔噔跑进去，看见程熙朗正在跟一个三十来岁的男人谈店招制作的事，另一个五十来岁的男人正坐在沙发上喝茶，脸上已经露出不耐烦的神色。

程熙朗看见姜雪微来了，点点头算是打过招呼，然后跟沙发上那个男人说："大叔，让小姜跟你谈谈吧。"

姜雪微放下食盒走过去，那位大叔露出怀疑的神色："这么个小丫头懂什么？"

姜雪微忙堆起笑容："大叔，我只是看着小，其实不小了。我很专业的，您有什么需要，跟我说说？"

原来大叔是太极拳爱好者，周围小区很多人跟着他打太极，最近他们要去参加一个活动，想制作一张横幅、一批小旗子。

很简单的一单业务，姜雪微从电脑上调出以前制作过的类似的横幅给他看，谈好了横幅的尺寸、内容，又谈好小旗子的尺寸、内容，画了大概的草图给他看。草图画好，程熙朗那边也谈好了，送走客户，他过来检查了姜雪微记录的内容，又跟大叔谈好价钱，然后送走大叔。

两个客户都走了，程熙朗才有空问姜雪微："这位是？"

叶云深把自行车停好后就进来了，一直坐在单人沙发上默默地看着一切。姜雪微介绍道："这是叶云深，这位是我老板程熙朗。"

　　叶云深起身和程熙朗握手，两个人都只是微微点头示意，并未说话。

　　姜雪微拿过食盒，打开盖子捧到程熙朗面前："师父，这是我们家自己做的粽子，还是热的，你尝尝看。"

　　程熙朗接过食盒，她又说："不知道你喜欢什么口味的，豆沙粽和肉粽我都带了。"

　　"自己做的呀？看起来就很好吃，甜的咸的都好，我都喜欢。"程熙朗说着，放下食盒转身往里走，"我先去洗个手。"

　　等他进了里屋，叶云深才开口："这么小的地方，连你连老板在内一共才三个人，也能称作公司？"

　　"地方小点怎么了，够用就行了嘛。现在公司还在起步阶段，人少点没什么，我相信我们公司在师父的带领下会逐渐发展壮大的。"姜雪微一副充满信心的样子。

　　"你们公司？你不过是个兼职，偶尔来打杂，还真把自己当成其中一分子了啊。"叶云深忍不住翻了个白眼。

　　"当然了，虽然我是兼职，但和小杨一样，都是公司的一分子。"姜雪微认真地说。

　　这时程熙朗已经洗完手，清了清嗓子走出来："微微，我打算再招一个设计师，招聘启事已经贴出去了，也接到一些电话，明天中午就有几个人过来面试，你到时候帮我一起看看。"

　　"好。"姜雪微应着，冲叶云深得意地扬扬眉毛，意思是，看，我很重要吧。

　　程熙朗随手拿起一个粽子，剥开外皮，咬了一口："嗯，味道真不错。"

　　叶云深冷冷地说："这个是我包的。"

　　程熙朗一下子被噎住了，连忙喝了一口水，看着手里的粽子，犹犹豫豫不敢再咬第二口。味道……似乎也没那么好，怎么越看越可疑，会不会有毒？

姜雪微可不知道他的心理活动，她一脸天真地凑过来看了看包粽子的线："还真是哎，白色的线是叶云深包的，这种彩线就是我包的，红线是奶奶包的。"

"嗯，哪种是甜的？我再尝尝甜的。"程熙朗假装不经意地放下手里的粽子，在姜雪微的指导下拆开一个用彩线包着的粽子，这才放心地吃了起来。

姜雪微看了看挂钟，时间还早，于是有些抱歉地对叶云深说："谢谢你送我过来，要不，你先回家吧？我得留在公司。"

"反正我也没事，再待会儿吧。"叶云深不在意地说。

"小朋友，你的假期作业做完了没有啊？"程熙朗吃着粽子，轻描淡写地说。

叶云深偷偷握了握拳头，又放开，轻笑着说："大叔，你可真爱操心，操心太多的人老得快。"

姜雪微没听出两人对话里浓浓的火药味，她自然想和叶云深多待一会儿，但又不好意思让他在这里干等，怕师父觉得她不务正业，公司毕竟不是奶茶店。于是她对叶云深说："要不你还是先回家吧。"

叶云深脸上有些挂不住，这个姜雪微，居然赶他一次不够，还赶他第二次？他气呼呼地站起来，尽量装作很酷的样子说："行，那我走了。"说完头也不回地走了出去。

姜雪微感觉到他生气了，但还没回过神来，他已经没了踪影。怎么突然生气了？她不明白，不过程熙朗让她收拾刚才招待客人留下的乱七八糟的东西，她赶紧起身做事，也就没精力去想太多了。

程熙朗吃着姜雪微包的粽子，心里涌上来一丝小小的得意。这就是那个叶云深？要说他们之间什么都没有，他不信，但姜雪微亲口否认了他们的关系，这也是事实。更让他意外的是，在叶云深面前，姜雪微居然这么维护他，这个徒弟没有白收啊。

等他意识到自己那丝小小的得意和窃喜时，他惊呆了。这算什么？不对不对，他只是在帮姜雪微，他只是不想她像当初的许秋池一样，为了改变命运、逃离贫穷，而嫁给一个虽然富有，但她却根本不爱的人。

2. 谁不是翻山越岭才相爱

学期末，各社团都忙着开总结会，摄影社也不例外。因为大家都忙着准备期末考试，所以这次活动就放在了市区的人民公园，离学校只有几站路，周三下午的社团活动时间，一群人坐个公交车就去了。

相机自然是要带的，中午去公司时，姜雪微找师父借了相机，顺便请个假，说下午可能会迟一点过来。

公司新招了一个马上要毕业的大学生，是个脑筋灵活的男孩子，叫小谢，他来了以后，但凡有点技术含量的事都用不上姜雪微了，她的工作基本只剩下端茶倒水，打扫卫生，订盒饭一类的杂事。这样也好，要期末考试了，她正好有了更多的时间和精力去复习。

在校门口集合的时候，姜雪微才发现叶云深没到场。她有点疑惑，又有点失落，但不好意思问韩夜，只好默默跟着大家出发。

到了人民公园，大家一边走，一边随意拍照，一边讨论本学期活动的利弊得失，你一句我一句，嘻嘻哈哈好不热闹。

姜雪微看见一只柑橘凤蝶停在一朵虞美人上面，很漂亮，于是蹲下去，想拍下来，她正在全神贯注对焦时，冷不防身后有人撞了她一下，她整个人立刻失去平衡摔倒在地，相机也重重砸在地上。

她吓得魂飞魄散，完全来不及查看自己身上的擦伤，而是马上捡起相机，很不幸，屏幕上摔出两条长长的裂痕。

她的第一反应是，惨了，这么贵的相机，得免费工作多久才能赔得上啊？

光是想想，眼泪就已经出来了。

"姜雪微，你怎么了？"同行的女孩子看见她蹲在地上快哭了，关心地问她。她回过头，想看看是谁撞了她，可身后有一群人，大家正在七嘴八舌讨论下学期的活动计划，没有一个人看她，像是刚才撞她那一下，根本就没发生过一样。

"呀，你的相机怎么摔坏了？"女孩子蹲下来才看清她的相机。

"没事。"她用手背飞快地抹去眼泪，又小心地擦去相机上的泥土，边擦边想该怎么跟师父交代。

"怎么了？"一双大手有力地将她拉起来。听见这个声音，她的委屈瞬间被放大，眼泪又不争气地出来了。

"你怎么来了？"她带着哭腔低声问。

"班里有点事，耽搁了。"叶云深说完，皱着眉头看着她，"摔跤了？怎么脏兮兮的，这儿，这儿，都破皮了？"

"嗯，蹲着拍照的时候，背后不知道谁撞我一下。"她说，"相机摔坏了。"

叶云深回头看了看那群人，也没看出个所以然，看她哭兮兮的样子，安慰她："人没事最重要，相机坏了可以修，修不好还可以买新的。"

姜雪微还是一副要哭的样子，叶云深问她："这是那个大叔的相机？"

　　姜雪微点点头。

　　"给我,我保证修好。"他拿过相机说。

　　"要花很多钱吗?"她忐忑极了。

　　"不用。我认识个朋友,是这方面的行家,让他修,花不了几个钱。"叶云深说着,把自己的相机递给姜雪微,"你用这台相机吧。"

　　姜雪微不敢接。

　　"怎么?怕摔坏?"他瞪她,"哪有那么多意外,哪有那么容易摔坏?再说,摔坏了就修呗,多大点事。"

　　她还是不接,他把自己的相机塞到她手里:"拿着。要我一人拿两台吗?重死了。"她这才接过去。

　　下午去公司时,程熙朗正在给一个小超市设计打折宣传手册,姜雪微怯生生地挪到他面前,犹豫好久才鼓起勇气说:"师父……你的相机,我能不能多用几天……"

　　"可以啊。"他头也没抬,爽快地答应了。

　　她站着不走,过了会儿又说:"师父,你的相机是不是很贵?"

　　"还好吧,不算很贵。"他说完,抬头看着她,"微微,你今天是怎么了?有什么事吗?"

　　她的眼圈马上就红了:"师父,对不起……我把你的相机摔坏了……"以前她在网上查二手单反时,看到过师父这款相机,二手的都要八千多块。她从小到大挣得最多的一笔钱就是师父给她的工资了,那么贵的东西,她竟然把它摔坏了,只是想想她都觉得心里发慌。

　　"傻瓜,摔坏个相机有啥好哭的,摔坏了就修呗,修不好就买新的,怎么,你还怕我扣你工资啊?"程熙朗好笑地看着她。

　　"叶云深已经拿去修了,他认识人,肯定能修得很好。"她急忙说。

　　"不用，我也认识这方面的高手，你让他还给我，我自己拿去修。"
程熙朗一下子收了笑意，淡淡地说。

　　"还是让他修吧。"姜雪微说，"我摔坏了你的相机，怎么能让你自
己修呢？"

　　"又不是他摔坏的，干吗让他拿去修？"程熙朗没忍住，很不高兴地
说了一句。

　　姜雪微不明白师父为什么生气了，他是怕叶云深修不好他的相机吗？
哎，都是她的错。没办法，她只好给叶云深打电话，可他说相机已经送去
修了，她只好作罢。

　　第二天，程熙朗又带了一台单反到公司来，跟姜雪微说，相机慢慢修，
不着急，反正他也有这台可以用。

　　过了几天，相机修好了，姜雪微带到公司，程熙朗看也不看，让她锁
到杂物柜里，随口说："反正那柜子你有钥匙，你要用相机就拿去用吧，
我现在用这台比较顺手。"

　　后来他真的再也没用过那台相机，姜雪微偶尔手痒了，会拿出来拍照
练手，看起来，相机更像是她专用的。

　　期末考试一过，就是长长的暑假，姜雪微没别的计划，依然在广告公
司上班。每天早上她送完牛奶，就回家吃早餐，做家务，然后走路去上班，
九点钟到达公司，下午五点下班回家，做饭，晚上学习到十点半，按时睡觉。

　　韩夜组织摄影社一帮人去云南玩，姜雪微自然是不去的，她没问叶云
深，不过听韩夜说，叶云深和袁青霜都已经报名了。

　　很快，摄影社出发，姜雪微也开始在袁青霜QQ空间里看到各种照片。
一群年轻人一起出行，自然张张照片都透露出青春的气息，人人都是笑着

的，当然，也包括叶云深。

一开始，袁青霜上传的照片除了风景，就是一大帮人的合影，她和凌乐的合影，或是三五个人摆出各种搞笑造型的合影。叶云深只出现在大合照里，小合照里是没有的。

过了两天，开始出现袁青霜和叶云深两个人的合影。有几张看得出是旁人偷拍的，有几张叶云深虽然看着镜头，但是脸臭臭的，一副很不情愿的样子。再后来，姜雪微看到一张照片，心里突然就刺痛了一下。

那张照片上，叶云深骑着自行车，袁青霜坐在他的自行车后座上，两个人都张开双手，对着镜头很开心地笑着。

下一张照片，是袁青霜做的对比图，图上大概十岁的她和叶云深坐在同一匹马上，两个人都紧紧抓着马鞍，冲镜头露出灿烂的笑容。旁边她配了文字：七年前，七年后，人生若只如初见。

这才是真正的青梅竹马吧。姜雪微有些凄然地笑了，这么久以来她一直在做着的梦，似乎突然就醒了。

这个世界上到底存不存在一种感情，是只求付出，不问回报的？是不是真的可以单纯地喜欢着一个人，不计较他是否喜欢自己？很多傻傻的女生，在喜欢上一个不喜欢自己的人的时候，都以为我们不会计较那么多，以为喜欢可以是自己一个人的事，哪怕他不喜欢自己，哪怕他没有回应，哪怕付出得不到回报，都不要紧，只要自己喜欢他就好。

可哪一个付出了爱的人，不希望被爱呢？哪一个喜欢上别人的人，不希望那个人也能喜欢上自己呢？

这世上，没有人可以在得不到回应的情况下，始终不渝地付出自己的感情，每个人的坚持，都是有期限的，区别只在于期限的长短而已。

对姜雪微来说，她一开始以为只是在心里偷偷喜欢叶云深就好，可叶云深给她的帮助，对她的好，带她放过的烟花，只在她面前才会显露的孤独，在袁青霜面前对她的维护……所有的这一切，又何尝不是对她感情的一种回应呢？

正是因为这些回应，她才陷得越来越深，正是因为这些回应，她才产生一种幻觉：也许，他也是喜欢她的，至少，对他来说她是特别的。

所以他不过骑车载了她一次而已，她就觉得他的自行车后座应该是属于她的，她看见别的女生坐在那个位置上，就会难过。多可笑，直到看见他们小时候同骑一匹马的照片，她才幡然醒悟：那个位置，从来就不曾属于她，即使她曾经短暂得到过，也不过是偶然，而不是真正的拥有。

他和袁青霜都笑得那么开心，是不是和好了呢？即使不是作为恋人，也应该是作为多年好友吧。也许抛开这段时间他们之间的不愉快，在她不了解的那个世界里，在她没有出现的那段时间里，他们一直就是这样亲密无间地相处着。

如果……如果她也在，他还会和袁青霜像现在这样吗？她底气不足地想了想，很快又否定了。哪儿来那么多如果，如果这是一场比赛，她连入场的资格都没有，又何谈输赢，何谈胜过他人？

又或者，即使她去了，一切也不会有丝毫改变。叶云深和袁青霜，该怎样还是怎样。其实她很佩服袁青霜，被他那样残忍地对待过，听他说过那些残酷的话之后，居然还能继续坚持，并且得到了回报。换作是她……不，她一定不会这样坚韧，她没有这样的毅力，她要是听了那些话，早就躲起来，再也不会出现在他面前了。

所以现在和他一起笑着旅行的人才是袁青霜而不是她呢。连她自己都觉得袁青霜是个执着的好姑娘，应该和他在一起。

姜雪微关掉 QQ 空间，深呼吸，然后开始打扫卫生。程熙朗早就注意到她表情不对，这会儿又莫名其妙开始打扫卫生，于是问她："微微，怎么了？"

她茫然地抬起头看着他，眼睛却似乎并未聚焦："有点脏，我打扫打扫。"

她早上刚打扫过，到处都干干净净的，哪里都不脏。

程熙朗知道她肯定有事，也不戳穿她，就由得她去了。

接下来几天，姜雪微强迫自己不再打开袁青霜的 QQ 空间，不去关注她们玩得怎样了，可袁青霜和叶云深一起骑自行车和一起骑马的对比照始终印在她脑子里，只要稍微闲下来，就会不断想到这张照片。

她恨自己的无力。

她还这么年轻，未来还那么漫长，生活中还有那么多困难等着她去面对，怎么就迈不过这么一个小小的坎了？

她狠狠地嘲笑自己，有什么好伤心的？叶云深又不是背叛了她，他本来就不是她的谁。她这么在意，无非是因为之前有过期待，有过幻想，如今期待落空，幻想破灭，难以接受罢了。

"微微，今晚有空吗，我请你看电影？"下班时间到了，小杨和小谢都走了，姜雪微打扫完卫生，把文件收拾好，正在洗手时，程熙朗突然站到她身边。

"啊？"因为实在太突然了，姜雪微一时没反应过来。

程熙朗有些不自然地转过脸去，清了清嗓子，说："别人放暑假都出去玩，你不是上班就是学习，太闷了，跟我去看场电影放松放松吧。"

"哦，好，那我给奶奶打个电话说一声。"姜雪微擦干手，摸出手机给奶奶打了个电话，说她跟师父去看电影，晚上会晚点回家。

挂了电话，两人锁了门往外走去，程熙朗说："先吃饭吧，想吃什么，我请你？"

姜雪微不好意思花师父的钱，就说："随便吃点面吧。我们看几点钟的片子？"

"第一次请你吃饭，怎么能吃面呢，也太随便了吧。你别担心赶不上，今天不是周末，人不多，我们去了再挑片子也行。"

不知道为什么，姜雪微总觉得有点尴尬。她和师父只单独外出过一次，就是那次去桃花山送货，平时在公司虽然也会嘻嘻哈哈地开玩笑，但像两个人一起吃饭看电影这种事，她总觉得有一点点别扭。可能她习惯了把程熙朗当作老板，当作师父，觉得他更像一个自己应该处处尊敬的长辈，而不是可以一起看电影的同辈。

"你不说话，那我就决定了？去前面吃湘菜吧，我知道有个地方的湘菜做得不错。"

"好。"姜雪微一般不是在家里吃饭就是在学校食堂吃饭，外面这些餐馆她哪有发言权啊，自然是程熙朗怎么说就怎么好了。

到了餐馆，找好位子坐下，程熙朗让姜雪微点菜，他一定不知道，这对姜雪微来说是头一次。她麻着胆子点了几个菜，生怕点的菜不合适，让程熙朗笑话。

菜逐渐上来了，剁椒鱼头、毛氏红烧肉、豆角茄子、土鸡汤，程熙朗夹了一个红烧肉，满口赞叹："好吃，快吃吧，别客气。"

姜雪微小心翼翼夹了些鱼肉，低头尝了一口，嗯，确实挺好吃的。

程熙朗夹了块红烧肉到她碗里："别怕长胖，多吃点。"她点点头，乖乖夹起那块红烧肉吃掉。

程熙朗看着她，看着看着就出神了。

　　"发工资了，我请你吃饭吧？"他高兴地扬扬手里的信封。

　　"节约点！"许秋池嗔怪地看着他，转过脸又调皮地笑了，"还是我请你吃食堂吧。"

　　最后他们一起在食堂切了一份卤牛肉当作加菜，卤牛肉味道很好，他比平时多吃了一两饭。

　　其实他有钱，请她去市里最好的西餐厅吃牛排都可以，但她不肯，既是不肯花他家里的钱，也是不肯浪费。

　　他默默发誓，一定要靠自己的能力赚很多钱，让她过上好的生活，想吃什么吃个够，再也不用辛苦地打工。

　　可他还没来得及兑现诺言，她已经不在他身边了。

　　"好吃吗？"程熙朗回过神来，没话找话似的问姜雪微，以掩饰自己的出神。

　　"嗯，好吃。"姜雪微完全没注意到程熙朗的异样。

　　吃完饭，两个人去了电影院，刚好有一部喜剧爱情片要开场，还有不少位子，程熙朗买了票，又买了爆米花，饮料，然后两个人一起进场。

　　检票时，旁边突然有人上前来跟姜雪微打招呼："嗨，姜雪微，你也来看电影啊？"

　　是优班的一个男生，叫颜肃，跟叶云深关系不错，也是因为叶云深的关系，认识了姜雪微，路上遇见了会点点头打招呼。

　　不知道为什么，姜雪微一下子脸红了，她有些不好意思地说："嗯，是啊，你也来看电影吗？"

　　两个人问的都是废话，来电影院不是看电影还能干什么。颜肃指着身边的女生介绍说："这是我女朋友，她想看电影，我就陪她来了。"说完，等着姜雪微介绍程熙朗。

姜雪微却并没有这个意思，她跟女生点点头算是打过招呼，然后说："嗯，玩开心点哦。"说完就回头跟程熙朗一起进场了。

还好颜肃和他女朋友看的是另一场电影，不然姜雪微一定会非常不自在。

程熙朗觉察到她的不自在，问她："怎么啦？怕你同学误会？"

被他看出自己的小心思，她更是尴尬，他安慰她："你妈妈和奶奶都知道你和我看电影，这么光明正大的一件事，有什么好误会的？"

说起来好像是这么回事，但今天不知道怎么了，姜雪微老是觉得不自在。

两个人找到位子坐下，程熙朗把饮料放到座位旁，把爆米花递给姜雪微："我知道你最近心情不好，吃点甜食，可以开心一些。"

姜雪微惊讶地转头看着他："你怎么知道？"

"你那一点心事都藏不住的样子，谁都看出来了，别说我，连小杨那么笨的人都看出来了，还问我你怎么回事呢。"

姜雪微有点感动了："师父，谢谢你。"

程熙朗伸手揉揉她的头发："傻丫头，有什么大不了的事能让你低落这么久啊，真要是遇到什么困难，就跟我说，能帮的我一定帮。"

姜雪微只觉得眼眶发热，她拿起一颗爆米花，低着头说："你说得对，没什么大不了的，放心吧师父，今天吃了这么多好东西，看场电影笑一笑，晚上回去再睡一觉，明天一定什么都好了。"

这是姜雪微第一次在电影院看电影，电影不算什么传世佳作，但作为消遣还是合格的，遇到好笑的地方，影院里的人一起笑，气氛很是不错。

姜雪微吃完了一桶爆米花，也数次笑得前仰后合。

电影散场，程熙朗送她回家，下车时，她冲程熙朗微微鞠躬："师父，谢谢你，让你破费了。"

程熙朗责怪她："再这么客气我可生气了啊。"

她有些不好意思地笑，他跟她道别："回去好好睡一觉，希望明天你可以恢复元气。"

回到家，姜雪微拿出手机登录 QQ，居然收到叶云深发来的消息：最近还好吗？

发消息的时间是八点过，那会儿她正在看电影。她想了想，回复他：挺好的，你呢？

他很快回过来：在干吗，怎么过这么久才回我？

她带着点怨气想，为什么不能过这么久才回你呢，你倒是和别人玩得很开心，难道我就一定要握着手机随时等你的消息？但她当然不会说出口，她只是回避了他的问题，问他：玩得怎么样？这么晚了还不睡觉啊？

他说：我们坐明天上午的飞机回来，我给你带了小礼物，下午有空见个面吗？

他记得给她带礼物，上午的飞机回来，下午就要见她。她看着屏幕傻笑，红烧肉爆米花和喜剧片都化解不了的郁结，此时烟消云散。

这世上，最没出息的大概就是陷入爱情中的女子了吧。所爱之人的手掌可以随时在她的天空翻云覆雨，轻轻一个动作就能叫她由阴转晴，化悲为喜。

姜雪微不知道的是，叶云深其实是一个人回来的。

　　晚上，一群人正在搞篝火晚会、烤全羊，他突然收到颜肃发来的一张照片。他点开来，虽然光线不太好，但他还是一眼就认出姜雪微和程熙朗。

　　颜肃说，看见姜雪微和一个挺帅的男生一起看电影，问他知不知道是怎么回事。他和姜雪微之间似真似假的关系，知道的人并不多，颜肃算一个。

　　过完端午节回学校那天，叶云深和颜肃走在路上，远远看见姜雪微和涂晓挽着手走过来，他不仅没有打招呼，反而转了方向，选了另一条路。他还在气前一天姜雪微赶他走的事呢。

　　颜肃看着他不对劲，打趣道："怎么，吵架了？"

　　"你在说什么啊？"他不高兴地问。

　　"你和姜雪微啊，你俩吵架了？"

　　"我跟她吵什么架，她又不是我什么人。"叶云深故作不屑地说。

　　"真的？那行，我们篮球队那谁想追她，跟我打听她和你的事，我等下就去回话，让他放心大胆追，这名花还无主呢。"

　　"爱追谁追谁，关我什么事。"叶云深嘴硬道。

　　颜肃笑着点头："行行行，不关你的事就不关你的事吧。"

　　"问题是那谁长那副雉样，怎么配得上姜雪微？让他离她远点！"又走了几步，叶云深到底憋不住，有些气呼呼地说。

　　"又不是你的女朋友，你管不着。"颜肃故意气他。

　　"你……"他瞪着颜肃。颜肃举手讨饶："好啦好啦，不开玩笑了。我说你也是，一个大男人还耍什么小性子。"

　　他自知理亏，不吭声了。两人快走到教室时，他又叮嘱颜肃："喂，说真的，你跟那谁说，死了这条心，换个人追吧，他长那么抽象，哪配得上人家。"

　　颜肃冷笑一声，白他一眼，没理他。

不过兄弟到底是兄弟，虽然嘴巴贱了点，但该用心的地方还是会用心，比如撞见姜雪微和别的男生看电影，颜肃就第一时间给叶云深通风报信了。

叶云深一看到照片就不高兴了。他讨厌程熙朗，虽然说不出为什么，但就是讨厌他。姜雪微和谁看电影不好，干吗非和他看？

他突然觉得篝火晚会好无聊，烤全羊满是骚味儿，难吃死了。出来玩了这么多天了，也确实有些累了，也该回家休息休息了吧？

他甚至觉得自己有点头痛，仿佛是高原反应？不行，得回家，高原反应可大可小，处理不好是会死人的。

他跟韩夜打了个招呼，说自己好像病了，要提前回家。韩夜关心了几句，也没多说什么，倒是袁青霜一脸紧张，问他哪里不舒服了，要不要马上去看医生？他看见她紧张的样子，有些过意不去，打起精神安慰她，让她不用担心，自己只是玩累了，想回家了。

其实出来这些天，叶云深和袁青霜的关系倒是真缓和了不少。

他们两人算是从小一起长大，在姜雪微出现以前，袁青霜是跟叶云深走得最近的女生。发生袁青霜在 KTV 对下跪的姜雪微无动于衷，又在双方父母面前胡搅蛮缠的事之前，叶云深其实是不讨厌她的。他最多觉得她是个被宠坏的富家小姐，任性了些，但她也确实对他好，所以这样的任性也算不上讨厌。

可她似乎总跟姜雪微过不去，因为认定他和姜雪微之间有什么，一次次去找姜雪微的麻烦，在父母面前不依不饶，让他越来越反感她。

但这次出来旅行，远离学校，远离父母，又没有姜雪微，袁青霜表现得就像个普普通通的爽朗可爱的女孩子——除了仍然有些任性以外。他也不好意思老是对她摆出一张臭脸，那样也太小气，太没有男子汉气概了。

在洱海边，大家租了自行车，男生骑车，女生坐车，她提出要坐他的车，他没什么理由拒绝，就同意了。骑到一半，他觉得蓝天白云下很是惬意，于是放开自行车笼头张开双手，她也张开双手，没想到车子突然失去平衡，他们俩都吓了一跳，更多的是觉得好玩，于是都大笑起来。

笑过了，叶云深对袁青霜的反感似乎也随着笑声飘散，所以这会儿看她那么紧张自己，他倒是真有些过意不去了。

按计划，行程还剩三天，叶云深对袁青霜说："剩下的三天好好玩。"又叮嘱跟袁青霜关系不错的人多照顾她，然后订了第二天早上的机票。

早上大家都还在睡觉，叶云深轻手轻脚起床，稍微收拾了一下，就带上行李出门。走出门，他就看见袁青霜已经等在外面。

"我送你吧。"她说。

"不用了，我是男生，怎么能让女生送我呢，还早，你再去睡会儿吧。"叶云深拒绝了。

"你还是觉得不舒服吗？一个人坐飞机没问题吧？"她关心地看着他。

"好多了，只是头还有点痛。不用担心。"他倒是没撒谎，昨晚没睡好，早上又早起，他确实有点头痛。

"回去之后……我们还能像这段时间这样吗？"她犹豫了一会儿，终于还是开口说出自己最想说的话。

他看着她的样子，觉得有些歉疚，于是柔声说："当然可以了。我们一直就是好朋友，前段时间是我脾气太差，你别放在心上。"

好朋友。这就是他对她的定位吧？袁青霜淡淡地笑着看着他，心里涌上来深深的难过。

她舍不得他走，她不想他走。这段时间，他们远离生活中一切琐碎，

像是生活在世外桃源，每天都是那么开心，他也许不明白，但她很清楚地
知道，这是因为姜雪微不在。

　　一旦回到有姜雪微的世界，她在他眼里，就会再度成为那个可恶的，
会伤害他那柔弱可怜的心上人的坏人。到那时，这段时间里一切的平静和
欢乐都会被打破，都会消失得无影无踪。

　　可她实在太讨厌姜雪微了。她讨厌姜雪微突然出现，打乱她的世界，
讨厌姜雪微永远都楚楚可怜，轻易就能得到叶云深的保护。她后悔自己曾
经帮助姜雪微，后悔自己曾经鼓励姜雪微考到芙蓉中学来。

　　但看着叶云深难得的温柔的样子，她又妥协了。

　　好朋友就好朋友吧，比起让他讨厌，被他疏远，甚至听他口出恶言，
能做回他的好朋友，她应该知足了。

3. 对你何止一句喜欢

　　叶云深乘坐早班机回了 C 市，下飞机之后回家放行李，洗完澡，就
去找姜雪微。

　　他下飞机时给姜雪微发了个消息说自己到了，也没具体说什么时候会
去找她，姜雪微告诉他自己在公司上班，让他确定了时间给她打个电话。

　　于是叶云深到广告公司时，就看到这么一个场面。

　　不知道哪里跑来一只胖乎乎的小奶狗，扭着肥屁股走进来，绕着姜雪
微的脚打转，不肯走了。姜雪微欢喜极了，小谢从抽屉里拿出一根火腿肠，
姜雪微掰碎了喂给它，程熙朗又找来一只小碗，倒了些牛奶放在小奶狗面
前。小奶狗吃得很欢，边吃边扭屁股摇尾巴，看得大家哈哈大笑。

　　叶云深走过来，刚好看到姜雪微和程熙朗一起蹲在小奶狗面前，一个

喂它吃火腿肠，一个喂它喝牛奶。两个人又恰巧都穿着白色衣服，笑得温柔无害，那画面，足可以拍广告了。

叶云深的脸色很难看，站在门口，没有进去，也不说话。

还是小杨先发现了他，他以为有客户上门，站起身来迎接，其他三个人这才回头。

"你来啦？"姜雪微赶忙起身，跟小杨和小谢介绍道，"这是我同学，来找我的。"又跟叶云深说，"怎么没给我打电话呢。"

这时小奶狗看她走了，竟然连东西都不吃了，追上来绕着她的脚转圈，她被逗得笑起来。

"狗狗，快去吃东西，别用你尾巴扫我的腿，好痒……"

叶云深脸上一丝笑意都没有，仿佛没看见那只狗，对她说："你方便吗，跟我出来一下。"

姜雪微回头去看程熙朗，程熙朗点点头，她便把小奶狗抱到牛奶碗面前，说："狗狗乖，先吃点东西，我等下就回来哦。"说完就跟叶云深出了门。

公司斜对面就有一家咖啡馆，叶云深带姜雪微进去，随便选了个位子坐下，然后问她："谁的小狗啊？"

"不知道，刚才突然跑进来的，很可爱吧？它很喜欢我呢，一直绕着我转圈。"姜雪微笑眯眯地说。

"哦，我还以为是那个大叔的。"

"不是啦，不过它好像也很喜欢师父。"姜雪微说完，看着叶云深，开玩笑道，"出去玩了这么多天都没晒黑，这不科学啊。"

叶云深突然深深地看着她，说："这句话的意思是想我了？"

姜雪微没提防他竟然会这样说，闹了个大红脸，矢口否认："没有。"

"嗯，也是，你那么忙，哪有空想我。"叶云深转头看着远处，像是在自言自语一般，然后又突然看着她，口气有些咄咄逼人，"你昨晚和大叔去看电影了？这算什么，约会吗？"

姜雪微就知道颜肃一定会告诉他，只是不知道到底都说了些什么，他才会这么生气。不过她也有怨气，他这算什么？他又不是她的谁，不过是挂了个名假恋爱而已，为什么他自己就可以跟别的女孩子一起旅行，玩得那么开心，她就不能跟师父去看场电影？

"怎么啦，我不能跟师父去看电影？"认识这么久以来，她第一次用这么不好的语气跟他讲话。

没想到他居然点点头，说："嗯，不能。"

姜雪微简直快气疯了："为什么不能？"

"我不喜欢他。"他闷闷地说。

"师父又没招惹你，你为什么不喜欢他？再说，他对我很好，我很感谢他。"姜雪微觉得他真是莫名其妙。

叶云深不知道该怎么表达自己的意思，或许连他自己都不知道自己到底是什么意思，他觉得思绪有点乱，索性很专断地说："反正你以后不要和他去看电影了。你想看电影我请你去看。"

"不必了。"姜雪微的语气有些冷，"其实我并不是很闲，我以后不会跟师父去看电影，你也不用请我去看。"她既然答应了跟他假装谈恋爱，做他的女朋友，他不让她跟别的男生看电影，那好，她尊重他，不看就不看。但她也不需要他的施舍，她穷，看不起电影，那就不看，用不着他请。

"你什么意思啊？能跟他去看为什么不能跟我去？"叶云深生气了，"你是不是喜欢他？"

姜雪微不敢相信自己的耳朵，她猛地站起来，正好撞翻服务生刚端过来的饮品，她顾不上那么多了，她觉得叶云深简直是无理取闹，她当然喜欢程熙朗，但那是尊敬的喜欢，感激的喜欢，怎么到他嘴里就变味了？

"我不想再说下去了，我先走了。"姜雪微拼尽全力压抑自己，才没有对叶云深发火，她推开服务生跌跌撞撞地走出去，穿过马路，回到广告公司。

叶云深看着她离开，却没有追上去。他有些挫败地坐在沙发上，叹了口气。

他觉得有哪里不对劲，似乎有什么东西脱离了他的掌控，似乎有什么东西是他以为自己掌控了，想掌控，却掌控不住的。

是自己的感情吗？还是姜雪微？

姜雪微回到公司，小奶狗马上摇着尾巴迎上来，她却避开小狗，避开所有人，低着头匆匆进了里间。

小奶狗马上跟了进来，不明所以地围着她的脚打转，她看着可爱的小狗，眼泪终于簌簌落下。

过了几分钟，程熙朗轻手轻脚地走进来，先是看见她被泼湿的衣服，再看见她的眼泪，吓了一大跳："微微，怎么了？他欺负你了？"

姜雪微慌乱地擦去眼泪，可眼泪越擦越多，她索性放弃了，只是摇摇头，瓮声瓮气地说："没有。"就不再说话了。

程熙朗关切地看着她，见她不肯说，他也就不问了，他打开旁边的柜子，拿出一件 T 恤："换上吧，这是上次给一个企业做的文化衫，多做了几件，一直留在这里没动。"

姜雪微接过去，程熙朗担忧地看了她一眼，叹口气，退出房间，从外面把门带上了。

小杨和小谢小声问："小姜怎么了？"

他摇摇头："不知道，她不肯说。"

　　姜雪微哭够了，擦干眼泪换好衣服，抱着小狗走出来，一副什么事都没发生过的样子："你们说这小狗有没有主人啊？怎么这么久了也没人来找呢？"

　　大家也就装作什么事都没发生，开始讨论起小狗来。

　　四个人都喜欢小狗，但姜雪微在上学，奶奶身体又不好，没精力养狗，小杨的女朋友有洁癖不让养狗，小谢和人合租，也不能养狗。讨论的最后结果是，小狗暂时白天待在公司，晚上由程熙朗带回家，如果一直没人来寻，那就由程熙朗养着了。

　　其实程熙朗是挺喜欢小狗的，但还没喜欢到愿意花费精力去养狗的程度，他是看姜雪微不开心，才决定留下小狗让她高兴高兴的。

　　接下来两天，叶云深和姜雪微都没有联系彼此，倒是程熙朗又约了姜雪微。他有个酒会要参加，邀请卡上写明带上女伴，当然没有女伴也可以不带，但独自一人去了，免不了又被介绍女朋友，或者被数名女性搭讪。

　　自他大学毕业以来，父母给他介绍了好几个女友，都被他拒绝了，后来他们由明转暗，这种场合必定是大力为他牵线的好时机。他向来抗拒相亲，感情的事，他更相信上天的安排，他想他总会遇上那么一个女孩子，让他忘记许秋池，让他重新开始，如果一直遇不上也不要紧，就这么着吧，也挺好。

　　他看姜雪微一直怏怏的，便想着带她去参加酒会，既能让她见见世面换个心情，自己也免了一番煎熬。

　　他跟姜雪微提出来时，她很是惊讶："师父，我怕是不行吧？我从来没参加过这些活动，会贻笑大方的。"

　　"有我在，怕什么，你只需要跟着我，该吃吃，该喝喝，遇上人了微笑着点头打招呼就行了。"程熙朗不以为然地摆摆手。

姜雪微有点心动，她从没去过那种场合，确实很好奇，很想跟着师父去见见世面。但她从电视上看到，那种场合每个人都会打扮得很漂亮，可是她连一件拿得出手的衣服都没有。

"还是算了吧……我怕会让你丢脸。"她不好意思说出自己的困难，只好婉拒。

"我不喜欢你这样妄自菲薄。走，跟我上街。"程熙朗带姜雪微去商场，逛了一圈，为她挑了一件款式极为简洁的黑色的礼服裙，又让店员配了一双银色高跟鞋。她皮肤白，穿上这样简单的裙子，反而更衬得她明眸皓齿，肌肤胜雪，再穿上高跟鞋，整个人都变得不一样了。

站在试衣镜前，她自己都惊呆了，没想到看起来很简单的一条裙子和一双鞋，竟然会有如此魔力，让她如同脱胎换骨般。

"我……不太喜欢这条裙子。"她小声说。其实她不喜欢的不是裙子，而是价格。试裙子的时候她偷偷看了价格，比她一个月的工资还贵。

"穿上这身衣服，一定不会丢我的脸。你别忙着拒绝，我可不是为你，是为我的面子。明天下午我再带你去化个淡妆，保证你自信十足，绝对不担心自己会丢我的脸。"程熙朗拿出卡付了钱。姜雪微没办法，只好胆战心惊地去试衣间把裙子换下来，生怕弄脏弄坏了。

晚上回到家，她偷偷把裙子翻出来又试穿了一下，确实很好看，她对着镜子看了很久，忍不住用手机拍了两张照片，虽然像素不高，但她还是传到了QQ空间。人都是有虚荣心的嘛，何况她不过是一个十七岁的女生，爱美完全是天性。

很快涂晓就回复她：哇，好漂亮，美呆了，你穿这么隆重干啥啊？

她回复了一个笑脸，含糊地说：明天要去参加一个活动。

涂晓问她：什么活动啊，穿得那么漂亮？

她只说：广告公司有个活动啦。

第二天，姜雪微照常上班，只是带了裙子和鞋子去公司。下午，看时间差不多了，程熙朗把店里的事交代给小杨和小谢，就带着姜雪微去化妆，这种事情他也不懂，就随便找了个彩妆店，让店员给姜雪微化妆。

好在他们运气不错，店员技术很好，给姜雪微化了一个符合她气质的淡妆，又给她绾了一个很公主的发型，配上小黑裙，一切刚刚好，完美得让人不敢相信。

姜雪微看着镜子里的自己，心里也有些激动。她只知道自己长得还算清秀，从来没想过原来只是换一身打扮，她也可以变得这么漂亮。这是她人生中第一次穿礼服裙，第一次穿高跟鞋，第一次化妆，她甚至觉得有了这些，她就像灰姑娘遇上仙女，摇身一变，变成了一位公主。

而为她施魔法的，则是程熙朗。

她看着程熙朗，由衷地说："师父，谢谢你。"

程熙朗故意装作没听懂她的意思，大概是怕她太过感慨，那就失了他想让她心情变好的初衷了，所以他只是笑着说："我谢谢你才是，有你这么漂亮的女生做我的女伴，今晚我简直太有面子了。"

他带她上了车，往目的地开去。

酒会在一家私人会所举行，程熙朗把车开到门口，门童过来接过钥匙去停车，他则伸出右手，示意姜雪微挽着他。

姜雪微有点不适应，不过还是顺从地伸手挽住他的胳膊。两人正要进门，突然有个人走过来拉住姜雪微，他们定睛一看，是叶云深。

"姜雪微，你不要跟他去。"他拉着她的手腕，深深地看着她。

　　她不知道他怎么会突然出现，于是问了一句："你怎么在这里？"看他的打扮，穿着 T 恤和牛仔裤，不像是也要来参加酒会的样子。

　　"我跟着你们来的……"他小声说完，又重复刚才的话，"不要跟他去。"

　　昨天晚上，叶云深看到姜雪微在空间里放的照片，今天一天都守在广告公司对面的咖啡馆，想看她是要参加什么活动，没想到她竟然跟程熙朗上了车，化了妆，然后来到这个私人会所。来这种地方，又是这种打扮，两个人这种姿态，他再笨也知道是什么意思。

　　姜雪微心情很复杂地看着他。这两天他们没有联系，她让自己尽量不要去想他，可此刻突然看到他出现在面前，她才知道自己有多想他。她讨厌自己的软弱，明明还在生他的气，可看到他，她马上就把挽着程熙朗的手放下来了。

　　程熙朗没说话，他静静地看着姜雪微和叶云深，他想听她的回答。

　　"为什么？"她开口道。

　　"你这样跟他进去，等于变相承认你是他的女朋友了。"叶云深说。

　　"只是女伴，女伴不等于女朋友。"

　　"有多大区别，难道你见一个人就给人家解释，你只是他的女伴，不是他的女朋友？只要你跟他进去了，在场的所有人都会默认你就是他的女朋友。"

　　姜雪微回头看着程熙朗，他也平静地看着她，并没有否认或者解释。他有清楚地告诉过她，他不喜欢别人给他介绍女朋友，所以带她去，有她在，他就可以免掉这个麻烦。她也愿意帮他这个忙，帮他挡掉麻烦。

　　"别人以为就以为吧，没什么大不了。"姜雪微想了想，对叶云深说。

　　"那我的看法呢，你也不在乎吗？"叶云深定定地看着她。

"你明知道我不是！"姜雪微有些生气了。

"可那天你并没有回答我的问题，我问你是不是喜欢他，你没有回答。"

程熙朗听到这句话很是意外，他没想到那天微微和叶云深吵架竟然是为了他。姜雪微听到这句话，眼睛马上就模糊了，她没想到他居然还这样想她。程熙朗看见灯光下她湿漉漉的眼睛，涌上来一丝难以察觉的心疼，他来气了，质问叶云深："你是不是管得太宽了？你以为你是谁？"

叶云深一把把姜雪微拉到自己身边，口气很不好地对程熙朗说："我是她男朋友！"

姜雪微慢慢挣脱叶云深的手，退了两步，跟他拉开一点距离，冷冷地说："请你说清楚，你只是我挂名的男朋友，我只是应你的要求谈一场假恋爱。"

"不管挂名还是什么，既然我们还没分手，你就不能作为他的女伴跟他进去。"叶云深不讲理了。

这是姜雪微从没见过的叶云深，她觉得很陌生，也很可笑，为什么？他为什么要这样要求她？他又为什么可以这样要求她，却从来不对他自己作要求？他们之间这样到底算什么？她这样想，也就这样问了："为什么？"

"什么为什么？"

"既然你根本不喜欢我，我们只是在谈一场不牵涉到感情的恋爱，你为什么这么介意我和谁做了什么？看电影也好，作为他的女伴来参加活动也好，袁青霜又看不见，对你根本没影响。"这一次轮到她咄咄逼人了。

叶云深沉默了。他发现自己无法回答她的问题。她说得对，她和谁做了什么，对他根本没影响，他为什么要这么介意？

就在他沉默的当头，程熙朗轻声对姜雪微说："微微，我们进去吧。"

姜雪微小心地擦去眼角的泪水，点点头，重新挽住程熙朗的胳膊，不再看叶云深，而是转身往会所里走去。

门口的保安礼貌地迎上来，程熙朗拿出邀请卡，保安核对之后，请他们进去。就在他们往里走的那一刻，叶云深突然追上来，要去拉住姜雪微，但保安拦住了他，客气地说："先生，请出示您的邀请卡。"

他不理睬保安，只是要往里面冲，旁边立马又有两个保安过来拦住他，尽量客气地说："对不起先生，我们这里是私人地方，如果要进去，请出示您的邀请卡。"

听见动静的程熙朗和姜雪微停住脚步，回过头来看着他，他朗声喊道："姜雪微，不要跟他去！"

姜雪微只是看着他，不说话。

他一边想要挣脱保安的束缚去拉住她，一边焦急地说："我们认真地交往好不好？我们重新来过好不好？我不要跟你假恋爱，我不要只做你挂名的男朋友，让我做你真正的男朋友，让我陪在你身边，好不好？"

他的 T 恤已经被保安扯歪了，他从来没这样狼狈过，但他全然不在意。

因为这一刻，明明只隔着几步路的距离，只隔着几个陌生的保安，他却觉得他们之间仿佛隔着千山万水。他觉得这家会所就像深渊，如果姜雪微挽着程熙朗的胳膊走进去了，他就会永远失去她。

奶奶去世后这么多年，他从未如此害怕过，他死死地看着姜雪微，怕她离开，怕她消失，怕她……怕她从此不再属于他。

直到这一刻他才明白自己的心意。原来不知道从什么时候开始，他已经打开自己冰封已久的心，让她走了进去，他早就已经习惯了她，只是因为他一直觉得她是属于自己的，是会一直在那里不会离开的，所以才没有发现。

　　姜雪微的眼泪唰地流下来，她再也顾不上泪水是不是会冲花她的妆，她由得眼泪尽情流淌，她放开程熙朗的胳膊，几步走到叶云深面前，几乎是有些恶狠狠地推开保安，然后，她紧紧地抱住他。

　　保安知趣地退到一旁了，程熙朗却仍旧站在原地，只是看着他们，并不走过来。

　　叶云深也紧紧抱着姜雪微，就是这么短短的几分钟，他感受到了失去的恐慌，又感受到了失而复得的喜悦。他抱着她，又伸手捧住她的脸，温柔地擦去她的眼泪："不哭了，乖，不哭了，都是我不好，对不起……"

　　待她情绪稍微平复些，他才说："跟我走，好不好？"

　　她转身，看着程熙朗，充满了愧疚。关于要离开的话，她很难启齿，她觉得对不起师父，可她也知道，自己是一定会走的。也许作为师父的女伴跟他参加一场酒会真的没什么，但叶云深介意，她就必须顾及他的感受。

　　此时早已有人远远地围观，不时指指点点，只是都碍于面子，没人上前来。程熙朗一个人站在这场小小的风暴的中央，花园里的路灯将他的影子投射在草坪上，长长的，很孤单。但他只是轻轻一笑，宽容地冲姜雪微摆摆手："去吧。"

　　姜雪微知道说对不起只会是多余，可她还是冲他鞠躬，说了对不起，然后由着叶云深牵着她的手离开。

　　他们没有坐车，而是手牵手慢慢走着。走出一段距离，叶云深转头看着姜雪微，她眼角还有泪痕，一直低着头沉默不语。

　　"怎么不说话？"他问。

　　"那你怎么也不说话？"她反问他。

　　"你不说，我不敢说啊。"他一本正经地答道。

　　她失笑道："你就装吧，你有什么不敢的？"

　　"咱们C市的男人在全国是出了名的怕老婆，我也不能例外啊。"他装作大大咧咧的样子说道，说完，却很紧张，不知道她会作何反应。

　　她没想到他竟然也有这样油嘴滑舌的时候，闹了个大红脸，装作听不懂，不作任何回应。

　　他在她面前停下脚步，双手扶着她的肩膀，看着她："姜雪微，刚才我说的那些话，你都还没有回答。"

　　她装失忆："什么话……"

　　"我喜欢你，你喜欢我吗？你愿意和我在一起，和我认真地交往吗？"他不怕她逃避，不怕她退缩，因为，他不会放弃。

　　他的认真感染了她，她抬起头，正视他的眼睛，坚定地点了点头。

　　距离他们第一次见面已经过去一年的时间了。一年前，她不过是个求救无门的可怜女生，而他是偶然伸出援手的善良路人，她不敢奢望他们将来还会有交集。

　　后来，他一点点走进她的心里，哪怕她有了他的女朋友的名义，却仍然只敢把对他的感情深埋在心底。

　　现在，他就站在她面前，他亲口对她说，我喜欢你。这世上，还有什么比你喜欢的人刚好也喜欢你更让人欢喜呢？

　　虽然哭过，但她的妆并没有花，她看起来如此动人，以至于，他微微俯下身子，吻住了她的唇。

　　这是他们两人的初吻，这个吻，发生在这样一个清风习习的夏夜，发生在这样一个种满高大芙蓉树的安静的路边，然后，定格了他们一整个夏天的幸福。

—— 第八章 ——

热爱抵得过岁月漫长

YUNSHEN
BUZHICHU

1. 所爱隔山海

姜雪微和叶云深正式在一起之后，迎来的第一个节日是七夕。在二月十四日这个西方情人节和七夕这个近年来热门起来的中国情人节里，姜雪微更喜欢七夕。

要送什么礼物给叶云深呢？她绞尽脑汁，翻来覆去地想，也没个结果。太贵重的她送不起，她能负担得起的，对他来说大概又太廉价了，拿不出手。

某天下班后，她一边想着这个问题，一边往家里走，有人发传单给她，她顺手接过去，无意识地看了两眼，继续想。突然，她回过神来，仔细看看传单，原来附近新开了一家陶艺店，开业期间打八折。亲手做个东西送给他？她眼睛一亮，决定去陶艺店看看。

大概是新开业，加上正好是吃饭时间的缘故，陶艺店里一个客人都没有，见姜雪微走进去，店主很热情地迎上来。

姜雪微浏览了一圈店里摆着的陶艺品，一对可爱的杯子吸引了她的注意力。做一对杯子可好？送给叶云深一个，自己留一个，而且杯子还有"一辈子"的寓意。虽然一辈子太遥远，她不敢去想，但至少现在在她心里，他就是那个自己想要一直喜欢着，一直陪在他身边的人。

店主看她有兴趣，拍着胸脯保证会教会她怎样做杯子，而且保证她做得漂亮，还承诺杯子做好后一定用最漂亮的盒子帮她包装。

她往家里打了个电话，说自己临时有事，会晚点回家，就坐下来开始学做杯子。

对一个毫无陶艺基础的人来说，开头是非常难的，同样的泥土，在店主手里很容易就做出好看的形状，在姜雪微手里，就总是歪歪扭扭不听话，一不小心就坏了。

但她很有耐心，认真地学着、体会着，店主每次要插手来帮忙，要修正她的作品，她都拒绝了。她想从头到尾都自己亲手做。

慢慢地，她找到一点感觉，摸出一点门道，手里的泥坯终于有了个像样的形状。

她一鼓作气，连做了两个，又在杯子底部刻了小小的字母：Y&J。刻好之后，她又在店主的指导下把杯子刷成她喜欢的米黄色，然后，由店主拿去烧制。

"我明天下午来取，等我来了再包装吧。"姜雪微付了钱，叮嘱店主道。

第二天下班后，她几乎是跑着去了陶艺店，店主一见她就满脸笑意，称赞道："你的杯子烧出来非常漂亮，完全不像是新手做的。"

她顺着店主手指的方向看过去，昨天下午她亲手做的那对杯子正摆在展架上，杯身胖乎乎的，把手的弧度掌握得很好，颜色也很漂亮，看起来雅致又温暖。她把杯子拿在手里细细端详，又仔细看了杯子底部那两个字母，然后选了两个素净的盒子，让店主把两个杯子分别包起来。

之后她便期待着七夕的到来。

　　七夕前一天，叶云深跟她通了两个电话，在网上又聊了一会儿，但从头到尾都没提过第二天要约她的事。

　　她猜不透他的想法，不过这也没什么，他不约她，大不了她来约他嘛。

　　——明天见个面吧？

　　——好啊，什么时候？

　　——你什么时候方便？

　　——跟你见面，任何时候都方便。（后面还有一个龇牙嘻嘻笑着的表情。）

　　——那就我下班之后吧。

　　第二天下午，刚到五点，叶云深就准时出现在广告公司门口。其实他早就到了，在斜对面的咖啡馆坐着，一直看着时间。自从上次想赖在广告公司，结果被程熙朗和姜雪微一起委婉地赶走，再加上之前程熙朗邀请姜雪微做女伴，惹得他醋意大发，他就轻易不肯再上广告公司的门。

　　不过他觉得今天很是奇怪，怎么平时生意一般的咖啡馆有这么多客人，还恰好都是成双成对的？

　　姜雪微正在收拾文件，见他来了，招呼他坐，他不肯，只站在门口等，她也没办法，加快速度把文件收拾好，跟小杨小谢还有程熙朗说了再见，就跟着他走了。

　　程熙朗从头到尾没看叶云深一眼，只坐在电脑前画图，小奶狗趴在他脚下的垫子上玩一个球。上次他本意是想让姜雪微散心，所以邀请她去酒会，却没想到间接促成了叶云深的表白，他们俩手牵手离开时，他心里非常不是滋味儿，那一刻他才肯承认，他似乎是有点喜欢这个小姑娘的。

　　但他知道她喜欢的人是叶云深，而不是自己，所以他只是站在原地，看着他们离开。他希望她会开心，希望她可以过得好，哪怕让她开心的那个人并不是自己。他又怕她过得不好，怕叶云深会让她受伤，所以他打定主意，要守护在她身边，不打扰，也不离开，直到他确定她真的幸福。

她和许秋池应该是不一样的，也许，她比许秋池幸运。

想到许秋池，他又开始怀疑自己。姜雪微不过是个十七岁的小姑娘，自己真的会喜欢这么一个小丫头吗？是不是因为自己在她身上看到了许秋池的影子，所以只是把他对许秋池的感情和歉疚转移到了她身上而已？

他也弄不清楚。但他不喜欢叶云深，这是毫无疑问的。

当然叶云深更不喜欢他，所以也没和他打招呼，而是只跟小杨小谢点头示意，就牵着姜雪微走了。看她手里拎着包，他接过去，没想到包还有些重量，就问她："装了什么东西啊，这么重？"

她调皮地笑着，不告诉他。

"我们一起吃晚饭吧？你给奶奶打个电话，说你不回家吃饭了。"

她依言给奶奶打了电话，他又问她："你想吃什么？"

她想了想，今天是七夕，估计到处人都多，东西也贵，她不想去挤，也舍不得浪费钱，于是说："我想吃肯德基。"

"啊？"他很意外地看着她，"肯德基？"

"对啊，我要说我从来没吃过肯德基你信吗？"

他的眼神一下子柔软了："好，那就去吃肯德基。"

其实他自己一共也没吃过几次肯德基，这些东西不健康，也不见得有多好吃，他并不喜欢。但他的不吃，和她的没吃过，是完全不同的两件事。其实一顿肯德基能有多贵呢，她靠着自己的努力一个月能赚一千多块钱，难道还吃不起一顿肯德基吗？可她从来没吃过，她的钱，是要养家的。

他很心疼，又不想让她知道，怕她会难受，于是紧紧牵着她的手，一起去了最近的一家肯德基。

差不多是饭点了，肯德基里面已经有了一些客人，但还算不上多挤，两个人一起排队，姜雪微点了自己想吃的，叶云深又随便点了一些，然后找了个位子坐下。

他们的座位旁边就是儿童游乐区，一个两三岁的小男孩脱掉鞋子，正在认认真真地把鞋子摆整齐，他把左右搞反了，他的妈妈试图纠正他，他不满地嚷嚷，非要自己来，妈妈只好妥协，满脸爱意地看着他把鞋子换过来，又摆到旁边的鞋架上。

鞋子摆好了，小男孩欢快地撒开脚丫跑到滑滑梯上，一个趔趄摔了一跤，他的妈妈想去把他扶起来，他拒绝了，自己爬起来，又开始玩滑滑梯。

姜雪微和叶云深都看到了这一幕，姜雪微随口笑道："这小朋友好倔啊。"

"他的妈妈对他可真好。"叶云深幽幽地说了一句，"他很幸福。"

"天底下的妈妈对自己的孩子总是最好的嘛。"姜雪微说。

"是吗？"叶云深有些讽刺地冷笑了一声，"我还没满一岁，我爸妈就把我送到奶奶家，让保姆和奶奶带我，过很久才来看我一次，我学会的第一个词不是爸爸，也不是妈妈，而是奶奶。"

姜雪微不知道他有过这样的经历，也不知道该怎样安慰他，于是轻轻握住了他的手。

"吃吧。"他很快恢复了平时的样子，把汉堡的包装纸打开递到她手上，又把热饮的盖子揭开，细心吹了吹，才放到她面前。

两个人有一搭没一搭地聊着天，吃着东西，旁边儿童游乐区的小孩子发出各种欢笑，倒也挺开心的。

吃完了，姜雪微才想起来礼物还没送，于是从包里摸出包装盒递给叶云深："送给你。"

叶云深接过去，有些不解："今天是什么日子？为什么要送礼物？"

他居然根本不知道今天是什么日子！姜雪微真是无语，但想到这也从侧面印证了他的"纯情"，又原谅他了。

"笨蛋，今天是七夕！"

"啊，七夕？哦，哦哦哦，我知道了……"他恍然大悟，这才明白咖啡馆里为什么那么多情侣，大街上又为什么那么多卖花的。

他打开那个素净的包装盒，把杯子拿出来细细端详，说："你自己做的？"

"是不是很丑啊……你怎么一眼就看出来是我做的了？"姜雪微有些沮丧。

"笨，看这里和这里就看出来了啊。"他指着杯子底部的两个字母，又指着杯子把手上的一个符号。

"我还看出来，你做了两个杯子，一个送给我，一个你自己留着。"

"你怎么知道？"她觉得他太神奇了，怎么连这也猜得到？

他指着把手上那个符号："我如果连这都看不出来，也太笨了吧。"

她记得他说过自己爱看福尔摩斯的小说，看来是没白看。那是半颗心，两个杯子的把手拼到一起，刚好是一颗完整的心，这是她的一点小心思，没想到被他一眼就看出来了。

"谢谢你，很漂亮的杯子，我很喜欢。"他真诚地说。

她有些害羞了，同时又很开心，那个傍晚在陶艺店的辛苦没有白费，遇上懂得的人，她的心思也没有白费。

他把杯子小心地收起来，又一脸惭愧地说："可我不知道今天是七夕，所以没给你准备礼物……"

　　"你请我吃肯德基了呀。"她说，"我第一次吃肯德基，这难道不算礼物？"

　　他知道她是好意，可要是让人知道他和女朋友第一次过情人节，送了女朋友一顿肯德基，还不被人笑掉大牙？

　　她看出来他还是不好受，就说："将来的节日还多得是，这次不知道就不知道嘛，下次给我补上，好不好？"

　　他勉强接受了这个说法。

　　晚上，姜雪微正在家里背单词，叶云深突然给她打电话："我在你家楼下，你下来一下。"

　　她放下英语书噔噔噔跑下楼去，看见他笑眯眯地站着，见她来了，赶紧邀功般举起手中的袋子："送你的礼物。"

　　"你这是干吗呀？我都说了下次再补上，干吗这次非得送，好像不愿意欠我什么似的。"姜雪微有点不高兴。

　　"傻瓜。"他伸手揉了揉她的头发，"你先别生气，打开礼物看了再说。"

　　她接过口袋，拿出里面那个长方形的丝绒盒子，打开，里面是一只手表。手表的牌子她并不认识，当然她也压根儿就不认识什么牌子，表带不是一整条，而是由一格一格的金属块连在一起构成的，金属块按黄色、橙色、蓝色三种颜色依序循环排列，很纤细，表盘也不大，看起来倒不像手表，更像手链。

　　他帮她把原来戴在手上的那只旧表取下来，把新的手表戴上去，然后满意地说："专柜小姐跟我说这只手表年轻女孩子戴肯定好看，果然没骗我。"

　　真的很好看，姜雪微的皮肤本来就白，手腕也细，戴上这只手表更显得清秀了几分。

"谢谢。"她说。

"我希望它可以每天陪着你，我不在你身边的时候，你看见它，就像看见我一样。"他说完，还对她扬了扬自己手上的表，"我现在都不戴别的手表了，只戴这一只。"

他说的自然是当初忘在她家里的那一只。

她为自己刚才那一丝丝生气而不好意思。他是那么细心，送来这么漂亮一只手表，替换掉她那只已经戴得表带都开裂了的旧手表。

"奶奶做了凉糕，你要不要上去吃点？"她小声问。

"算了吧，我一去，奶奶又得招呼我，就不打扰她老人家了。"叶云深拒绝了。现在他的身份和心情都与当初不同，他觉得，在他们能坦然将恋情告知大人之前，已经不适合再过多出入她家。

"那我走了，你回去吧。"他说完，站在原地看着她转身上楼，然后才离开。

2. 孤注一掷

七夕过后没多久，新学期就开学了。进入高二，学习更紧张，程熙朗主动提出让姜雪微每天中午不用去公司了，只需要下午去做点打扫卫生收拾文件的杂事就够了。姜雪微总觉得自己没做什么事，就提出减工资，为了让她好受，程熙朗象征性地给她减了两百块钱。

其实公司有了小杨和小谢，再加上程熙朗自己一头扑在公司，人手是够的，姜雪微来与不来，没多大影响。但他想每天都见到她，想知道她过得怎么样，也想通过这种方式从经济上帮助她，所以没让她看出这一点。

　　姜雪微对程熙朗的心思毫不知情，她现在很忙，要好好学习，要照顾家里，要跟叶云深谈恋爱，每天下午还要急匆匆地赶到广告公司打工。

　　她和叶云深在一起的事，她只告诉了涂晓。

　　其实也不是她主动说的，是涂晓发现了一点蛛丝马迹。那天涂晓在水房遇上叶云深，他正在洗杯子，涂晓一看，那不是姜雪微的杯子吗？她觉得很奇怪，眼看着叶云深洗完杯子，拿着杯子回了教室，她又走回自己教室，一看姜雪微的座位上，她的杯子好好地摆在那里呀。

　　可她明明记得自己当时夸姜雪微换的新杯子好看，她颇为得意地说，这是她自己在陶艺坊手工制作的杯子。

　　既然是她亲手做的，又怎么会有别人和她的杯子一模一样呢？或者说，这个人对她来说根本就不是别人？

　　在涂晓的"拷问"下，姜雪微承认了。其实告诉了涂晓也好，将来她那些百转千回的心思，也总算有个可以诉说的对象了。

　　不过对男生来说好像不存在这个问题，比如叶云深就从来没想过要和谁诉说自己的感情，他只是特地找到颜肃，想确认篮球队那个男生是不是不再打算追求姜雪微了。

　　颜肃一脸戏谑地看着他："她又不是你什么人，你这么关心人家干吗？"

　　"谁说不是我什么人？她是我女朋友，我当然要关心。"叶云深瞪着他。

　　"谁说，不是你亲口说的吗？"颜肃还要逗他。

　　他双手抱臂，不满地看着颜肃，就那么看着，不说话，颜肃终于举手投降："好啦好啦，我知道啦，以后再有什么狂蜂浪蝶敢靠近我们叶大少的女朋友，我头一个上去……"说着，他举起手，做出一掌劈下去的动作，成功逗笑了皱着眉头的叶云深。

开学后没多久就是中秋，叶云深约姜雪微中秋那天一起吃饭，姜雪微让他干脆去她家吃饭，反正奶奶也在念叨他。但叶云深拒绝了，他说："要是被阿姨和奶奶看出来了怎么办？还是你出来跟我吃饭吧。"

鉴于姜雪微家一贯的传统是，中秋节晚上要在家吃团圆饭，一起吃月饼，所以叶云深跟姜雪微约好中午一起吃饭。

小时候叶云深很喜欢过中秋节，每年中秋，C大都会给员工发月饼，各个院系也会有中秋晚会，叶云深喜欢吃学校发的月饼，更喜欢跟着奶奶去看晚会。有时候看晚会看着看着的他就睡着了，奶奶就会把他抱回家，等他醒来，已经是第二天早上了。如果他没睡着，祖孙俩就会手牵手走回去，路上奶奶会给他讲很多跟月亮和月饼有关的故事。

后来回到父母身边，每年中秋他们都会应景地买回一些高档月饼，但很少能一起在家陪叶云深吃顿饭，有几次两个人倒是都在家，李阿姨也做了一桌子好吃的菜，可吃着吃着就又吵起来，最后一般以其中一人摔门离去为结局。

后来叶云深就习惯了不过中秋节。无论家里买了什么样的月饼，他连尝都懒得尝一下。有时候他安慰自己，节日什么的，本来就是人为规定的，这天如果不给它安个中秋节的名头，不也就是无数个普通日子里的一天吗？

但今年不一样，今年他有了姜雪微，一旦一个人拥有了与之相爱的人，那么每一个节日他都会想跟她一起度过。

中秋那天，叶云深头一次认真查看了家里的月饼，看了品牌，看了配料，看了口味，最后选了两盒他最满意的，拎着去见姜雪微。

　　他们一起吃了饭，又去了人民公园。人民公园里永远有很悠闲的老头老太太坐着喝茶、晒太阳、打瞌睡，脸上的神色永远是安宁的、波澜不惊的，仿佛任何事都无法打扰他们的悠闲。

　　叶云深一手拎着月饼，一手牵着姜雪微的手，两人一边看着那些老人，一边慢慢散步，不由得生出了一些天荒地老的意味。

　　但在叶云深家里，远没有这样平静。

　　叶云深的父母今天难得有空，想到刚好是中秋，于是决定回家陪儿子吃顿饭。下午时分，他们一起回到家，叶云深的爸爸在书房看股票，叶妈妈难得地坐在沙发上，开了电视有一眼没一眼地看着，然后招呼李阿姨："李嫂，帮我拿一个豆沙冰激凌月饼过来。"

　　李阿姨应了，找了好一会儿，才来回话说："阿深把那盒冰激凌月饼拿走了。"

　　"拿走了？拿去哪里？他不是不吃月饼吗？"叶妈妈觉得奇怪。

　　"不知道。上午他拿了两盒月饼就出门了，没说要去哪里。"李阿姨回答道。

　　叶妈妈想了想，起身去了叶云深的房间。

　　他的书桌上整齐地摆着一些书，书本的最上面是一个摊开的笔记本，上面有力地写着一个字：微。

　　微？这是什么意思？叶妈妈在书桌前坐下来，无意识地拉开他的抽屉。说起来，她已经很久没有进过儿子的房间了，上一次他们爆发争吵还是在过年前，后来她把他送去澳洲的妹妹那里散心，他回来后，那些不愉快似乎就过去了，他没提过，她也没再提过。

　　拉开旁边那个抽屉时，叶妈妈看到一张发票，她随手拿起来，猛然发现那竟然是一张购买女士手表的发票，金额显示 7669。发票上写着那款手表的名称：夏日精灵。再一看日期，八月十六号。

八月十六号是什么日子？她拿出手机翻看日历，马上就明白了，因为日历上显示，那天是农历的七月初七，七夕节。

叶云深谈恋爱了？看样子手表应该不是送给袁青霜的，那会是谁呢？今天的月饼也是拿去送给那个女孩子的吧？

凭着女人的直觉，叶妈妈把事情猜了个八九不离十，然后又拿着这张小票去找丈夫商量。

"难道就是青霜说过的那个女孩子？那个接受她资助的丫头？"叶爸爸说。

对啊，是有这么一回事，自己怎么完全忘记了呢？叶妈妈懊恼地想。上次争吵中，阿深虽然说过要去把那个丫头追到手，可后来就没动静了，她想他不过是说气话，也就没放在心上，后来就忘记了。

难道真是那丫头？阿深出手这么大方，给她买七千多的手表？真是鬼迷心窍了。

叶妈妈越想越生气，马上给叶云深打了个电话："阿深，你在哪儿？"

"我在外面，怎么了？"叶云深突然接到妈妈的电话，很是意外。

"我和你爸都回家了，你什么时候回来？今天是中秋，要一起吃顿团圆饭。"

叶云深觉得太阳是不是要打西边出来了啊，妈妈竟然在中秋节叫他回家吃团圆饭？不过她都提出来了，他肯定不会拒绝，何况他陪姜雪微逛完了公园，晚上本来也是打算回家吃饭的。

"好，我等下就回来。"叶云深应道。

把姜雪微送回家，叶云深就径直回家去了，刚进家门，他就觉得气氛不对。父母都坐在沙发上，电视虽然开着，但他们并没有在看。

"回来啦？"先开口的是妈妈。

"嗯。"叶云深点点头，走过去在沙发上坐下。

"你是不是谈恋爱了？"妈妈单刀直入。

"啊？"叶云深震惊地看着妈妈，一时没反应过来。

妈妈扬了扬手中的发票："你买了手表送给她？"

叶云深看了那张发票一会儿，选择了点头。

"今天也是去见她，给她带了月饼？"

叶云深又点头。

"那个女孩是谁？是霜霜说那个女生吗，叫什么微的？"

叶云深考虑了一会儿，还是老老实实点头了。

看似平静的妈妈瞬间怒气冲冲地站起来："你是不是疯了？你跟谁谈恋爱不好，要跟那个穷丫头？上次都跟你说了人心险恶，这种穷丫头就是冲着你的钱来的，你怎么听不进去呢？"

叶云深被妈妈突然爆发的怒气吓了一跳，毫不客气地还击："半年前我就告诉过你们了，本来我和她没什么的，你们非说我们有什么，我只好追到她，把这个罪名坐实。怎么，都半年了，你现在才来质问我，是不是太迟了？"

"你这是什么态度？不准用这种口气跟你妈妈说话！"叶爸爸一声怒喝。

他们俩大概事先商量过了要统一态度吧，不然爸爸什么时候这样维护过妈妈。

叶云深没吭声，叶妈妈继续说："马上跟她分手。过去为她花的钱可以算了，不追究。"

叶云深依然没吭声，叶妈妈看着他，说："不说话是什么意思？"

　　他缓缓地抬头，看着妈妈，说："我喜欢她，想和她在一起。她对我很好，并不是为了我的钱。"

　　叶妈妈马上轻蔑地笑了："不是为了你的钱？不是为了你的钱会让你买这么贵的手表？其余她那种家境的孩子戴什么手表？我估计不会超过一百块，或者根本连手表都没有。"

　　"不是她让我买的，是我自己偷偷买给她的，她并不知道价格。"

　　叶妈妈又是一声嗤笑："不是她让你买的？那只能说明她手段高明啊，不用亲自开口，你就乖乖送上门了。"

　　叶云深觉得自己和姜雪微都受到了羞辱，他紧紧握着拳头，努力压抑自己的怒气，尝试跟妈妈讲道理："妈，能不能不要说得这么难听？难道因为我们的家境悬殊，就不能互相喜欢，不能在一起，不能送礼物？"

　　"她是什么样的人，我没见过，我不知道，但霜霜见过，你袁阿姨也见过，她们母女都做出了那样的评价，你还非坚持说她不是为了你的钱？"

　　"她们说的就一定是真的吗？"叶云深也激动得站了起来，他比妈妈整整高出一个头，无形中获得了心理优势。

　　"你才多大？是你见过的人多还是袁阿姨见过的人多？"叶妈妈毫不示弱地看着他。

　　他终归是说不赢她的。

　　见他低着头不说话了，叶妈妈又说："这件事没得商量，你必须跟她分手。"

　　叶云深看着地板，沉默良久，才缓缓开口："如果我不呢？"

　　"你刷的我的卡，用的我的钱，有什么资格说不？你一边对我强硬，一边用我的钱给那个穷丫头买东西，不觉得有什么不对吗？"叶妈妈冷冷地说。

"行，那从今天起，我不再用你的钱，可以了吧？"

"说得轻巧，你吃的穿的住的，哪一样不是我花的钱？"

叶云深深深地看着他的妈妈，这个虽然美丽，却满脸嘲讽的妇人，她从来就不曾了解过他的儿子。

"好吧。"最终，他只无力地说了两个字，就转身回自己的房间了。

叶妈妈以为她胜利了。虽然仍旧生气，情绪难以平静，但好歹儿子是被自己说服了。

可很快，她就惊讶地看见自己的儿子拎着行李箱出现了，他站在他们面前，平静地说："我懂，经济不独立，人格必然也无法独立。从现在开始，我不再用你们的钱，我想你们也无法阻止我做我想做的事情。我会搬出去住，我的安全你们不用担心，我会每周跟你们联系一次。"

叶爸爸勃然大怒，站起来就要上前去拉扯自己的儿子，可叶妈妈及时拦住了他。她拉住自己的丈夫，尽量平静地看着叶云深，冷静地说："行，那就把卡交出来吧。"

叶云深早已经准备好了，他将握在手里的银行卡递给了妈妈，冲他们鞠了个躬，又走到旁边李阿姨面前，抱了抱她："李阿姨，我走了，你保重。"

李阿姨已经哭得稀里哗啦了，她劝他："阿深，别冲动，有什么跟爸爸妈妈好好说……"

他微笑着拍拍她的背："没事的，没事的。"

然后，他就拎着行李，换鞋，打开家门。

在他关上门的一瞬间，只听叶爸爸一声暴喝："你走！有本事走了就别回来！"

他没有回头。

3. 你愿不愿意跟我走

过了几天，姜雪微早上出门送牛奶的时候，惊奇地发现，叶云深竟然站在她家楼下。

"你……你来干什么？怎么这么早？"

"我现在住在抚琴小区。"

姜雪微知道那里，那是隔壁街的一个小区，虽然跟她家隔得不远，但条件却是天壤之别，那个小区周围全是高档的乐器店铺，感觉住在那里的人似乎也多了几分艺术气质。

"你们搬家了？"

"是我，我自己搬出来住了。"

"为什么？"姜雪微对于叶云深和家人的冲突毫不知情，惊讶极了。

"因为一些事，跟我爸妈闹翻了。短时间内我是不会回家住的。"

"是……因为我吗？"姜雪微小心翼翼地问。

"当然不是。"叶云深说，"我跟我爸妈之间的问题太多了，以后慢慢跟你说吧。"

姜雪微也就信了。

叶云深离开家时，身上其实是有一张银行卡的，但那张卡不是父母给的。他还记得曾经无意在柜子里翻到这张卡，爸爸告诉他，奶奶曾经为他买过一份保险，每年会有一笔钱打到这个账户上，一直持续到他满十八岁。他很珍惜这张卡，从来没动过里面的钱，平时花钱大手大脚，都是用的父母的钱。他总觉得，父母欠他的，他们感情上亏欠他，他只好通过花他们的钱来寻求些许平衡。

决定搬出来时，他找到那张卡，带上，离开家第一件事就去 ATM 上查询余额，还好，卡上的钱足够他很长一段时间不用为衣食住行发愁。但他并不打算坐食山空，他还是去找了一份工作。

那天租好了房子，他在小区外面的街上随意走着，打量那些琴行，走着走着居然遇见一个熟人——奶奶的好友，C大曾经的教授。叶云深的钢琴就是跟着这位王爷爷学的，如今王爷爷闲来无事，开了一间琴行，也教琴，也有别的老师在他这里教琴。叶云深说自己想体验生活，出来打工，王爷爷当即就表示，可以让他试试在琴行上班。

好巧不巧，当天刚好有个小女孩想学琴，一进店里就指着叶云深说："我要这个哥哥教我弹琴。"

第一个学生就这样上门了，小女孩看起来家境很好，也很受宠，父母听到叶云深报出两百块每小时的价格时，毫不犹豫地答应了。

就这样，叶云深开始了离家独自谋生的日子。早上，他偶尔会陪姜雪微一起送牛奶，有时候起不来，就直接去学校。下午，他会去琴行，晚上如果没有钢琴课，他就回租的房子看书学习，偶尔也邀请姜雪微和他一起看书学习。

周末，他大概会有一半的时间在琴行，一半时间宅在家里，或者和姜雪微在一起。

没有了李阿姨的照顾，他学着自己收拾屋子，打扫卫生，好在房子配套设施齐全，洗衣服可以交给洗衣机。

他没觉得有多累，反而觉得这样挺好，自由、清净。每个星期天晚上，他会给妈妈发一条信息，告诉她自己很好。

妈妈从来没有回复过。

他也不介意，下次继续发。他觉得告知父母自己的平安，是作为子女的一种义务。

　　有时候姜雪微会帮忙收拾屋子，或者晚上过来一起学习的时候，会带一份便当。叶云深吃她带来的东西总是吃得很香，她笑他夸张，他什么好东西没吃过，偏偏在她面前装得像是永远没吃饱一样。

　　到了高二，学习任务更重，知识更难，姜雪微的基础毕竟不如叶云深好，她只胜在刻苦踏实，于是很多时候，叶云深都会给她讲解题目。

　　一晃就到了冬天，比起前段时间，现在姜雪微更喜欢到叶云深这里来温书，因为她在家只有一个暖手宝，在叶云深的房子里，却可以享受地暖。

　　有一天晚上，她趴在桌子上做数学题，写着写着就困得睡着了。叶云深在专心做英语阅读理解，做完了抬头看她，才发现她睡着了。

　　她有一对长长的睫毛，有小巧的鼻子，有红润的嘴唇，有白皙的肌肤，所有这一切，在夜晚灯光的照射下，都显得更加楚楚动人。

　　何况她还睡着了。在叶云深眼里，此刻她就是一个沉睡已久，等待自己去吻醒的睡美人。

　　说起来，除了确定关系那个晚上，他们有过一个吻，后来几个月里，他们常常见面，常常共处一室，但最亲密的动作也不过是姜雪微做事时，叶云深从身后去给她一个拥抱。

　　大概没到那个时机吧，反正，他们再也没有吻过对方的唇。

　　此时，叶云深深情地看着姜雪微的睡颜，轻轻地凑上去，吻了吻她的唇。她马上醒了，睁开眼，看见挨自己极近的叶云深，吓了一跳，等意识到这是一个吻时，她马上红了脸，不好意思地把脸转向一边。

　　叶云深捧着她的脸让她转过来，毫不犹豫地再一次吻了上去。

　　这一次她没有再回避，而是深深地回应他。跟上一次的紧张生涩比起来，这次她进步了很多，因为她终于体会到，此时此刻，所有的东西都退得很远，全世界，只剩他和她。

等到这个吻终于结束，姜雪微的意识已经有些恍惚了。她看着他，眼神迷蒙，他看着她，想再次吻她，想彻底拥有她。

"我送你回家吧，你看你做题都做得睡着了。"他定了定神。

"嗯。"她点点头，脸上红晕还未消散。

走出门，外面的冷风吹来，将两人的头脑吹得清醒了不少，一路上他们都没说话，只是默默地走着，很快走到姜雪微家楼下，叶云深才说："早点睡。"

"你也是。"

回到家，姜雪微躺在床上，回想起刚才发生的那一幕，脸又烧了起来。她很开心，因为，她的叶云深是那么珍惜她，这让她觉得暖心，觉得安全。

程熙朗没想到自己会重遇许秋池。

有一家母婴店新开张，在程熙朗这里做了广告牌，程熙朗和小谢一起去送货。

店铺还没正式营业，但声势已经造起来了，很多人路过时都会停留一会儿，看看开张时会搞什么活动，有多大的折扣。

小谢在贴玻璃橱窗上的广告语，程熙朗后退几步，看他有没有贴歪，没想到不小心碰到一个小孩。小孩大概是刚学会走路，还站得不稳，很容易就摔跤了，然后开始哇哇大哭。

程熙朗赶紧蹲下想把小孩抱起来，可小孩的妈妈早已冲上来一把抱起孩子开始安抚，程熙朗一个劲地道歉，年轻的妈妈有点不满地抱怨了一声："你小心点呀。"

程熙朗继续赔不是，可两人目光相对时，却都愣住了。

　　大概是因为生小孩的缘故，许秋池胖了一些，但她原来就很瘦，所以虽然比原来胖了些，也不算难看。

　　小孩在妈妈的安抚下已经平静下来，乖乖地依偎在妈妈怀里，睁着滴溜溜的大眼睛看着程熙朗。

　　"你女儿？多大了？"程熙朗指着小孩儿头上像鹿角一样可爱的两撮小辫，问道。

　　"十五个月了。"许秋池回答道。

　　然后两人就沉默了。

　　周围人来人往，不时挤到他们身边，程熙朗伸出手臂护着母女俩。

　　"到旁边来吧，这里人太多了。"

　　两人走到旁边，程熙朗冲孩子做鬼脸逗她，没想到她咯咯咯地笑起来，还伸手想去摸程熙朗的脸。

　　"你，还好吗？"在孩子的笑声中，程熙朗再度提问。

　　"就那样吧。生活嘛，生下来，活下去，慢慢就习惯了。"许秋池的语气有些幽怨。

　　她一个人抱着孩子，还背着一个大大的妈咪包，看起来有些狼狈。程熙朗猜想，也许因为她生了女儿，所以在夫家过得并不好？那种富贵人家，难免都会有些重男轻女的。

　　可他发现自己并不怨恨她，也不怜惜她，他只是客观地想，这是她自己的选择，既然选择了，就要承担后果。夫家的经济能力可以让她和家人摆脱困境，她也算是求仁得仁了。

　　但这也只是他的猜想罢了。实情如何，他不必开口去问。

　　那边小谢在招呼他："朗哥，来一下。"

　　他挥挥手表示自己马上过去，许秋池也很知趣地说："你去忙吧。"

他伸手摸了摸孩子嫩嫩的小脸蛋，说："嗯，你保重。"

两个人都没有道再见。等程熙朗再回头时，许秋池已经不见了踪影。

回程的路上，程熙朗听着歌，难免有些伤感，但也只是伤感而已，再没有更多情绪了。

下午，公司迎来一位不速之客——袁青霜。

除了姜雪微，公司里其他三个人都不认识她，见她进来，小谢赶忙起身迎客："你好，有什么需要帮忙的吗？"

她先是环视一圈，并没有看到姜雪微，这才开口："我找姜雪微。"

程熙朗从电脑后面抬起头说："她不在。"

"她不是每天下午都要来这里上班吗？"

"今天她家里有点事，请假了。你找她有什么事吗？"程熙朗觉得这个女生看起来并不友善。

"她在这里上班，一个月能有多少钱的工资？"袁青霜又问。

程熙朗很警觉地站起来，走到她面前，说："你有什么事吗？我是她老板，也是她师父，你有事可以跟我说。"

袁青霜一下子就认出他："哦，是你呀，我知道你，她拍过你的照片，你也送过她去桃花山。"

"这边坐下说吧。"程熙朗并不接话，而是把袁青霜领到里面的小办公室，才问她，"你是她同学？有事为什么不在学校找她，而要来这里找她呢？"

"学校里人太多，不方便。我找她谈钱的事。"

"钱？能告诉我具体是怎么回事吗？"

袁青霜上下打量了程熙朗，才说："你不知道吧，我从十岁就开始资助姜雪微，可这丫头完全就是个白眼狼，不感谢我不说，还抢我男朋友。

既然她不仁，我也只能不义了，我要她把我这些年资助她的钱全部还给我。"

暑假时袁青霜和叶云深去云南玩了一圈，关系缓和了不少，袁青霜也挺开心，没想到回来后叶云深马上又对她冷淡了很多。她原本也打算默默忍受，毕竟他们还在一个班，每天能见到他，偶尔能说说话，她也很安慰了。可不久就听说他跟家里闹翻，搬了出来，她偷偷跟踪他，查到他现在住的地方，还发现他竟然在琴行打工。

他那样骄傲的一个人，竟然肯放下身段去打工！而这一切，都是为了姜雪微？她难以接受，甚至当街哭出来，但更让她难受的是，这样寒冷的冬天，她想了好久，终于鼓起勇气买了一床漂亮的被子想送给他，却撞见他和姜雪微红着脸从小区里出来。

那么晚了，他们俩那种状态，叫人怎能不想歪？

袁青霜几乎快崩溃了。

她回家默默想了一晚上，终于勉强想出一个办法，她把妈妈为她收起来的这些年给姜雪微打钱的单据都找出来，她要逼她还钱，如果还不上，就离她的叶云深远远的！她赌她还不上，除非她肯拉下脸皮去找叶云深，但叶云深现在哪有钱？这样一来，他是不是就能看清她的真面目，知道她完全是为了钱才跟他在一起的？

程熙朗看着袁青霜拿出来的单据，电光石火间想起当初弟弟曾经跟他提到过的名字，问道："你是袁青霜？"

"你知道我？姜雪微跟你说过我？她怎么说的？"袁青霜的眼神一下子变得凌厉。

"噢，你误会了，不是她，是别人提起的。"程熙朗赶紧转移话题，"你总共资助了她多少钱？需要她一次性还清吗？有没有期限？"

袁青霜把单据摆出来，又把她算出来的总数拿给他看："是的，我要她一次性还清，最多给她一个星期时间。"

"我想你应该了解她的情况，这么大一笔钱，要她一个星期拿出来，根本不可能。"

"那是她的事儿，我不管。谁让她那么贱，没良心，不要脸，抢我的男朋友？"

程熙朗觉得她的话非常刺耳，很难听，赶紧阻止她，说："如果她拿不出来呢，你打算怎么办？"

"她都能搭上有钱男朋友，还有什么拿不出来的？"袁青霜翻了个大大的白眼。

程熙朗大概知道这个女孩子想做什么了。他的第一反应是，不能让她伤害姜雪微，他要保护她。

"如果她把钱还给你了，你会不会再制造什么别的麻烦为难她？"

"为难？我这叫为难？"袁青霜气得从椅子上跳起来，她真是服了，这人完全是在为姜雪微说话嘛！一开始他问她，她什么都说，只是心中有怨气的条件反射，想倾诉，想让姜雪微的老板知道她干的好事，最好能让她被辞退，可现在她才回过味来，这个人根本就是站在姜雪微那边的！

哼，果然是"绿茶"，不仅勾引了她的叶云深，连公司里的老板都不放过。

"你别激动，我这样说是基于你对她的态度和评价，你既然认为她抢了你的男朋友，只是叫她还钱，能平息你心中的怨气？"

"钱和人，我总要占一头吧？人被她抢走了，能要回点钱，我也平衡点啊，不然我想着我为她花了这么多钱，她用了我的钱，还抢我的男朋友，我就恨！"

"好，只是钱，那就好办。这钱我来出，将来在她工资里慢慢扣。这件事就到我这里为止，你别再找她了。"程熙朗果断地说。

"你来出？喂，大哥，你想清楚没有，我估计就她那点工资，在你这儿干到毕业，也还不上这些钱。"

"那是我的事，你就不必为我操心了。我现在没有这么多现金，你看我是给你转账呢，还是明天你来拿现金？"

"好，我要现金，一毛钱都不能少！"袁青霜被气晕了。这算什么，这位大哥帮那个穷丫头还了钱，这算什么，这算什么啊！

但她打量着程熙朗坚毅的表情，突然又回过神来了。

哼，哪个公司的老板会为一个兼职的员工垫付几万块？除非，他并不是以老板的身份，而是……他喜欢她！

好呀，这个姜雪微，一边跟叶云深在一起，一边跟公司老板不清不楚，要是叶云深知道了，会怎么样？

这大傻帽愿意还钱就还吧，她突然多了几万块私房钱，又能看一场三角恋的好戏，何乐而不为？

─ 第九章 ─

我还有一点爱我可以过这一生

YUNSHEN
BUZHICHU

1. 不曾懂

隔天，程熙朗去银行取了钱，按袁青霜单据上显示的总数装在文件袋里，跟她约在芙蓉中学外面一家咖啡馆见了面。

考虑到安全问题，他们选了一个不起眼的角落。

"这是现金，你点一下。"没有半句废话，程熙朗直奔主题。

袁青霜也不含糊，接过去大致点了点，说："没错。"

"你写个收据，和这些单据一起交给我吧。"程熙朗说。

袁青霜愣了一下，但想到对方是生意人，走这个程序也很正常，就依言写了收据，又说："你也给我写个收据吧，说明我的单据都交给你了，以及为什么交给你。"

这毫无必要，但程熙朗不想跟小姑娘计较，所以也写了一份收据。

两人各自办完，程熙朗提出："需要我陪你去存钱吗？你一个小姑娘拿着这么多现金不安全。"

"可以啊。"袁青霜并不推辞。

　　两人去附近的银行存了钱，等待的空隙，袁青霜调侃程熙朗："你喜欢姜雪微？"

　　程熙朗下意识否认："胡说什么。"

　　"行，你就装吧。一把年纪了还装纯情。"

　　程熙朗没接话，他在心中默念，不要跟小丫头计较。

　　但两人办完事，他独自走在回公司的路上，走着走着，却突然笑了。

　　是啊，他喜欢姜雪微。这次比上次还惨，上次他喜欢的人因为家庭原因离开了他，另嫁他人，如今孩子都一岁多了，这次他喜欢的人从头到尾压根儿就没喜欢过他，心思全在另一个人身上。

　　但他觉得无所谓。其实喜欢和爱可以分很多种的，这一次，他体验到了另一种爱，不一定要占有，不一定要得到，只是守护，只是给她一个随时可以遮风挡雨的港湾，她来，他迎接，她走，他不怨恨。

　　他应该谢谢那个人，让他体验了这样一种爱情。

　　回到公司，姜雪微正在帮小谢往一批意见箱上面贴图案，见他回来了，跟他打招呼："师父，你回来啦？"

　　"嗯。"他点点头，并未流露出一丝异常。

　　自从叶云深从家里搬出去，他再也不曾出席过任何家庭聚会或者商务宴会，袁青霜考虑了好久，才总算在期末考试完那天下午，找到一个机会，跟他单独说说话。

　　她借口家里司机有事，不能来接她，她有些东西要搬回家，只能去校门口打车，所以请叶云深帮忙把东西搬到校门口。

　　叶云深不疑有他，同意了。

　　两人搬着一堆书和杂物下楼，快到一楼时，袁青霜踩空一级楼梯，怀里的东西没抱住，掉了一地。

叶云深放下手里的东西，蹲下去帮她捡，却一眼看见一个摊开的笔记本，里面贴着一张纸，落款"程熙朗"三个字首先映入他的眼帘。

那边袁青霜还在手忙脚乱地捡东西，这边叶云深把本子捡起来，细细看上面的文字。

袁青霜捡得差不多了，凑过来问他："怎么啦？"

"这是怎么回事？"叶云深举着本子问道。

"啊，这个……"袁青霜伸手就要来抢，叶云深把本子举高，她够不着，只好说，"给我啦。"

"你去找姜雪微要钱？程熙朗帮她还钱了？"叶云深冷冷地问。

"不是啦，你说什么呢，我怎么会去找她要钱。"袁青霜一跺脚，解释道，"我……我就是逛街路过她打工那家公司，见她和他们老板有说有笑很亲密的样子，我就替你气不过啊，她现在是你的女朋友，怎么也不知道注意点，不避点嫌呢，跟别人那样多不好，我就去找她，可她的老板把我挡了下来，单独跟我谈，他以为我是去找她要钱的，以为我要跟她过不去，就提出帮她还钱。我看他大小也是个老板，肯定有钱啊，再说谁让他那么臭屁地误会我，上赶着要英雄救美，那我就给他一个机会啰，白捡几万块，谁不要谁是傻子。"

叶云深越听，脸上的寒霜越重，偏偏袁青霜还补了一句："她老板还说，钱都还给我了，以后微微就不欠我的了，叫我不要再去为难她。我真是气死了，我哪里有为难她了？我从来就没觉得她欠我什么啊……"

叶云深一言不发地抬起东西往校门口走，到了门口，帮袁青霜拦了一辆出租车，又把东西抬上车，才说："那我先走了。"

"喂，你没事吧？不要露出这么凶的表情嘛，好可怕。"

叶云深努力挤出一丝笑容："没有啦。你回去吧。"

出租车很快启动，叶云深的笑容消失得无影无踪，整张脸都垮下来。

程熙朗……他是什么意思？姜雪微是他叶云深的，姜雪微的事，只能由他叶云深出面，关程熙朗这个不相干的路人什么事？

程熙朗刚从外面办了事回公司，还没走到门口，就有人叫他的名字："喂，程熙朗。"

他回头，看见叶云深。

"我有点事找你，我们找个地方坐会儿吧。"

两人来到公司斜对面的咖啡馆，各自心不在焉随便点了饮品。

待服务员离开，叶云深也不绕圈子，开门见山拿出程熙朗写的那张收据："你这是什么意思？"

程熙朗没想到收据会在他手里，但他略一思索，马上就明白了袁青霜的用意。他淡淡一笑，说："袁青霜这个小姑娘还挺有心机嘛。"

叶云深却不管那么多，只问他："你为什么要帮姜雪微还钱？"

程熙朗本来没必要向叶云深解释，但考虑到如果不说清楚，也许会影响他和微微的关系，所以还是耐心解释："袁青霜说微微抢了她的男朋友，我想她说的应该就是你吧。因此她来公司找微微，希望要回这几年她资助微微的全部费用。你也看到金额了，微微肯定无力偿还。作为微微的老板和师父，或者算她的朋友、兄长，我不希望袁青霜以此来伤害她。正好那天微微不在，我就……"

听程熙朗一口一个微微，叶云深几次耐不住性子想发火，最后终于忍不住打断他："你就帮她把钱还了？凭什么？不是几十块几百块，是几万块，你凭什么帮她还这么几万块钱？你们的关系应该还没到这么地步吧？

我才是她的男朋友，我才是造成这个问题的根源，这件事应该我来管，关你什么事啊？"

程熙朗平静地看着发怒的叶云深，说："我只是不想她受到伤害。"

叶云深眼中的怒火熊熊燃烧，问道："你是不是喜欢她？"

他没想到程熙朗竟然不假思索，毫不犹豫地回答道："是，我喜欢她，所以你最好小心点，不要伤害她，不要给她带来麻烦，不然，我随时会出手干涉。"

"你！"叶云深握起拳头。程熙朗毫不畏惧地与他对视。

"我知道她喜欢的人是你，所以我会尊重她，不会对她表露我的心意，但……我希望你会好好珍惜她，什么假恋爱、前女友，这些乱七八糟的事不要再有。"

"你懂什么！"叶云深自觉理亏，气呼呼地把脸转向一旁。

过了一会儿，他把脸转过来，看着程熙朗："你知道她喜欢的人是我，所以想在背后默默付出？你觉得自己特伟大吧？但是，不好意思，我不会给你这个机会的。"说着，他从书包里拿出一个文件袋放到程熙朗面前，"这是你帮她垫的钱，还给你。你把袁青霜那些单据还给我。"

程熙朗不去接那些钱，叶云深干脆把文件袋塞到他怀里，说："你记住，姜雪微是我的，你别想让她欠你什么、她要欠，也只能欠我的，她这辈子，只欠我一个人的就够了。别人，没这个资格。"

程熙朗看着面前这个稚气未脱的男孩子放狠话，觉得有点好笑，又有点想揍他一顿，挫挫他的嚣张气焰。但最后，他只是打开公文包，摸出还没来得及收起来的那些单据，递给他，然后把装着钱的文件袋放进去。

希望他这份执着能一直持续下去吧，希望无论发生什么，无论过去多久，他都能不改初心，记住他今天说的话吧。那样的话，姜雪微应该会幸福。

只要她幸福，还有什么可遗憾的呢？

或许真正爱一个人，就是看她得到幸福吧，哪怕那份幸福，与己无关。

2. 尊严比爱情更可笑

放寒假了，叶云深也没有要回家的意思，因为放假，他有了更多时间去琴行，而寒假来学琴的学生也更多，老学生上课频率也有所提高。当然，他的收入也水涨船高。

有一天他连续上了几个小时的课，等姜雪微来琴行找他时，他累得话都不想说了。

姜雪微很心疼："你这样太辛苦了，还是跟你爸妈和好吧。"他没告诉她，他是因为她才跟家里闹翻的，所以她一直以为他跟父母的矛盾无非是因为青春期的小叛逆。他和她不一样，她是不得不工作，她需要那些收入，而他，他完全没必要这么辛苦。

他要赖靠在她身上，让她拖着他往前走，突然在她耳边说："我不怕辛苦。我要靠自己的能力赚钱养你。"

姜雪微只觉得自己的脸迅速烧起来，耳根发烫，很小声地说了句："谁要你养啦。"

叶云深站定，认真地看着她说："微微，我知道如果让你花我爸妈的钱，你肯定不同意，但现在我自己能赚钱了，让我养你，你不要再去程熙朗的公司上班了，好不好？"

"可我上班上得挺好的呀……工资不错，也能学到很多东西。"姜雪微低着头小声说。

"还有一学期就高三了，学习任务越来越重，你每天花那么长时间去上班，真能应付过来吗？"叶云深对姜雪微动之以情，晓之以理。

"我……"

"所以你答应我，不要再去程熙朗那里上班了，好不好？他每个月给你多少工资？以后我来给。"

"不……不用了，我每天早上送牛奶，不浪费时间的，也能有一些收入，只要奶奶不生病，家里也没啥大的开销。如果……如果有需要用钱的地方，我会跟你开口。"姜雪微很艰难才将这些话说出口。虽然她接受了袁青霜好几年的资助，又接受了叶云深资助的医药费，可她从来没有将这些视作理所当然，要她不去兼职赚钱，而是跟叶云深拿钱，她无论如何也接受不了。

见她终于松口，答应不去程熙朗的公司上班，叶云深总算松了一口气。这些天，只要想到他的姜雪微每天都会和那个对她心怀不轨的老男人相处好几个小时，他就坐立难安。

眼看快过年了，叶云深的妈妈终于给他打来他离家后的第一个电话："春节是一家团圆的日子，你是不是也该回来了？"

既然妈妈肯打电话，他自然不会太过分，所以他跟姜雪微说了一声，就收拾了简单的衣物回家过年。

程熙朗的公司也放假了，姜雪微打算年后再提辞职的事，这段时间她难得清闲，天天待在家学习，偶尔陪奶奶看电视。

这个除夕，叶云深没能来陪姜雪微，他往她卡里打了一千二，说是给她的压岁钱。姜雪微总觉得这钱拿得不踏实，她跟涂晓聊起这个事，涂晓说："你搞什么呀，难道都谈了这么久，还没把他当成自己人？如果当成自己人，他的钱就是你的钱，有什么不踏实的，再说这可是他自己挣的钱，多了不起呀。"

她觉得涂晓说得对，也反思了一下，自己潜意识里，大概总觉得是高攀了神一般的叶云深，所以不敢彻底放下心来接受他的好吧。

两个人再见面已经是大年初六了。提前两天叶云深就跟姜雪微说，他的一些朋友会在初六搞个聚会，到时候让她也去，他会把她正式介绍给他的朋友。

姜雪微自然很重视这次聚会，她不想丢叶云深的脸，所以在家花了半天挑衣服，虽然她总共也没几件衣服可挑。

初六那天，叶云深接姜雪微去参加聚会。

聚会是在叶云深一个朋友的家里，是独栋别墅，三层楼，有很大的院子。姜雪微从来没到过这样的地方，难免有些拘谨，进了门，不断有人跟叶云深打招呼，叶云深依次跟大家介绍："这是我女朋友，姜雪微。"

姜雪微便乖乖跟每个人露出客气的笑容。

所有人都被叶云深惊到了。

大家都以为叶云深必定是袁青霜的人，这几年，从来没见他对任何女孩子多露出半分笑脸，怎么突然就拉来一个完全陌生的，看起来压根儿就不属于他们这个圈子的陌生女孩，向大家介绍这是他女朋友？

是他吃错药了呢，还是这个女生真有什么独特之处？

看来看去也不过是中上水平的长相，追叶云深的女孩子里，不乏比她漂亮的。远了不说，袁青霜就比她漂亮。

全场脸色最难看的人当属袁青霜了。

期末考试完那天，她故意让叶云深知道程熙朗帮姜雪微还钱的事，想来以叶云深的脾性，肯定是受不了的。没想到他和姜雪微之间好好的，什么事都没发生，现在竟然还公然把她带到他们这个圈子里来了。

他是真的很爱她吧，爱到，可以丝毫不顾及其他人的感受。

没错，这个其他人就是她袁青霜。他们这个圈子里谁不知道她和叶云深才是一对？在学校里，只是有人传言叶云深和姜雪微的事，她就已经听到很多难听的话了，如今他公然把姜雪微带到这个圈子里，别人会怎么看她？可怜，可笑，还是可悲？

她突然就心灰意冷了。

跟所有人打过招呼后，叶云深带着姜雪微在客厅沙发坐下。有人正在玩体感游戏，叶云深跃跃欲试，又不放心姜雪微一个人，姜雪微笑他："想玩就去玩嘛，我就坐在这里，你一回头就能看见我，有什么不放心的。"

"要不我们一起玩？"

"我从来没见过这个东西，哪里会玩啊，你去吧，我先看几局。"

叶云深这才起身。

很快，一大堆八卦的人都围了过来，装作不经意地坐在姜雪微旁边的沙发上聊天，吃零食。过了会儿，一个女生很热情地端起水果拼盘坐到姜雪微身边："吃水果？"

"谢谢。"姜雪微礼貌地拿了一颗车厘子。

"你们怎么认识的，是同学？你们俩在一起多久啦？"女生马上打蛇随棍上。

姜雪微笑了笑，回答道："同校不同班。"

马上有人反应过来："哦，我知道了，你是 A 重 1 班的那个女生！"

姜雪微点点头。

旁边立马有人追着说话那人，要求他说出自己掌握的信息，那人跟旁人低语了几句，好几个人发出了然的声音："哦……"然后再看姜雪微时，眼神就变了。

更有女生毫不掩饰地打量她的衣服和提包，然后窃窃私语。

姜雪微既然来，肯定就做好了心理准备，她不去理睬这些，而是认真看叶云深玩游戏。体感游戏很有意思，她以前从来没接触过，这会儿倒是跃跃欲试了。但她当然不会在这些人面前出丑，她打算过后问问叶云深，他有没有这些游戏设备，如果有，她想一起玩。

因为紧张，姜雪微不停地喝水，很快就想上厕所了，有人看她东张西望，问她是不是要上厕所．她点点头，那人指了厕所的位置，她道谢，起身去厕所。

她没想到会在厕所门口碰到袁青霜。

刚才一进门，她就看见袁青霜了。袁青霜正跟几个人打斯洛克，跟叶云深点了点头，算是打过招呼，对姜雪微，则是看都不看一眼。

"没想到你真敢跟阿深来参加聚会。"袁青霜先说话了。

"他希望我来，我就来了。"姜雪微不卑不亢地回答。

"你从来没来过这样的地方吧？怎么样，体会到另一个阶层的生活了吗？你是不是觉得自己已经靠着阿深，成功摆脱穷人的处境了？"

"我没有这样想。"

"我听说你让阿深给你买了一只七千多块的手表，就是这只？"袁青霜鄙视地看着姜雪微手上的手表。

似乎有一声炸雷在姜雪微头脑里响起，她蒙了。这只手表要七千多？

"要不是他，你能戴这么贵的手表？你还说不是为了钱？姜雪微，很久以前我就想告诉你了，穷归穷，但不能不要脸。"袁青霜不屑地说。

姜雪微的脸红了。"不是我让他买的……是他送我的七夕礼物，我不知道有这么贵……"她垂下眼帘，小声解释。

"当然啦，你手段这么高明，还用得着亲自开口吗？稍微暗示引导一下，阿深就会'主动'买给你啦。"袁青霜很看不上她那副楚楚可怜的无辜样，又说，"阿深为了你跟他爸妈闹翻，不得不搬出去住，他妈妈切断他的经济来源，他不得不去琴行打工，这些你总知道吧？他辛辛苦苦赔着笑脸打工赚来的钱，你也花得下手？"

姜雪微很想说，她没花他的钱，可想到他给她的那一千二的压岁钱，她又有些心虚了。

她真有袁青霜说得这么不堪吗？

不，不是的，不是这样的。

"不管你信不信，不管你怎么想，我是真的喜欢他。我自己有在打工赚钱，我不会用他的钱。"她努力解释着，因为她不想别人看低他们之间的感情，更不想任何人因为她而误解叶云深。

是，她和叶云深最初是因为钱才认识的，可后来她喜欢的完全是他这个人，他说要靠自己的能力赚钱养她，她很感动，也觉得很安心，因为她相信如果真到了那样一天，她没有赚钱的能力了，穷困潦倒无依无靠了，他会是她的依靠。有这么一个可以依靠的人在身旁，是她的幸运。

可反过来说，如果叶云深现在突然变得一穷二白，她不仅会仍然和他在一起，仍然像现在这样喜欢他，甚至，她还愿意更努力地去赚钱，去养他，成为他的依靠。

这些，袁青霜怎么会懂。

"好啊，你记住你今天说的话。你要相信，你周围有很多双眼睛在看着你。"有人走过来，袁青霜草草结束谈话，转身离开。

其实她也不知道自己为什么还会对姜雪微说这些话，既然已经心灰意冷，干吗还去管他们的事？管那个穷丫头是不是为了他的钱呢，管他会不会吃亏上当，最后会不会伤心痛苦呢，他从来不曾在乎过她的感受，她又何必多管闲事？

可她想，喜欢了他这么多年，突然要停下来，也没那么容易吧。

停止去爱一个人也好，忘记一个人也好，戒掉时刻在乎他的习惯也好，都需要时间。

戒掉对一个人的爱，应该不会比戒烟更难吧。

看着袁青霜离开的背影，姜雪微决定了，她不能辞掉在广告公司的工作，因为，她需要赚钱，需要在叶云深面前，是一个独立的人。

她不能让他因为自己而被嘲笑，被质疑，她必须奉上坦坦荡荡，完完整整的爱情。

吃饭的时候，桌上摆了好几种酒，别墅的主人招呼大家："过年嘛，必须得喝点酒，来来来，都倒上。"

有几个女孩子像是有心要为袁青霜出气，想给姜雪微一点颜色瞧瞧，不断过来敬酒。叶云深顾不上面子，强行拦着，谁来敬姜雪微，他都挡下来，按照规矩，挡酒得喝双份，所以没过多久，他就喝得晕乎乎了。

姜雪微很心疼，虽然她从不喝酒，但她更不愿意叶云深跟他的朋友们闹僵，不愿意他为了她喝醉伤身，她数次想接过酒自己喝，无奈都被叶云深拦下来了。

这样的结果就是，一顿饭下来，叶云深彻底醉了。

朋友和姜雪微一起扶着叶云深到二楼的客房休息，进了房间，留他们两人，朋友自觉地出去了。

叶云深的酒品很好，喝醉了也不会大吵大闹，只是拉着姜雪微的手不放，看着她傻笑。

他明明在笑，姜雪微看着他，看着看着却掉了眼泪。

"傻瓜，干吗替我挡酒，喝醉了多难受啊。"她埋怨他。

他伸手来摸她的脸，有些口齿不清地说："不难受，不难受……"说着说着又嘿嘿笑起来。

她又是心疼又是觉得他的模样好笑，简直是哭笑不得。

"微微，你好漂亮……"他轻轻抚摸她的脸，用手指帮她擦去泪水，然后，吻她的泪痕。

姜雪微呆呆地一动也不敢动，生怕这时有人闯进来，没想到叶云深却突然跟她额头挨额头，口齿不清地说："微微，我爱你……你放心，我一定会保护你……"

姜雪微能感觉到他说话时热乎乎的酒气喷到脸上，但她却不觉得难受，反而一颗心一下子柔软了，她正想回应他，却听见他又说："谢谢你……谢谢你出现……谢谢你让我不再孤单……"

她一下子想起去年在桃花山，她陪他给他的奶奶扫墓，看着那个在奶奶的墓前放下一切防备和伪装的孤单少年，她第一次鼓起勇气拥抱了他，告诉他，不要难过，叶云深，有我在，你不会孤独的。

"我会更努力的，叶云深，你要相信，有我在，你不会再孤单。"姜雪微柔声回应他，但他的脑袋慢慢滑下去，靠在她的肩头，睡着了。

她扶他躺好，给他脱掉鞋子，又费劲地脱去他的外套，然后帮他盖上被子。做完这一切，她坐在床边，呆呆地看着他的睡颜。

也许是因为喝醉了有些不舒服，虽然睡着了，他的眉毛却皱成一团。

她伸出手指帮他抚平，他却翻个身，抱住她的手臂继续睡。

姜雪微不知道自己为什么会这么多愁善感，但她就那样看着他，看着看着，眼泪却又掉下来了。

"傻瓜，干吗要为了我跟父母闹翻？明明是为了我，为什么不告诉我？干吗要给我买这么贵的手表，干吗要对我这么好……"

这些话，她只敢在他睡着的时候说，因为有些事，他不想让她知道，那她就会装作不知道。

叶云深一直睡到晚饭时分，有朋友来敲门，姜雪微说："进来。"

朋友开门进来，看见姜雪微坐在床边的脚凳上玩手机，叶云深还在呼呼大睡，就说："吃晚饭了，叫他起来吧？"

"好。"姜雪微站起身，又问，"有什么醒酒茶一类的东西吗？"

"有有有，阿姨早就准备好了。"

姜雪微这才喊叶云深起床，喊了好几声，他才睁开眼睛，看见姜雪微，他愣了半天，问："你怎么来了？"

朋友走过来不客气地说："还真醉得分不清东南西北了啊？"

叶云深猛然看见朋友，又是一愣，然后才慢慢回忆起来，今天是来聚会来了。他慢慢坐起身穿衣服，边穿边甩甩头："头又晕又痛……"

朋友继续冷嘲热讽："该！英雄救美是要付出代价的。"

叶云深嘿嘿一笑，看着姜雪微："我喝醉了有没有说什么不该说的？"他从来没喝醉过，不知道自己醉酒后会做出什么行为。

朋友不怀好意地说："你是不是该问，有没有做什么不该做的？"

"去去去！"叶云深推开他，"不要诋毁我们。"

两人扶着叶云深下楼，喝过醒酒茶，这才入席吃晚饭。叶云深没什么胃口，姜雪微只觉得因为她和叶云深在房间里待了一下午，此时所有人都别有深意地看着他们，也就没好意思好好吃饭。

晚饭后，大家陆陆续续离开，叶云深和姜雪微慢慢散着步去打车，他还有些难受，但头脑已经清醒了，看姜雪微一直不怎么说话，有些心虚，问她："我……没说错什么吧？"

姜雪微摇头。他又说："那……也没胡来吧？"

姜雪微看着他，扑哧笑出声来："怎么啦，你怕你醉酒后兽性大发？"

没想到叶云深竟然脸红了。

姜雪微这才清了清嗓子，说："放心吧，你酒品一级棒，喝醉就睡了。"

叶云深这才放下心来。

两人打到车，叶云深把姜雪微送回家，离别时，姜雪微踮起脚匆匆在他脸上吻了一下，然后飞快地跑走。叶云深站在原地，摸着脸傻笑，根本不会去思考她突如其来的温柔和亲昵是为了什么。

3. 时光说它还记得

既然下定决心要继续工作，姜雪微便再不曾想过辞职。虽然进入高二下期，学习紧张了很多，但回家后，奶奶总是贴心照顾姜雪微，让她可以安心学习。

冬去春来，万物复苏，摄影社又组织了活动外出踏青采风，虽然姜雪微知道，若是她请假，程熙朗一定会准假，而且还不会扣她的工资，但她良心上会过不去，所以摄影社那边，她还是请假了。

叶云深很不解，难得有个外出透气的机会，还能名正言顺在一起约会，为什么不去？姜雪微怎么能说实话，只好说奶奶最近身体不好，她不放心，得回家陪着。

但次数多了，她也犯愁，总不能每次都拿奶奶当借口吧。

终于有一天，她的谎言被叶云深当面戳穿。

因为数次约姜雪微，她都找借口推托，叶云深终于起了疑心，一个周末，他来到程熙朗的广告公司，果然，还没走进大门，就看见姜雪微正在和一个男生一起将一摞宣传册装箱。看到有人来，姜雪微赶忙起身招呼："你好……"

当她看清来人时，下面的话就再也说不出来了。

叶云深铁青着脸看着她："奶奶身体不好？妈妈临时加班？肚子痛想在家休息？功课没完成要在家突击？"

姜雪微低着头，不敢看他的眼睛，也不知道该怎么回答他。毕竟，是她骗了他，是她错了。

程熙朗虽然不知道发生了什么，但还是不忍心看姜雪微这样尴尬，即使知道自己此时站出来不太合适，他还是说了："微微，带他去里面小办公室谈吧。万一有客户来了，影响不太好。"

姜雪微这才怯生生地开口："我们去里面说吧……"

叶云深的脸色依然很难看，一言不发地跟着她往里走。

进了小办公室，关上门，姜雪微这才开口："对不起。"

"为什么要骗我？"

"我不想你不开心。"

"你明知道我会不开心，那就辞职啊，为什么不肯辞职？"

"我……"姜雪微想解释，却不知道该怎样开口。难道要说，她不想别人看不起她，不想别人以为她是为了钱才跟他在一起的？还是说，她已经知道他是为了她才跟父母闹翻，还知道父母断了他的经济来源，他所有的收入都靠在琴行上课赚钱，她不想他那么累？

无论哪一种解释，他都不会接受。她了解他，了解他的骄傲和自尊。

"是不是因为程熙朗？"看她支支吾吾的样子，叶云深忍不住往最糟糕的方面想。

姜雪微受惊一般猛地抬头，不可思议地看着他："当然不是了！你什么意思？"

叶云深正在气头上，毫不犹豫地说："别装了，难道你不知道他喜欢你？你瞒着我继续留在这里，不是舍不得他是什么？"

"叶云深！"姜雪微也生气了，"我知道是我不对，我不该骗你，可我是有原因的！你这样胡乱猜测，是在羞辱我们的感情！"

"你欺骗我，难道不是在羞辱我们的感情？"叶云深并不示弱。他可以允许姜雪微在别的事情上骗他，但唯独这件事不行，大概换作任何一个男生都不会接受，因为，面对情敌，没有任何一个男性可以冷静处理。

姜雪微张了张嘴，看着他怒气冲冲的样子，终于还是开口说："我不想骗你的……我可以解释。"

"行，你说，我听着。"

"我知道你爸妈没给你生活费，你现在的经济来源全靠在琴行上课，我不想你那么辛苦……我知道你对我好，可是我……"

姜雪微还没说完，叶云深就打断她："知道我对你好，你就接受，我不辛苦，而且就算辛苦，我也不怕。我是你的男朋友，我不对你好，难道让别人来对你好？"

说来说去他还是介意程熙朗的存在。

没办法，姜雪微只好继续解释："其实……初六那天，有人说了很难听的话……"

"什么话？"叶云深脸色一变。

"也没什么大不了的啦，无非就是说我是为了钱才跟你在一起，这些话我早就听过了。"姜雪微故作轻松。

"既然没什么大不了，为什么还要介意？"

　　"因为这次不一样啊，他们都是你的朋友，我不想你因为我而被朋友误会，甚至被看轻。我不想我们的感情被你的朋友看低，我希望我们，尤其是我，能得到尊重。我对你是真心的，哪怕你马上变得一无所有，我的心意也不会变。"

　　"我知道，我知道……"听见她说这些，叶云深再也气不起来，整个人都柔软下来，伸出手臂拥她入怀，柔声在她耳边说着。

　　"所以我不想用你的钱，我想靠自己赚钱，这样在面对别人的非议时，我才能挺直脊梁，有足够的底气告诉他们，我姜雪微和你叶云深在一起，跟钱没关系。"

　　"干吗在乎别人的眼光，别人怎么想的关我们什么事，只要你知道，我知道，就好了啊。"叶云深无法理解。

　　"怎么可能不在乎？我们生活在群体中，每天跟那么多人发生联系，怎么可能做到不在乎别人的看法？就算你做得到，我也做不到。"

　　"不要告诉别人就好了啊，有人问起，你就说你还在做兼职赚钱，反正别人也不知道，有什么关系。"叶云深又说。

　　"这样我心里会没有底气的。"

　　说来说去都说不通，叶云深又来气了："这也不行那也不行，反正你就是不辞职是不是？"

　　姜雪微点点头，轻声而坚定地说："阿深，请你理解我。"

　　"我办不到！我不能容忍我的女朋友为了每个月一千块钱而跟我的情敌每天相处！我的价值在哪里？我对你来说完全不值得依靠，完全不能依靠吗？"

　　"不是这样的……"姜雪微试图去拉叶云深的手，想让他的怒气减少一点，但正在气头上的叶云深猛地甩开她的手，她一个踉跄，靠在了办公室的玻璃门上，发出撞击声。

程熙朗马上冲了进来，把姜雪微护在身后，警惕地看着叶云深："你干什么？"

叶云深怒视着他："你进来干什么？我们俩的事不用你管。"

"如果你对她动粗，我就要管。"程熙朗一字一句，坚定地说。

姜雪微觉得很尴尬，轻轻拉拉程熙朗的衣袖："没事的师父，你误会了，是我自己没站稳。"

叶云深看在眼里，更是气得七窍生烟，他走过来要把姜雪微拉过去，却被程熙朗挡住。叶云深被他激怒，拳头毫不犹豫地挥了出去。

姜雪微扑过去挡住，他的拳头硬生生收住，不敢相信地看着她："你护着他？"

姜雪微的眼泪大颗大颗落下来，哭着说："我们俩的事，不要把师父扯进来好不好……"

"是我要把他扯进来吗？是他自己掺和进来的。他算什么？凭什么挡在我们之间？他以为他是你的保护神吗？"

姜雪微只是哭，不说话，也不肯让开。

叶云深突然就没了耐心，他收回拳头，双手抱臂，冷冷地看着姜雪微和程熙朗，说："姜雪微，你选吧，选他还是选我？选我，就跟我走，以后再也不要来这里，再也不要跟他见面，选他，我马上走。"

"阿深，你不要这样，我刚才已经说过了……"

叶云深毫不留情地打断她："你不打算跟我走是吧？好，我走。"说完，他越过他们就往门口走。

姜雪微转过身体看着他的背影，想挽留，却不知道该怎样开口。叶云深原本只是故作姿态，他以为她会挽留，没想到她却不曾开口，他的理智全失，走到门口又停下脚步，转头厌恶地看着他们，说："姜雪微，我以为你是我见过的最单纯最美好的女生，却没想到，你竟然背叛我，脚踏两条船？你知道我是什么感觉吗？恶——心。"说完，他成功地看到她脸色一片灰败，他终于出了口恶气，这才大步离开。

姜雪微原本想解释，想挽留，想说不是这样的，她根本不知道程熙朗喜欢她，也对程熙朗没有任何男女之情，她想说她坚持留下来打工真的只是为了赚钱，为了在他面前做一个独立的人，可她还没来得及开口，就听见他说，恶心。

她让他觉得恶心？

呵，多可笑，又多可悲。她不敢再追上去，更不敢挽留，不敢开口，因为，她怕自己再多说一个字，都会成为他多讨厌她一分的理由。

过了好久，姜雪微终于止住哭声，一直站在旁边不曾开口的程熙朗这才说："微微，对不起。"

"师父，不关你的事，你不用道歉。"姜雪微带着浓浓的哭腔说。

"不，跟我有关，我……"

"师父，我想一个人静静。"姜雪微打断了程熙朗的话。不知道为什么，她总觉得他接下来要说的话，是她不想听见的。

"好吧。"程熙朗深深地看了她一眼，退出去，关上了门。

姜雪微坐在地上，心里抽痛，她哭够了，不再哭了，可想起叶云深，她总觉得不可思议，他们俩就这样结束了吗？

结束了吧。她不再是他心中那个单纯美好的女生，她让他觉得恶心。已经到了这个地步，再不结束还能怎样呢？

即使她不愿、不舍，却也不敢再有任何幻想，更不敢去找他，联系他。她原本就不是个勇敢的姑娘，她怕，怕自己的任何行为，都会加深他的厌恶。

也许这份感情本来就不真实，她本来就不配得到，所以上天才为她安排了这样一个猝不及防的结局。

过了很久，小杨和小谢都下班了，姜雪微才从小办公室里出来。程熙朗一看见她马上就紧张得站起来，在此之前他已经想过无数次，如果她开口提出辞职，他该怎么劝说她，可她只是拿过自己的包，平静地道了再见，然后就离开了。

程熙朗不放心，赶紧锁上门远远地跟在后面，看姜雪微虽然无精打采，但一路上还是对自己和别人的生命足够负责，没闯红灯，没有任何危险行为，他这才放下心来。

叶云深怒气冲冲地回家，"嘭"的一声关上门。

世界突然安静下来，他也有几秒钟的失神。看着眼前这个屋子，这个他为了更靠近姜雪微而租住的屋子，他想起姜雪微曾经坐在这里看书，坐在这里陪他吃饭，坐在这里陪他看电影。

这里处处都是她的痕迹，可此刻，却只剩下他一个人了。

他想起他离去时她灰败的脸色，突然泛起一丝心疼。

他曾经下定决心要保护她，却最终伤害了她。

4. 怪我声音不够动听，唤你多声不肯应

足足有一个多月，叶云深和姜雪微没见过面，也没有任何联系。虽然两个人的教室就在同一层楼，但只要有心避开，小小的校园里，两人竟然真的一次也没有相遇。

七月初，是高二进入高三的第一次重大考试，摸底考试。这次考试，姜雪微终于在考室里见到了叶云深，相应地，叶云深也见到了她。

两个人都没什么精神，憔悴了一些，眼神相遇时，又都很有默契地回避了。

考试过程中，姜雪微不断强迫自己把注意力集中到试卷上，不要去看叶云深，还好，她这方面能力一向很强，所以做了几道题之后便进入状态，完全投入进去。

三天考试结束后，姜雪微终于肯正视一个现实，那便是，她还是那么在乎叶云深。

这一个月对她来说漫长无比，每一次，当她想起叶云深对她说的话，想起他说话时的表情，都会心痛得发抖。可即便如此，她还是想克服自己的胆怯，克服自己的自卑，再尝试一次。

说到底，她还是不死心吧。一次，一次就好。

为了壮胆，姜雪微拉上了涂晓。中午时分，她们俩手牵手，装作上厕所，从优班门口路过。到了优班时，她们刻意放慢了脚步，姜雪微往教室里张望，想看看叶云深在不在，没想到一眼就看见他，和他旁边的袁青霜。

叶云深正在喝水，袁青霜坐在他前面那个座位上，身体面向他，小心翼翼说着什么，他喝了一口水，点点头，也说了句什么，袁青霜听了，一下子开心起来，指着他手里的杯子又说了句什么，还露出很甜美的笑容，叶云深一开始还板着脸，后来也笑了起来。

"叫他出来吧？你们去天台谈谈？"涂晓拉拉姜雪微的手，轻声说。

姜雪微却狼狈地拉着她赶紧离开。

"怎么了？不叫他出来了？"涂晓十分不解。

"算了。"姜雪微只说了两个字。

"为什么? 你不是说你想好了吗? 是不是因为袁青霜? 你看到他们俩说话就吃醋了? 别这样啦,你看叶云深理都不想理她,是她非要凑上去。" 涂晓安慰她。

"还是算了吧。" 姜雪微的声音很轻,有气无力的样子。她不知道该怎样告诉涂晓她现在的心情。如果只是看到袁青霜和叶云深说话,其实还好,她知道袁青霜对他的心思,既然他们俩吵架了,甚至是结束了,袁青霜再接近他也无可厚非。让她不能接受的是,他们才分手一个月,他就换掉了喝水的杯子。她还每天用着那对杯子中的一个,却浑然不知另一个已经被它的主人抛弃了。那是她亲手做的杯子,倾注了她所向往的一辈子,是她送给他的第一份礼物,但现在,却被他抛弃,取而代之的那个,应该是袁青霜送给他的吧。

看来他那天说的不是气话。他是真的讨厌她、厌恶她,所以不想看到任何跟她有关的东西,所以才会马上扔掉她送给他的杯子。

她以为他也许只是一时生气,她以为他们之间还有挽回的余地,可一切,都只是她以为。

是她错了。

不用再见面,不用再谈,一个杯子,已经足以说明他的心意了。

高二的暑假非常短,学校组织了补课,只在最热的两周让学生回家休息。这两周姜雪微自然是要继续去广告公司上班的。现在她对公司的基本业务已经很熟练,甚至还学了一手不错的 PS 技术,能独立制作简单的广告画了。

在公司打工的这一年多以来,她对广告设计产生了浓厚的兴趣,萌发了将来在大学里要学广告设计专业的念头,可小杨和小谢趁着程熙朗不在,对她这一想法进行了无情的批驳，总结成一句话就是，千万不要想不开，变成广告狗。

姜雪微不忍拂了他们的好意，表面上答应了，但心里的想法并没有改变。她已经基本确定自己的目标，将来要考 F 大，那里有全中国最好的广告学专业。

就在她定下了自己未来的目标时，叶云深也做出了决定，决定来找她。

他猜到她可能还在广告公司上班，决定来找她之前，他也做了一番激烈的思想斗争。是的，他不愿意她那么辛苦，除了学习，照顾家里，还要花很多时间去打工，既然他有这个能力，可以用更轻松的方式挣更多钱，为什么不让他来照顾她，让他替她分担，为她挑起生活的重担呢？他们明明应该不分彼此的，他明明就应该成为她的依靠，她的港湾，为什么她不愿意躲到他为她撑起的那片天空下来呢？

他有想过，是不是她不够爱他，所以才不愿意依赖他。

他也想过，她是不是不在乎他，所以才不愿意离开那间公司，非要留在他的情敌那里上班。

但最后他还是妥协了。他想起两年前刚认识她时，她就已经是这样坚强、这样勇敢，习惯把什么都扛在自己肩上，习惯独自面对生活的艰难和风雨。她哭的时候，连她的妈妈也要瞒着，所以她不肯依赖他，也无可厚非吧。

他喜欢的，不就是她的这份坚强、勇敢，和独立吗？

想通这一切，叶云深终于下定决心，要去找姜雪微。他想向她道歉，祈求她的原谅，并跟她和好。

不过虽然他勉强想通了，但还是很抗拒跟程熙朗有关的一切，所以他选择在姜雪微家楼下等她，而不是去广告公司找她。

他按照她往日的作息，算着她大概的下班时间，买了一束清新的栀子花在她家楼下等她。她曾经说起过她们在乡下的老家，她说那里有一个院子，种着果树和花草，她最喜欢栀子花，夏天很炎热的时候，闻着栀子花的清香，能觉得整个人都安宁不少，不会那么烦躁。她还说她喜欢剪一些花枝插在玻璃瓶里，让屋子里满是清香。可搬到城里以后，因为地方太小，家里也没法再种花花草草了。

他希望她看到栀子花，可以开心一些。

天气真的很热，他没站多久，就已经热得满头大汗，胸口和后背也被汗水打湿了。不过他没等多久，就看到了姜雪微。

她不是走路回来的，不是骑车回来的，也不是坐公交车回来的，而是坐程熙朗的车回来的。

街边刚好有临时车位，程熙朗将车停好后，和姜雪微一左一右从车上下来。看见他们，叶云深条件反射般后退两步，靠在了树干上。是的，就是那棵，他曾经靠在上面，在深夜里给姜雪微打电话，提出要交往的树。树还是那棵树，似乎一切都没变，可树下的人，树对面的人，似乎都已经不再是最初的他们了。

从来没有哪一刻如此刻这般，让叶云深真切地体会到了什么叫物是人非。

只见姜雪微说了句什么，程熙朗摇头，两人站在原地又说了两句什么，然后就一起朝小区走去，又一起上了楼。

叶云深看着手里的栀子花，只觉得平日里洁白又清新的花朵此刻是这般刺眼。也许他一直就错了，他喜欢的那个人，从来就不是栀子花。是他误会了。

他为自己此前的思想斗争感到可笑。他觉得自己想好了，想通了，做出了巨大的让步，却没想到，她根本就不需要他的让步。

她已经放下过去，大步向前了。她身边不缺新人，他走了，那个人马上补上来。他算什么啊？根本就什么都不算。

亏他还一厢情愿地想着，只要他肯认错，两人就能和好，能回到从前，甚至比从前更幸福。

罢了，还是知趣离开吧，趁他们甜甜蜜蜜走过来发现他之前，落荒而逃吧。

姜雪微和程熙朗再次回到车子前，姜雪微眼尖，发现挡风玻璃上有一束花："咦，谁放在这里的栀子花？真香。"

"可能是谁顺手放在这里，又忘记拿走了吧。"程熙朗说。

"那我就不客气了，带去奶奶的病房，她一定喜欢。"姜雪微说完，把花拿下来，然后坐进车里。

下午她还在公司上班，突然接到妈妈的电话，说奶奶摔了一跤，现在已经送医院了，要她回家收拾些日用品送到医院去。

她没来由觉得心慌，马上跟程熙朗请假，说接下来几天自己可能要照顾奶奶。程熙朗问清事情的始末，坚持要开车送她回家取东西，再送她去医院。因为着急，她来不及想太多，赶紧坐程熙朗的车回家，他非要上楼帮她提东西，她答应了，却没想到这一幕刚好落在叶云深的眼里，让他误会了。

取了东西，程熙朗又把姜雪微送到医院，到了医院门口她想下车，他不肯，把车开进医院停好，又送她到病房。因为奶奶摔得比较严重，需要马上手术，妈妈办好手续，医生那边交接好，护工就来把奶奶送进了手术室。

这时候已经不早了，程熙朗去外面买了水果，又买了简单的食物，送给守在手术室外的两母女。姜雪微非常感激他，又觉得不好意思，她已经麻烦他很多，受他很多照顾，不想再欠他更多，于是非要他回去，好说歹说，他才同意等奶奶手术结束他就走。

可他们都没想到，奶奶这一去，就再也没能活着从手术室里出来。

第十章

你住在北山的梦幻乡，我住在南海的永无岛

YUNSHEN
BUZHICHU

1. 梦见你，却又醒过来

当医生从手术室里走出来，对姜雪微和她的妈妈说"对不起，很遗憾，老人没能抢救过来"时，姜雪微简直不敢相信自己的耳朵。她以为医生搞错了，是啊，怎么可能，不就是摔了一跤吗，多大点事，怎么就抢救不过来了？

可当她看见奶奶的脸上蒙着白布时，她才明白，没错，奶奶走了。

陪了她十六年，照顾了她十六年，爱了她十六年，疼了她十六年，宠了她十六年的奶奶，在这一天，永远地离开了这个世界，离开了她，再也不会醒过来了。

早上出门时，她还跟奶奶说了再见，叮嘱她觉得太热了就去附近商场吹空调，奶奶笑着点头，让她别担心。别担心，快走吧，别迟到了。这就是奶奶对她说的最后一句话。

她以为奶奶还会陪她很久很久，直到她上大学了，工作了，结婚生子了，她都会笑眯眯地看着她，喊她乖孙女。无论她在外面遭遇了什么，只要回到奶奶身边，她就还是那个可以任性可以撒娇的小女孩。

她知道生老病死是人间常态，每一天都有那么多痛苦的别离在发生——但，但她以为那都是别人的事，与她无关，至少暂时不会发生在她身上。

可离别终于也降临到了她头上。在这样一个毫无征兆的日子里，她生命中最重要的两个人之一，永远地离开了她。

她想哭，又告诉自己不能哭，现在还不是哭的时候，妈妈已经捂着脸大哭起来，虽然只是婆媳，但妈妈和奶奶的感情很深，妈妈如此伤心，那么她就必须坚强起来，是的，必须坚强，不能倒下。

她伸出颤抖的手，最后摸了摸奶奶的脸。奶奶的脸还是温热的，像是睡着了，会不会弄错了？奶奶只是睡着了，只是昏睡过去了？

她心底又燃起一丝希望，俯下身子轻声喊："奶奶，奶奶快起来，我是微微，我是微微啊！"

一双大手有力地扶住她，一个声音在她耳边说："微微，别这样，你的奶奶已经走了，你想哭就哭出来吧。"

这声音突然将她的神志从很远的地方拉回来，她回过头，看见程熙朗。

不知道为什么，她突然就发怒了："胡说！奶奶没走！"

而他只是悲悯地看着她，任由她冲他吼叫。

她推开他，起身去扶妈妈："妈……""妈"字刚喊出口，她的喉咙突然颤抖，然后再也发不出任何声音，忍了很久的眼泪，这才疯狂地奔涌。

奶奶走了，再也不会回来了。从此，这冷冰冰的苍茫尘世，只剩她们母女俩相依为命了。

她终于一屁股坐在妈妈旁边，号啕大哭，平日里的什么仪态，此刻通通消失殆尽。她都没有奶奶了，为什么还要顾及自己的形象，还要顾及别人的感受？这里不是医院吗？这里每天上演着一场又一场的生离死别，一个又一个的伤心人在这里痛哭，多她一个不多。

　　程熙朗知道此刻什么安慰都没用，只是静静地坐在姜雪微旁边，陪着她，让她哭。哭吧，除了眼泪，她还能有什么更好的发泄方式吗？

　　办完奶奶的后事，也差不多该开学了。本来就是炎夏，再一折腾，姜雪微和妈妈都瘦了一大圈。办完后事那天，妈妈对姜雪微说："现在你奶奶已经走了，我们俩只要不生病，平时也用不了什么钱，我一个人上班，工资也足够我们俩的开销，还能存下你的学费，所以高三这一年你就不要出去打工了，专心念书吧。"

　　不知道为什么，这些天，姜雪微总觉得不想面对程熙朗，每次他来帮忙，来看望她，她都受不了他同情而悲悯的目光。现在妈妈既然提出来了，她也就决定辞职，不再去广告公司上班，也不再打工，而是专心念书，向她梦想中的 F 大发起进攻。

　　因为不想面对程熙朗，她甚至不敢当面辞职，而是给他打了个电话，在电话里，她简单说明了情况："师父，我已经高三了，学习越来越紧张，可能没有那个精力再做兼职。我妈也让我辞职，把所有的精力都花到学习上。谢谢你过去这么长时间对我的照顾，谢谢，真的。"

　　"别跟我客气，其实我也是这个意思，高三学习很紧张的，你要吃好睡好，身体是革命的本钱，保持充沛的精力、充足的体力，才能应付高强度的学习。"程熙朗在电话里叮嘱。

　　"好，谢谢师父。"

　　"我听你的声音都还有些沙哑，傻丫头，要是奶奶知道了，也舍不得你这么伤心。你对奶奶的爱她都知道，你千万要照顾好自己，别太伤心了。"

程熙朗又说。

"嗯,我知道了。"

"那,就加油吧,好好拼搏一年,我等你的好消息。"见姜雪微无意将对话继续下去,程熙朗也就知趣了。

"一定的,谢谢师父。"

挂了电话,姜雪微又偷偷给小杨发了短信,请他一定帮个忙,看师父不在店里,就给她打电话,她好去收拾她的东西。她没想过有一天她会这么害怕面对师父,至于为什么,她自己也不知道。

开学前的晚上,妈妈加班,姜雪微一个人在家。往常这时候,奶奶肯定会边看电视边跟她絮絮叨叨,作业做完了没有,该收拾的东西收拾好了没有,早点睡,免得第二天起不来……

可现在,屋子里静静的,只能听见外面偶尔有汽车的声音,路人说话的声音,狗叫的声音……但,所有的嘈杂,都与她无关。此刻,她只是孤独一人,并且刚刚失去了最爱自己的奶奶。

不知道什么时候,眼泪已经爬满脸颊,她坐在床上,双手抱住膝盖,突然好想叶云深。如果有他陪在身边,陪她说话、安慰她、拥抱她,她是不是会好受一点,不会这么孤独、这么悲伤?

他曾经一次次在她最绝望的时候出现,一次次给了她希望,给了她温暖,给了她从困境中逃脱的幸运和勇气。很长时间以来,她一直以为是她在温暖着他,是她给了他安慰,陪伴着他,让他不孤单。可现在回忆起过往的种种,她才突然明白,她错了。

虽然叶云深嘴上说,要麻烦她照顾他一段时间,虽然她亲口对他说,她会更努力,只要有她在,就不会让他孤单。可事实上,一直是他在照顾她，是他在温暖她，是他在陪伴她。

她要多么自大，多么自以为是，才会觉得这段感情里她才是付出更多的那一个？

不，不是这样的。

她突然充满无穷的勇气，因为她相信，叶云深爱她。在这勇气的鼓舞下，她换了衣服，拿着钥匙出门，往抚琴小区走去。

她的运气不错，正好有人从里面出来，她赶紧扶住门，侧身钻进去，保安看了她一眼，知道她以前经常进出，便没说什么。

她在静谧的夜里走着，走着走着几乎跑起来，她是那么想念他，那么想见他，她恨不得马上出现在他面前。她几乎可以想象，他打开门见到她之后，会有多么惊喜。

可她站在他租住的屋子前，敲了很久的门，却没有人开门。

"叶云深，是我！"她顾不得矜持，大声喊道。

但没有人回应她。

她摸出电话，拨通他的号码，可不知道为什么，电话打不通。

看来今天是见不到他了。她满腔的热情瞬间冷却，沮丧地慢慢往外走，脚步沉重，跟来时判若两人。

明天吧，明天开学，去优班找他，这一次无论他在做什么，和谁在一起，她都一定要叫他出来，跟他说清楚自己的想法。

姜雪微在满腔失望中和对明天的期待中，好不容易才睡过去。

第二天，姜雪微起了个大早，精神抖擞地去了学校。经历了跟叶云深分手，经历了奶奶的突然离世，她的状态一直低迷，直到今天，怀抱着跟叶云深见面甚至和好的希望，她才重新打起了精神。

上午，每节课下课时她都拖着涂晓去上厕所，可每次都不凑巧，叶云深不在教室，也不在走廊上。中午，姜雪微鼓起勇气去了优班教室，叶云深仍然不在，但她不肯无功而返，而是拉住一个还算熟悉的男生问："请问叶云深在不在？"

"姜雪微？你怎么瘦了这么多？"被她拉住的男生刚好是颜肃，他看见她的样子，非常吃惊。

"没什么，天气太热，吃不下饭。"姜雪微随口答道，又问，"叶云深在吗？"

颜肃用很同情的目光看着她，有些不忍心地说："他……你不知道？"

"怎么了？"姜雪微有些着急，她现在受不了任何人用同情的目光看她。

"他出国了。他爸妈和袁青霜的爸妈带着他们俩去美国了，听说是去考察大学，顺便旅行。刚走没几天，补课期间都不会来上学。"

虽然颜肃声音不大，但听在姜雪微耳朵里却如同电闪雷鸣。他走了？和袁青霜一起走了？出国了？

是啊，他们才是同一个世界的人，他们都有远大的前程，有闪闪发光的未来，不像她，必须要很努力很努力，才可能考上一所不错的大学，而学费还需要妈妈时常加班才能存下来。

也许他确实曾经爱过她，但，那也只能是曾经吧。不在同一个世界的两个人，是无法相互理解，更无法相爱的。

可笑她在最孤独最悲痛的时候，还奢望着他的怀抱，奢求他能给她温暖。

傻瓜，一切都过去了，醒醒吧！再这样执着不肯放手、不肯忘却，只能是个笑话罢了。

偏偏这时凌乐路过，听见颜肃的话，于是用夸张的语气说："哟，你来找叶云深啊？他和袁青霜一起出国了，你不知道？怎么，他没告诉你吗？也是，他躲你还来不及呢，怎么会把自己的行程告诉你呢？我说，你就别纠缠了吧，女孩子还是自爱些的好。"

本来没什么人注意到姜雪微的，此时因为凌乐的话，所有人都看过来，用各种眼光灼烧着她，用各种难听的话议论着她。姜雪微凄楚一笑，冲颜肃点个头表示感谢，便跟跟跄跄地逃离了优班的教室。

可凌乐偏偏不肯放过她，她追上来，在身后喊："我劝你还是死心吧，别再纠缠叶云深了！"

这下走廊上的人也都看过来，看见失魂落魄的姜雪微，有同情的，有诧异的，有鄙视的，有不解的……但无论别人怎样看她，她也顾不过来了，她只想快点逃离，快点躲起来，躲到一个没人的地方，把全世界都隔绝在外。

她不怪凌乐，她是为了她的朋友；她也不怪叶云深，他早就说了，如果她不选他，不跟他走，那他就走。落到如此境地，她唯一能怪的，只有自己。

怪她自己什么呢？她也不知道。怪她太傻太笨？怪她自以为是？怪她太执着？怪她犯贱？

她弄不清楚，也不想弄清楚，她只知道，是她错了，从头到尾都是她错了，错了，错了，全都错了，全都是她的错。

她不知道胡乱奔走了多久，终于来到一个没人的地方，她觉得稍稍安全了一些，这才蹲下来，把头埋在膝盖里，伤心地大哭起来。

眼泪汹涌奔流，但她却只有眼泪，没有哭声，也许从这天起，她就已经变了，她变得更加胆怯、自卑、惶恐，就连哭，她也只敢流泪，不敢发出声音，像是生怕惹来其他人，生怕再被别人厌恶和鄙视。

姜雪微走后，凌乐赶紧在线联系了袁青霜：霜霜，姜雪微居然又来咱们班找叶云深了！这个女人也太贱了！

袁青霜紧张极了：什么？她竟然这么不要脸？自己背叛了阿深，脚踏两只船，还敢再来找阿深？

凌乐：是啊！我也生气极了，我替你狠狠骂了她！

袁青霜：谢谢你乐乐，ＭＵＡ，亲一个！怎么办怎么办，好不容易阿深肯搬回家，肯跟我们一起来美国，要是她不肯放手坚持缠着他，回去以后他肯定又要被她骗了！乐乐，我的好乐乐，你快帮我想想办法，趁着我和阿深不在学校，你帮我解决掉这个大麻烦，让她以后再也不敢来找阿深。

凌乐：好好好，你别急，我一定帮你想办法。

第二天放学时，姜雪微刚走出校门，就有两个女生一左一右挤上来，将她挤在中间。她很诧异地转头，刚想开口，就听见一个女生说："有人找你有点事，跟我们去一趟吧。"

凭直觉，姜雪微知道不能跟她们走，但那个女生马上又开口了："如果你还想在这所学校平安无事地念下去，最好还是跟我们走。"

如今的姜雪微已经别无所求，只想好好念书考上Ｆ大，学校现在是她安身立命之处，她不想惹麻烦，所以只好乖乖跟着两个女生走。

走了不到十分钟，两个女生带着她来到学校旁边一个很老的小区，七拐八拐拐进一栋楼，走进了底楼一间阴暗的房子。

房子里有几个人正在说话，见她们三个进来，说话声一下子停止了，一个人站起来，姜雪微看过去，是凌乐。

"凌乐，是你？你想干什么？"姜雪微嗅到了危险的气息。

"其实我倒很想问问你想干什么？以前的事我们就不计较了，但既然已经分手了，你还回头来纠缠叶云深，有意思吗？"凌乐一脸戾气地问她。

姜雪微不想跟她谈论此事，选择了沉默。

"哟，不说话是什么意思？"凌乐走过来推了她一把。

她后退几步，站稳，倔强地看着凌乐，还是不肯开口。

"所以说穷人就是可悲，一点眼色都没有，今天这个形势谁强谁弱你看不懂吗？这么挑衅地看着我干什么？"凌乐嘲讽着，走上前来一个耳光猛地扇到姜雪微脸上，恶狠狠地说，"你怎么这么不识相呢！"

姜雪微从没被人这样打过，左边脸颊一下子肿起来，她被打蒙了，不可置信地看着凌乐："你干什么？"

"没干什么，给你上课。你以为光凭成绩好在这个社会就能吃得开吗？愚蠢！让我来教你怎么做人！"

左边脸颊火辣辣地痛，姜雪微的心怦怦狂跳，她强忍泪意，命令自己尽量冷静下来，说："你今天叫我来，到底想干什么？"

"其实也很简单，就是要你以后都不要再纠缠叶云深。女孩子，不能这么没脸没皮。"凌乐吊儿郎当地坐下来，跷着二郎腿看着她。

"就算你不说，我也不会再找他了。"姜雪微说。

"我凭什么相信你？"

"我保证。"

"保证？空口无凭，今天你看我这边人多，勉强答应了，我怎么知道你转头不会去叶云深那里告状？这样吧，我有个办法，可以看到你的诚意，也可以让我和霜霜彻底放心。"凌乐露出一丝不怀好意的笑容。

姜雪微警惕地说："什么办法？"

凌乐给了旁边几个女生一个眼神，那几个女生马上冲上来，死死按住姜雪微，开始扒她的衣服。姜雪微吓得魂都没了，拼命挣扎，大叫道："啊！

你们要干什么？"

她穿了一条连衣裙，几个女生很容易就将她的裙子脱掉，只剩下内衣内裤，她死死护住自己的隐私部位，眼泪早就已经流出来，她一边哭一边大喊："凌乐！你要干什么！你这样是犯法的！"

凌乐走过来，说："别担心，我不会干什么。"说着，她举起手中的手机，对着狼狈的姜雪微开始拍照。

姜雪微伸手去挡脸，但挡住了脸就挡不住其他地方，凌乐还不过瘾，不满地说："别动！照片都拍糊了！"

旁边的女生听了，立刻把姜雪微的手拉开，死死按住，让她整个人毫无遮挡地暴露在镜头前。姜雪微又急又怕，又羞又怒，疯狂地用力想要挣脱两边的束缚，可是没用，她只有一个人，根本动弹不得。

凌乐一边换着角度拍照，一边说："姜雪微，你妈在华清厂上班吧？华清厂我知道，是我闺蜜的爸爸开的，你是希望你妈能安安心心地工作呢，还是明天就被辞退？"

姜雪微愣住了，她恨恨地看着凌乐："跟我妈没关系！不要把她牵扯进来！"

"我知道我知道，"凌乐很满意地看着愣住了的姜雪微，走上来解她的内衣扣子，她刚要挣扎，凌乐马上说，"我劝你还是配合点。其实我也不会干什么，只是拍你一点照片，留一个把柄在手里而已。你若是安分，从此离叶云深远远的，这些照片我保证不会让任何人看见，你若是还不死心，继续纠缠不休，那就对不起了。"

姜雪微这辈子从来没被这样羞辱过、恐吓过、虐待过，她已经完全丧失了反抗能力，除了任人摆布，还是任人摆布。

就在凌乐解开她的内衣扣子的那一瞬间，突然有人大力地敲门，不，应该是砸门，几个男声大喊着："开门！快开门！"

凌乐对所有人做出"嘘"的动作，命令大家都不要出声。她想这肯定是找错了，没人回应自然就走了，可没想到竟然传来开锁的声音，很快，门打开了，几个男人冲了进来。

"你们干什么……"凌乐最先反应过来，可她的话还没说完，一个男人就冲上来狠狠将她推倒在地上，然后飞快地脱下身上的T恤套在姜雪微身上，迭声问道："微微，你没事吧？没事吧？"

是程熙朗。

其他几个女生见凌乐吃了亏，想来帮忙，却被另外两个男人钳制住，只能发出尖叫声。

见到程熙朗，姜雪微的腿一下子软了，整个人倒在他怀里，哭得完全说不出话来。程熙朗一手把她揽在怀里，又眼疾手快地去捡凌乐摔在地上的手机，凌乐见状扑过来要抢，程熙朗毫不犹豫地用力甩开她，然后把手机抢在手里。

"广告男，把手机还我！"被摔痛了的凌乐气急败坏地站起来，跺着脚尖声说道。

程熙朗举起手机就要往墙上砸去，姜雪微赶紧拉住他，用哭得上气不接下气的声音艰难地说："不要……"

程熙朗虽然不明白为什么，但还是收回了手机，扶姜雪微到沙发上坐下。

这时姜雪微才看清，另外两个人是小杨和小谢。

凌乐还想扑上来，程熙朗冷冷地说："信不信我马上报警？我知道你家有钱有势，但闹到进警察局也不好看吧？"

果然，凌乐恨恨地瞪着他，却并不敢冲上来抢手机。

姜雪微的情绪终于稍稍平复一些，虽然还在哭，但已经没有刚才那么激动了，她拿过手机看着凌乐，用沙哑到难听的声音说："把照片删了吧。"

"做梦！"凌乐怒道。

"直接把手机砸了，还跟她商量什么！"程熙朗有些着急。

"师父，没这么简单的。"姜雪微说完，又看着凌乐，"求求你，把照片删了，我保证我再也不会去找叶云深，再也不会跟他说话，就当从来没认识过他。其实用不着这些照片，你已经有我的把柄了，你既然调查了我妈妈的工作，也就知道我们家全靠她的工作过活。你放心，真的，我再怎么荒唐再怎么不孝，也不会连累自己的妈妈。"

她说得情真意切，凌乐有些心动，但又不甘心就这样落了下风，所以并不接话。

听了姜雪微的话，程熙朗才明白她为什么不能直接把凌乐的手机砸了。确实，事情没这么简单，可再难，他也要站出来，他不能眼睁睁看她受这样的伤害。

"老胡，把门反锁好。"程熙朗突然对一直站在门口那个男人说。叫老胡的男人依言把门反锁上，像一堵墙一般挡在门口。

"那这样吧，也别说我们几个男人欺负你们几个小女生，我们最多以其人之道还治其人之身，你拍姜雪微，我们也拍你，公平吧？"说完，程熙朗就示意老胡过来，老胡两步走过来，把凌乐的双手反剪在身后，让她动弹不得。

"广告男，你敢！你还想不想在C市混了，你的公司还想不想开下去了！你敢动我一根头发，看我爸爸怎么收拾你！"凌乐吓得大声尖叫，还不忘威胁程熙朗。

"无所谓，C市混不下去我就换一座城市，中国这么大，我就不信你爸还能只手遮天了？公司开不下去就开不下去，反正也只是个拿来练手的小公司，关了也不心疼。"程熙朗不在乎地说。

僵持了几分钟，双方都不肯松口，程熙朗示意老胡动手，老胡伸手就要去扯凌乐的衣服，她这才相信眼前的男人真的没有在怕她，再不妥协，吃亏的只能是她。

"好啦好啦！算你狠！我删，总可以了吧！"凌乐不甘心地说。

听她总算松口了，老胡停下了动作，姜雪微走到她面前，举着手机问："密码？"

她报出几个数字，姜雪微输入，手机解锁后，程序还停留在相机，她赶紧点进相册，屏住呼吸，用发抖的双手将刚才凌乐拍下的所有不堪入目的让她根本不敢细看的照片通通删除。

做完这一切，她才松了一口气，捡起地上的裙子，躲到厕所去换上，然后把T恤还给程熙朗，让他穿上。

凌乐早就不耐烦了："可以放开我了吧！痛死了！"

程熙朗点点头，老胡才松了手。

"手机！"凌乐不耐烦地冲姜雪微伸手。

虽然姜雪微已经止住了哭泣，但她双眼红肿，脸颊红肿，头发乱糟糟的，整个人狼狈不堪。她拿出凌乐的手机，打开录音程序，对着手机，也对着凌乐说："请你告诉袁青霜，我保证，这辈子跟叶云深死生不相见。请你不要伤害我妈妈，也不要再伤害我，我只想安安分分度过高三这一年，考上大学，然后走得远远的。"说到跟叶云深死生不相见，她的眼泪再一次夺眶而出。

"知道了，手机还我！"凌乐有了这段录音当证据，放心了不少。

姜雪微把手机还给她。然后，四个男人护着姜雪微走出屋子，走出小区，上了程熙朗的车。

"老胡，今天谢谢你了。小杨小谢，你们也辛苦了，先回去休息吧。"程熙朗对其他三个男人说完，才上了车。

刚才跟凌乐谈判，已经用尽了姜雪微所有的力气，此刻，终于到了一个安全的环境，她彻底放松下来，眼泪又开始肆意流淌。

程熙朗一言不发地开车，没开多久，到了公司，他停好车，扶姜雪微下车，姜雪微跟他进了公司，坐在沙发上，看他从里面把门锁上，又给她倒了一杯水，然后在她旁边坐下来。

"微微，没事了。"他轻轻拍她的背。

她点点头，擦了擦眼泪，轻声说："谢谢。"

看着她憔悴不堪的样子，程熙朗一阵后怕。因为有一段时间没见到姜雪微了，所以今天他算着她们放学的时间，在校门口等她，想着只是看看她，跟她说说话也好。没想到她走出来以后，却跟两个女生一起离开了。

他觉得她的表情有些不对劲，又不敢贸然上前，生怕自己太大惊小怪，惹她在同学面前丢脸，于是只能不远不近地跟着。直到她们进了那间屋子，他意识到不对劲，隐约听到里面有争吵声，赶紧打电话叫小杨和小谢赶过来，又给老胡打电话。老胡是他朋友里比较特殊的一个，会开锁，江湖气息很重，很讲义气。

打开门以后，看到眼前的一幕，他心痛得要疯了，他后悔没在最开始就把姜雪微拦下来，才让她受到这样的伤害和羞辱。如果目光会杀人，他眼中的凶光一定已经将凌乐碎尸万段了。把凌乐推开那一下，他几乎是用了全力，他认识这个女生，袁青霜上门来找麻烦时，他专门调查过她，也知道了她身边这个家里同样有钱有势的好朋友，可他不怕，他已经豁出去了，任何人敢这样伤害姜雪微，他就是拼上全部身家也要冲上去！

好在，他来得还算及时，问题算是解决了，可看到姜雪微憔悴的样子，他还是后怕不已。如果……如果他今天没有心血来潮要去看她，如果他没有跟上去，如果凌乐做出更疯狂的举动……那他就是死，也无法原谅自己。

不知道过了多久，姜雪微终于平静下来。她喝了水，去卫生间洗了脸，梳了头发，又用冷水敷了脸，然后对程熙朗说："我该回去了，再不回去我妈要着急了。"

"我送你。"程熙朗站起身说。

姜雪微点点头。两人沉默着出了公司，沉默着上车，又一路沉默着到了姜雪微家楼下。

下车前，姜雪微再次向程熙朗道谢："今天，谢谢你了。"

程熙朗温柔地看着她："有事就给我打电话。别一个人扛。"

她挤出一个笑容："没事的，以后都不会有事了。我又不傻，经过今天，我知道自己的分量和处境了，我再也不会去招惹任何人，放心吧。从此以后我只会埋头学习，别的什么都不会去管。"

回到家，妈妈还没回来，姜雪微把饭煮上，炒了个土豆丝，拌了个黄瓜，胡乱吃了几口，就开始学习。

经历了下午那惊心动魄的一幕，她完全无法集中注意力，过了很久，书还停留在最初那一页。

不知道什么时候，有钥匙开门的声音，妈妈回来了。

姜雪微迎上去，接过妈妈的包，帮她盛饭，热菜，又坐在旁边看着她吃饭。

妈妈吃着吃着觉得不对劲，看着姜雪微："你今天怎么了？"

"没怎么啊。"姜雪微否认。

"不对，是不是发生什么不开心的事了？"妈妈放下碗，看着她。

她的眼泪一下子流出来，妈妈吓了一跳，因为她很少哭的。

"怎么了怎么了？发生什么事了？告诉妈妈。"

"没事……"她扑进妈妈怀里，紧紧抱着她，贪婪地呼吸她身上那种妈妈特有的香味，哭着说，"真的没事，我只是想奶奶了……"

妈妈这才放下心来，伸手摸她的头发，安慰她："傻孩子，妈妈知道你想奶奶，但奶奶已经走了，你也不要太伤心了。"

"嗯。"她点头说，"我知道……我只是觉得，从今以后，就只剩我们俩相依为命了，妈，我只有你了……"

最后一句她说得很小声，妈妈没听清，她只是轻轻抚摸着女儿的头发，柔声安慰她："乖，没事的，你还有妈妈。"

是啊，姜雪微把妈妈抱得更紧，无论如何，她也不会孤独，或者说从她来到这个世界的那天起，她就不曾孤独，从不曾是一个人，因为，她身旁永远都有最爱她的妈妈。

2. 失去比拥有更踏实

在美国的那段时间，不知怎的，叶云深特别想念姜雪微。

本来他见到程熙朗送姜雪微回家之后，特别绝望，于是罕见地回了家，没想到回家刚好看见妈妈身体有些不舒服，在家休息。大概因为病着，妈妈整个人温柔了不少，委婉地提出要他搬回家住。

他正是伤心又绝望的时候，毫不犹豫地就把房子退租，当天便搬回了家。

按照父母的规划，叶云深是要去国外上大学的，所以暑期，别的同学在学校上课，他却随父母去了美国。也好，他正好趁此机会远离伤心地，去陌生的地方散散心。

按理来说，父母难得地陪在他身边，他不应该感到孤独，可也许是因为身处异国他乡，也许父母虽然人陪着他，情感上却仍然像从前一样与他有厚厚的隔膜，所以他总是很容易就觉得孤独。

袁青霜跟以前相比，变了很多，没那么骄横了，但叶云深总觉得她做得太刻意，其实很多时候，还是轻易就能从细节里看出她的大小姐作风，和极度的以自我为中心。而她越是在叶云深身边刷存在感，越是让叶云深想起姜雪微的好。

他们两家人去了很多地方，登过帝国大厦，去过大都会博物馆，参观了哥伦比亚大学等好几所世界著名大学。每去一个地方，叶云深都在想，这么好的地方，要是姜雪微也能来就好了。

但每每想起姜雪微，他又很痛苦。她伤害了他，她抛弃了他，她忘记了他。她曾经郑重许下承诺，要陪着他，不会再让他孤单，可现在，她却和别人在一起了。

每天他都在想念和痛苦中纠结着，到后来，他突然有些怀疑起来，他自认是了解姜雪微的，她不应该是那种三心二意、对待感情不认真的人，是不是他误会了什么？也许，一切都是那个程熙朗的错，姜雪微是无辜的？

到最后，他越来越确定自己的想法，无论眼前的风景有多好，他都提不起兴趣，他开始急切地想回家，想见到姜雪微，想亲口问个清楚。

好不容易熬到回家，已经是八月底。也许是近乡情怯，临到要去学校了，叶云深竟然紧张了。该怎么面对姜雪微？怎样开口对她说第一句话？生平第一次，叶云深竟然会害怕在一个女生面前说错话。

　　紧张了一路，终于到学校了，叶云深刻意从另一侧楼梯上楼，这样能路过姜雪微她们班。

　　她正在背课文，看一眼书，又合上，背两句，又看一眼书。这才一个月不见，她怎么瘦了这么多？太热了吗，还是太辛苦了？叶云深发现自己纵然有满腹疑问，却不敢开口喊她的名字。

　　也许，他心底还是有一丝隐隐的害怕，怕听见的，不是他想要的那个答案吧。

　　煎熬了一整天，到了放学时分，叶云深也没有再去找过姜雪微。但走出教室后，他却不由自主等在门口，远远看见姜雪微出了教室，往楼梯口走，他下意识跟上去，似乎是想见她，又不敢让她知道。

　　姜雪微今天没骑车，出了校门，直接往家走。叶云深在她后面跟着，贪婪地看着她的背影，一直犹豫要不要上前。没过多久，姜雪微到家了，她没有任何停留，直接进了小区。

　　叶云深在她们小区门口站了一会儿，才突然反应过来，她没去广告公司？发生什么事了？他满心疑惑，又不知道该去问谁。

　　第二天，说不上为什么，叶云深仍然没去找姜雪微，但放学后，他还是偷偷跟在后面护送她回家。

　　一周后，叶云深终于确定，姜雪微已经从广告公司辞职，不再去上班了。

　　为什么？她曾经那般坚定，不肯放弃那一千块钱的收入，现在又为什么肯辞职了？但不管为什么，叶云深都是高兴的，因为这意味着，她和程熙朗已经有一段时间没见面，并且将来也没了见面的理由。

　　当天晚上，叶云深的父母刚好回家，晚饭时，跟他谈起美国之行，问他对申请学校的想法，他却提出，不想去美国上学。

"为什么？"叶妈妈十分震惊。从袁青霜那里，她得知儿子已经和那个穷丫头分手了，既然已经分手，还有什么理由不去美国上学？

"我觉得以我目前的能力，去上一所好大学会很艰难，上一所一般的大学我又不愿意。妈，其实我不喜欢美国，你知道我最讨厌吃汉堡、薯条、沙拉什么的，我想留在国内。"叶云深很真诚地说。

"那些东西一时吃不习惯也是正常的，但这不是什么大问题。为了你的前途，你还是出国念书比较好。"叶妈妈说。

"可是我不想出国。妈，我九岁才回到你们身边，算一算，到现在也不过八年，难道你们又想把我一个人扔到那么远的地方？你们就这么不喜欢我？要是我有个什么事，等你们赶到，恐怕黄花菜都凉了。"叶云深又打苦情牌。

"你说什么呢，哪有当父母的不喜欢自己的儿子的？你小时候那是不得已，我们实在太忙，照看不过来……"

"那现在呢？现在我已经不是小孩，不用照看了，为什么还要赶我去美国？"

"哪里就赶你了，都说了是为你好……"

"只要努力，在国内上所好大学，将来也不会差到哪儿去啊。或者等我本科毕业，再去美国读硕士？妈，我保证，你让我留下来，我一定考上Q大。"

叶云深很少这样连讲道理带撒娇又要赖的，父母到底还是舍不得儿子离自己太远，何况确实把他放在奶奶家九年，觉得亏欠他，所以也就勉强同意了。

敲定了不用出国的事，叶云深无比高兴，当下决定第二天去找姜雪微，向她道歉，跟她谈一谈，跟她分享这个好消息，鼓励她一起考Q大。

第二天课间，叶云深兴冲冲地去了 A 重 1 班，姜雪微正在座位上做题，他喊了一声，她大约没听见，他又叫旁边的同学帮忙喊她，她抬头看向门口，看见他，竟然面无表情，眼神也是漠然的。

他招手叫她出来，她却只是看着他，不动。他有些着急，不停地喊她，冲她比画着，叫她出来说话，终于，她起身，走了过来。

"微微。"他低声喊她的名字，"我们谈一谈吧。"

她的眼睛竟然一下子红了，她摇摇头，看着他，说："不必了。我们之间没什么好谈的。"

他没想到她一开口就是这样决绝，心里很受伤，却还是说："别这样，我有好多话想跟你说。"

她努力忍住眼泪，说："可我真的没话可以跟你说。拜托你，别来找我了。"说完，她转身就要走，他急了，伸手拉住她的胳膊，她尽量小幅度地，不引起任何人注意地甩开他的手，看他一眼，然后不发一言地转身走掉，回到自己的座位。

她那一瞬间的眼神似乎充满了期待、失望、哀伤、痛苦……太多的情绪，叶云深竟然看不懂了。她回到座位后，又开始做题，再不曾抬头看过他一眼。

叶云深想不通。她就真的这么生他的气，气到完全不肯再给他机会了？也许他说的话确实太伤人，可哪对恋人不会吵架，又有谁在吵架的时候没有说过一些伤人的话呢？他已经想通了，后悔了，为什么不能给他个道歉的机会？

不行，他叶云深岂是这么容易就放弃的人？

放学后，叶云深跟着姜雪微出了校门，没走多远，他就果断冲上去拦住她。

　　她正在很认真地走路，似乎边走路还在边思考什么问题，见他突然出现，她竟然露出害怕的神色。

　　"微微。"他喊她的名字。

　　她却并不回答，而是绕过他，打算离开。

　　"不要躲我，给我一个机会，让我道歉，让我弥补，好不好？"叶云深拉住她。

　　她被这个肢体接触吓了一跳，露出受惊的神色，急忙甩开他的手，与他保持一段距离。

　　"姜雪微！"她居然视他如洪水猛兽一般，他生气了，"你什么意思？"

　　见他生气了，她突然抬头看着他，不知什么时候，她眼里又已经充满泪水。她看着他，决绝地说："叶云深，我没什么意思，我只希望你清楚，我们已经分手了，请你不要再来纠缠我。"

　　这完全不是他想象的场景，更不是他想要听到的答案，他迷惑了，痛苦地问："你真的跟程熙朗在一起了？"

　　"请你不要侮辱我，我一直拿他当我的老板、我的师父，从来没有别的心思。"姜雪微一字一句地说。

　　"那你到底是什么意思？微微，我错了，我不该那样对你，你不要再生我的气了，好不好？"叶云深已经不知道该怎么办了。这是他第一次爱上一个人，也是他第一次伤害了自己心爱的人，然后想要努力去挽回，可在感情的世界里他实在太稚嫩，完全手足无措。

　　"不，我没生你的气，真的，我只是想清楚了，我们不是同一个世界的人，没法在一起。希望你以后不要再来找我，不要再来打扰我。"

　　"姜雪微！"叶云深受不了她这样对他，她的每一个字都敲打在他心上，让他的心脏一阵阵抽痛，他大声喊她的名字，想打断她的话，想让她那些残忍的话语赶快停止。

姜雪微飞快地看了看四周，已经有人注意到他们，甚至有人隔着一条街，站在对面像看好戏一样看着他们。她低下头，咬咬牙，在抬头的那一瞬间飞快地擦去眼角的泪水，然后冷冷地说："叶云深，你说过，我让你觉得恶心，现在，我把这句话送给你。其实你也让我觉得恶心，所以，以后不要再出现在我面前来恶心我了。我和你，今生，死生不相见。"

说完这些话，她再也不曾看像木头一样呆立着的叶云深一眼，面无表情地绕过他，大步离开了。

叶云深当然不会知道，她只忍了不到十米的距离，眼泪就大颗大颗掉落下来，她死死咬住嘴唇，让自己不要哭出声音，可肩膀的颤抖却出卖了她。她生怕叶云深会看着她的背影，胡乱选了条小巷子钻进去，然后拼命往前走，越走越难过，越走，眼泪越多。不知走了多久，她感觉自己安全了，才敢伸手去拭泪，可眼泪越擦越多，怎么擦也擦不完，她索性停下来，双手捂住脸，呜呜呜地哭起来。

那哭声是那样压抑、那样痛苦，就连天上的云朵都被感染了，竟哗啦啦下起了雨。姜雪微本来是不想躲雨的，可想到万一淋雨生病了，既耽搁学习，又浪费钱，她可没这个资本，于是还是选择到旁边的屋檐下躲雨。

而叶云深此刻还站在原地。下雨了，他无动于衷，他甚至觉得这只是一场幻觉。

为什么？为什么？为什么？为什么姜雪微会这般绝情，会对他说出那样残忍的话？他做了什么十恶不赦的事吗，竟让她说出今生死生不相见这样决绝的话来？

他觉得心很痛，浑身都痛，又四肢无力，不知道过了多久，他才拖着沉重的双腿，往家里走去。

　　当晚，叶云深发起了高烧，迟迟不退烧，最后竟然折腾到进医院输液。他的身体向来很好，长这么大也没输过液，这下父母急坏了，不眠不休地陪着，好不容易他好些了，能吃点白粥了，叶妈妈才松了口气，说："留在国内是对的，要是出国以后你生了病，叫我可怎么放心啊。"

　　叶云深本来想说，我还是出国吧，可他张了张嘴，最终还是没说出口。

　　算了吧，话已经放出来，说好要考上Q大的，即使不是为了姜雪微，是为了自己的面子，为了一诺千金，也该努力去实现这个承诺。

　　姜雪微……想到这三个字，想到她的脸，他的心脏又是一阵抽痛。此生……此生他们真的死生不再相见了吧。

　　这就是他第一次爱过的人，这就是他第一场爱情的结局。漫漫人生路，她会忘记他，而他，也终究会忘记她吧。

　　没什么忘不掉的，时间是这世上最强大的东西，能让沧海变成桑田，能将一切改变。也许将来有一天，等他再想起她，会连她的面目都模糊了吧。希望那个时候，面对这段感情，面对这样一个结局，他终于能做到坦然一笑，他的心，终于不会再因她而痛。

3. 再见，叶云深

　　此后的大半年时间里，姜雪微和叶云深真的再也没见过面。偶尔在走廊相遇，在同一个考室里相遇，他们会默契地回避对方的眼神，尽量转头看向别处，就好像遇上的这个人只是一个根本没有生命的物体，完全无法引起他们情绪里的丝毫波澜。

　　另一边，袁青霜在准备出国的资料时，得知叶云深决定留在国内上大学。她无比震惊，因为她一直以为他们俩会一起出国，上同一所大学，将来再顺理成章在一起，成为一对恋人。

"是因为姜雪微吗？"袁青霜问叶云深。

"最开始是，但现在已经不是了。"

"为什么？"

"我跟她……恐怕这辈子都不会再有任何交集。我们彻底结束了。"

"那你为什么还要留下？"袁青霜问他。

"我不想出国。我想考 Q 大。"

"就因为这个？"

"这个还不够？"

袁青霜有些挫败地说："为什么不肯试试呢？"

"有些事，就算不试，也知道不喜欢，不合适。"叶云深说。

他的语气是那样平静，但听在她耳朵里，却是那样难过，她明白他是有所指的，她不甘心地说："你不用说得这么隐晦，我知道你什么意思。可你都没试过，怎么知道不喜欢，怎么确定不合适？"

"我确定我知道。"

"是不是，即使你和姜雪微分手了，但只要有她存在一天，你就不会喜欢上我？"袁青霜说着说着，已经快要落泪。

"霜霜，"叶云深这样喊她，"真的不是因为她。人和人之间是讲缘分，讲感觉的，即使没有她，我和你也是不可能的。我对你只有朋友之谊，没有男女之情，即使再过多久也一样。"

袁青霜终于哭出来："为什么？为什么对我这么残忍？"

"对不起……"叶云深温柔地道歉。

"我不想听对不起，我不接受你的道歉！"袁青霜大喊道。但喊归喊，经过了这么多事，她终于相信，无论如何，她和叶云深，也是不可能的了。

也许是因为姜雪微，也许不是因为姜雪微，也许真像他说的那样，他们之间，少了一点点缘分。

她还有美好的未来要去迎接，还有远大的前程要去奔，她不会因为一个不爱自己的人而打乱自己的人生计划，放弃自己的美好前程，他爱留在国内就让他留好了，反正她是一定要去美国，去更好的大学读书的。

但她放弃了，不代表她放下了，更不代表她原谅了。她几乎是有些恶狠狠地想，哼，叶云深，我得不到爱情，你也不会得到，你和你爱的人，这辈子都不会在一起，因为，她许下过诺言，和你死生不相见。

这样想着，袁青霜总算平衡了些。是的，她没有那么伟大，她就是个自私的女生，她爱一个人，就想得到他，如果有人拦在她面前，她就要想尽一切办法推开这个阻碍，如果最后她失败了，那么，也不能让她一个人痛苦。

她从来就不是躲起来默默疗伤的那种人。

她爱了他那么久，即使最终的结局是各奔天涯，但她也要在他生命里留下点什么。如果不是浓墨重彩的一笔，那捣捣乱也是好的，至少能让她稍微好受点。

叶云，深。她用力念着他的名字。我会忘了你！没有你我也会过得很好！不，是我一定会过得比你好！比你好十倍、百倍、千倍！我一定会遇见一个很相爱很相爱的人，我会有美满的人生，我会在没有你的余生，狠狠地，狠狠地幸福。

拼命学习的时候，会觉得时间过得飞快。高三这一年，姜雪微心无旁骛，一心埋头苦学，日子过得很简单，不用照顾谁，不用赶着去打工，每天就是学习学习再学习。程熙朗过生日的时候请她吃了一次饭，她想着毕竟是他的生日，就准备了一份简单的礼物去赴约。除此之外，她再没跟他见过面，也不知道他数次在校门口等待，只为偷偷看她一眼，确定她是安全的，确定她一切都好。

终于到了高考。上考场的时候，姜雪微很平静。因为她付出了、努力了、拼搏了，此刻既没什么可害怕的，也没什么可后悔的。考完后，便是回校拍毕业照，填志愿，参加毕业典礼。

填志愿的时候，姜雪微跟妈妈商量："妈妈，我想报 F 大。"

"可以呀。你很有志气，也很有出息，是妈妈的好女儿。"妈妈赞赏地说。

"可是上海太远了，留您一个人在家，我总觉得不放心。"

听姜雪微这样说，妈妈笑了，很欣慰地说："我的女儿一直都这么懂事，这么知道心疼人，我很开心。但是，孩子总会长大，会离开家，没有谁会一直和妈妈待在一起呀。"

"我就要。我只有你，你也只有我，我们就是要一直待在一起。"姜雪微撒娇地说道。

"傻瓜，谁说你只有我啦，以后你会谈恋爱，结婚，生子，你的人生还会很丰富。"

提到谈恋爱，姜雪微的心就一阵抽痛，她故意耍赖说："以后再说以后的事吧，现在不还没到以后嘛。"

妈妈摸了摸她的头发，突然有些小心翼翼地说："微微，你说，要是妈妈再找一个，怎么样？这样的话，你去读大学，我也不会是一个人，有个人陪着我，照顾我，你也可以放心。"

"好呀，只要遇上合适的，真心对你好的，你就找一个吧，你辛苦了这么多年，也该有个人来照顾你了。"姜雪微懂事地说。

"现在……现在就有这么一个人，改天，妈妈叫他来家里，你见见？"

"现在？什么人，谁介绍的？多大年纪，有孩子吗？"姜雪微一下子警觉起来。刚才妈妈说再找一个时，她完全同意，可总觉得那是将来的事，一时半会儿不会发生，没想到，原来妈妈已经有决定了，只是现在才告诉她而已。

提到那个人，妈妈的表情有些羞涩，她假装看电视，断断续续地给姜雪微讲述了他们俩的故事。

原来，那位叔叔叫徐晓文，比妈妈小三岁，结过一次婚，但没几年妻子就患病去世了，两人也没有孩子。徐晓文曾经跟妈妈在镇上工厂做过同事，对妈妈一见钟情，妈妈也喜欢他，但妈妈是个重情义的人，姜奶奶对她好，她也对姜奶奶好，所以不愿意抛下姜奶奶再婚。

可乡下的流言蜚语最是难听，徐晓文能接受姜雪微，却不能接受妈妈带着姜姜奶奶嫁过去。没办法，两人最终还是没成。后来徐晓文从工厂辞职，开始做服装生意，妈妈慢慢就跟他断了联系。两人没联系的这几年，徐晓文也断断续续相过亲，可都没能成。姜奶奶去世，他听到消息，找到妈妈，表示希望能再续前缘。就这样，两人瞒着姜雪微开始交往，到现在，已经半年多了。

之所以瞒着姜雪微，是怕影响她的学习，现在高考已过，妈妈正在发愁该怎么告诉她这个消息，借着今天这个机会，就干脆说出来了。

"看来这个徐叔叔很痴情啊，这么多年一直对你念念不忘，他做服装生意，经济状况应该也不错吧？妈妈，太好了，我真为你开心。"姜雪微露出笑容。

妈妈还是不敢看她的眼睛，犹犹豫豫地说："是啊，老徐是挺好的。所以，微微，我想跟你商量商量，老徐一直没有自己的孩子，你去读大学以后，妈妈也膝下寂寞，我们……我们可能……可能会要个孩子。"

"没关系的妈妈，我能理解，真的，你别怕我不开心，你放心去做吧，你做任何决定，我都支持你。"姜雪微露出一个夸张的大大的笑容，然后说，"那我去给涂晓打个电话，问问她的志愿考虑得怎么样了。"

正巧这时徐晓文给妈妈打来电话，妈妈点点头，便接起电话。

姜雪微回到房间，关上门，把自己抛在床上，抱着枕头，感觉浑身的力气在一点点消失。

真好，妈妈有伴了，从此不再是一个人了。真好，妈妈将来还会再有一个孩子，也许是个乖巧的女儿，也许是个调皮的儿子。

真好啊，一切都那么好，不是吗？

可她为什么感到刺骨的寒冷，为什么好像被铺天盖地的绝望和孤独给包围了呢？

"微微，妈妈出去了哈。"妈妈在外面大声说。

"嗯。"姜雪微瓮声瓮气地回答。

听见门"砰"一声关上，姜雪微才彻底放松，然后，泪流满面。

这十八年来，她头一次体会到如此彻头彻尾的孤独。从前有奶奶，有妈妈，后来有叶云深，她一直觉得自己是幸福的。再后来，她失去了叶云深，失去了奶奶，虽然痛，虽然难过，但她还不至于绝望，因为，她还有最爱她的妈妈。

母女俩相依为命的感觉温暖着她，让她觉得自己即使偶尔孤单，但从来不曾孤独。

可现在，妈妈马上要有新的丈夫，很快会再有一个小孩，到时候，他们三个才是真正的一家人，而她，她对这个家来说，只是个无法融入的，很快就要离开的外人罢了。

　　是的，从此，她便是孤零零的一个人了。这世上，再也没有谁，会全心全意爱着她，把她当成自己的唯一，再也没有谁，会是她的依靠，是她疲惫时候的港湾，是她在黑暗中的一盏灯。再也没有，再也没有了。

　　她突然失去了所有的力气，也失去了面对明天的勇气。

　　未来还那么长，还有那么多风霜，在她跌倒摔跤的时候，在她受伤难过的时候，谁会扶起她，谁会帮她吹吹伤口，谁会为她擦去眼泪？

　　世界那么大，却没有一个地方是她的家，天地那么辽阔，却没有一个地方可以托起她的向往。

　　她的世界，从这一刻起，熄了灯，陷入一片浓浓的黑暗。

　　滴答，滴答，滴答……安静的屋子里，手表指针转动发出的微弱的声音传入她的耳朵，她透过模糊的泪眼，看见手腕上的手表。

　　两年前那个夏天，叶云深送给她的手表。

　　当初说出那么决绝的一番话时，她犹豫过要不要把手表还给他，但最终还是舍不得。虽然她送他的杯子早已经被他丢弃，但他送她的手表，除了洗澡，她从未离身。

　　是的，舍不得，她真的舍不得。很多时候，她觉得苦，觉得累，觉得难过，就看一看手腕上的手表，想起他当初说的那句话，他说，我希望它可以每天陪着你，我不在你身边的时候，你看见它，就像看见我一样。

　　那么多个孤单的夜晚，都是这只手表陪着她度过，给了她些许安慰。

　　她突然……突然想去看看叶云深。不用跟他说话，甚至不用让他知道，只是远远看他一眼，一眼就好。

　　是的，她恨过他，恨他说出那番话，伤了她的心，恨他不相信她，不理解她。她也怨过他，怨他让她受到袁青霜和凌乐的伤害，怨他不能在她最危险的时候及时出现，带她脱离险境，怨他不能在她最悲伤最绝望的时候陪着她，给她安慰和温暖。

　　但在这怨恨的背后，其实都是她对他的爱和期待。即使她早已经做好准备，此生真的跟他死生不相见，但是否见面，其实丝毫不能影响她对他的爱。

　　她并不知道这份爱要到什么时候才会真正停止，但，至少不是现在。她起身，梳洗，换了衣服，慢慢往外走去。她知道叶云深的家住在哪里，他曾经要带她去看，她不肯，大概是出于自卑，不愿意面对他那完全是另一个阶层的家。他见她实在不愿意，也就不再勉强，但还是告诉了她地址，又细细讲解了该怎么去到那个地方，以防将来万一有什么事，她找不到他。

　　没想到这个将来，在现在成为了现实，这个无心之举，真的起了作用。她按照他的指点，乘车，转车，找到了他家所在的小区。

　　小区门禁森严，见她这样一个穿着普通的陌生女生走过来，门卫马上上前敬个礼，礼貌地问："请问您找谁？"

　　"我……"姜雪微犹豫了。她只想远远看叶云深一眼，不想惊动他，让他知道。

　　见她吞吞吐吐的，门卫毫不客气地说："对不起，我们这里是私人小区，非请勿入。"

　　"我找叶云深，我是他同学。"没办法，姜雪微只好硬着头皮说。

　　"你跟他约好了吗？如果可以，请你让他往门卫处打个电话，这样我才能放行。"门卫说。

　　"我是突然想起要来的，没跟他说。"

　　"那也得他同意了才行。对不起，我们这里有我们的规定。"门卫又说。

　　姜雪微不知道该怎么办了，她真的很想很想见叶云深一眼，可又实在不想让他知道。就在这时，门卫突然招呼路过的一个中年女人："李阿姨！"

李阿姨走过来："小周，有什么事吗？"

"这个女孩说她是来找叶云深的，说是他的同学。"

"同学啊，你没跟阿深联系吗？真是不凑巧，阿深昨天刚走，去欧洲了，好像得玩上半个多月才回来呢。你有什么事吗？要不要给他留话？你们年轻人现在不都有 QQ 什么的，可以网上联系吗？"李阿姨热心地说。

"好的，我网上跟他联系，谢谢你，阿姨。"姜雪微道了谢，转身慢慢离开。

她走了好久，才走到公交车站，乘车，转车，回到她和妈妈租住的小区。走到小区门口，她突然又不想进去了。这里其实并不是她的家，妈妈很快会和徐叔叔结婚，会搬去徐叔叔家，她很快会去上大学，会住进大学宿舍。她没有家。

她转身，漫无目的地走，走着走着，不知怎的，就走到当初叶云深带她放烟花的地方。因为天气很热，空地上一个人都没有，她在旁边的草地上靠着一棵树坐下来，开始发呆。

不知过了多久，天色越来越暗，轰隆隆的雷声响起，然后，大雨倾盆落下。

姜雪微没带伞，她坐在草地上，看着雨中的世界，麻木地淋着雨，不打算挪动分毫。叶云深这会儿到哪儿了？欧洲那么远，坐飞机得坐多久？她不知道，她从来没坐过飞机。他会去哪些地方？和谁一起去？好玩吗？

一定很好玩吧，一定很开心吧。

在欧洲吃喝玩乐游山玩水的他，又怎么会懂得她的孤独和悲伤？他的开心和她的痛苦，隔着遥远的星河，永不可能交汇。

雨越下越大，但这一次，姜雪微却没有躲雨的打算。是啊，有什么必要呢，她已经考完了，并且还考得不错，不怕生病耽搁时间，她要去上大学了，妈妈要嫁给经济条件不错的徐叔叔了，那点医药费算什么。

是啊，她终于可以放肆一次，终于可以毫无顾忌地做一次自己想做的事。而她此刻想做的，不过是痛痛快快地淋一场雨而已。

最后，姜雪微终于如愿病倒了。她发烧了，头痛，嗓子痛，浑身酸痛，虽然身体很难受，但她心里却觉得快活。

因为，她终于不爱叶云深了。她不再幻想得到他的爱，不再试图去乞讨一份温暖，她自由了，再也没有病重的奶奶需要她去筹医药费，妈妈也有了自己的归宿，她，终于解脱了。

因为病着，她没有再回校参加毕业典礼，涂晓来看过她，两个人说了很久的话，又是哭又是笑。

病中，程熙朗也来看过她，看着她苍白的样子，他很心疼，现在，他终于可以表白了。

"微微，让我来照顾你吧。"程熙朗小心地说，"其实，很久以前我就喜欢上你了。希望你不要嫌我年纪太大。"

他终于把这句话说出口，自己倒是轻松了，姜雪微却很难受："对不起，我一直把你当成我的师父。你长得帅，条件也好，人也好，你应该和一个更好的人在一起，而我……我配不上你。"

"给我个机会，也给你自己一个机会，好吗？微微……你是不是……还忘不了他？"

"对不起，师父。他比你先出现，他走进了我的心，把我的心装得满满的，再也装不下第二个人。虽然……虽然现在那里面全是痛苦，而我也会努力把这些痛苦清空，把他留下的所有痕迹清空，但……但我实在太累了，我只想让自己的心休息一下。忘了我吧师父，忘了我这么一个糟糕的人，去找一个配得上你的，美好的女生。"

"我愿意等……等你清空，等你休息好，等你愿意重新开始。"

"不不不，不要等，不要等我，也不要等任何人。真正的爱情是不需要等待的，它会自然而然地发生，而等待，往往什么也等不来。"姜雪微抱了抱程熙朗，"师父，以后我可能不会经常回来了，如果你给公司找到了老板娘，记得告诉我，到时候如果老板娘欢迎，我一定到现场送上祝福。"

硬汉般的程熙朗听了这番话，眼圈竟然红了，等待真的什么也等不来吗？没试过怎么知道？不管姜雪微怎么说，他都要选择等。至于什么时候才能结束这场等待，听天由命吧。

到底是年轻，姜雪微的身体很快恢复了，她也如愿收到了 F 大的录取通知书。双喜临门，妈妈决定把姜雪微的升学宴和自己的婚礼一并办了。她们母女俩本来就不是高调的人，朋友并不多，亲戚也少，所以小范围请了几桌，一起热闹热闹，就算是办过了。

婚礼办了之后，妈妈把房子退了租，带着姜雪微一起搬到了徐叔叔的家。徐叔叔的生意也忙，妈妈把华清厂的工作辞了，正好可以帮把手。

搬家那天，姜雪微把戴了两年的手表取下来，给叶云深快递了过去。无论当初有多么舍不得，放不下，如今，都该彻底割舍了。

没过多久，开学了，姜雪微坚持不让妈妈送，自己一个人坐上火车去了上海。这是她长这么大第一次出远门，第一次一个人坐火车，望着窗外的风景，望着空荡荡的手腕，她很平静，平静中又有些淡淡的忧伤。过往的一切都像电影画面，一幕幕在她眼前闪过。一张张她爱过恨过的脸，一件件她哭过笑过的事……太多太多，但，无论是什么，她都不打算再想起。

从此，她就要过上全新的生活了，那些前尘往事，就让它们埋葬在记忆深处，或者，让它们随风而逝吧。

── 第十一章 ──

在我看见你时，我希望自己不会慌张

YUNSHEN
BUZHICHU

1. 别说我骄傲

上海的物价比 C 市高了不少，虽然徐叔叔很大方，妈妈也给姜雪微打了足够的生活费，但姜雪微闲不住，开学没多久，就琢磨着打工。

她有丰富的经验，很容易就在学校附近一家广告设计公司找到兼职，虽然工资很低，但她还是很开心，毕竟，她有了自己的收入，就有了安全感。

宿舍里四个女孩子，有两个上海本地人、一个山东人，两个上海本地人很自然地走在一起，而姜雪微当然跟那个山东妹子走得更近些。山东妹子叫文静，人如其名，斯斯文文的，学霸一枚，整天除了上课就是泡图书馆。没过多久，文静被同城的学霸男生追到手，两人每天一起泡图书馆，计划出国留学，跟姜雪微除了偶尔一起吃个饭，上课路上同行，也就没有更深的交往了。

姜雪微早已经习惯了独来独往，习惯了把所有喜怒哀乐藏起来，但有时候一个人走在校园里，她打量着这所自己曾经梦想中的学府，打量着来来往往的人，还是难免会觉得孤独，孤独到，有些迷茫。不过还好，她深信，当你不知道要去往何方的时候，就先埋下头把眼前的事做好。

她每天上课、打工，倒也生活得很充实。

没过多久，妈妈打来电话，说她怀孕了。姜雪微在电话里恭喜了她，问她要不要自己回去看看她。妈妈说不用了，徐叔叔把她照顾得很好。

虽然早已经有了心理准备，但这一天真的来临时，姜雪微还是失落了很久很久。

妈妈有另一个孩子了，有另一个完整的家了，以后，她就真的是孤零零的一个人了。

孤零零就孤零零吧，就这样一个人过一生，也不是什么难事，就算没有人陪伴，她也可以过得很好。或者说，比起为了有人陪伴而敞开自己柔软的内心，让自己随时处于可能受伤的风险中，她倒宁愿一个人，清清静静，也足够安全，不会受伤。

而就在她最低落的时候，一个她意想不到的人，突然出现在她面前。

那天，姜雪微刚从图书馆出来，打算随便吃点东西然后去公司，走到宿舍楼下时，一个人挡在了她面前。她本来是埋着头在走路，见有人挡路，下意识抬头，然后愣住了。

叶云深。那个她曾经无数次在梦里才敢相见的人，那个她爱过恨过，又决定要永远忘记的人，那个在她最悲伤最痛苦的时候抛下她去到世界另一头的人，那个她已经完全不抱希望的人，此刻，竟然真真实实地站在她面前。

"微微。"他只是喊她的名字，就哽咽了。

她狼狈地低下头，不敢看他，飞快地抹了抹眼角的泪水。

"微微，你还好吗？"他红着眼眶，伸出双手扶住她的肩，俯下身子去看她的脸，"你哭了？"

"没有。"她很快恢复了平静，抬起头，波澜不惊地看着他。

"我们找个地方坐下说会儿话好吗？我有好多话想跟你说。"他柔声说道。

她轻轻侧过身子，把他的手推开，说："没事，有什么话就在这儿说吧。"

他难过地看着她，半晌，叹了口气，轻声说："对不起。"

她沉默着，并不回答，他等了等，见她没有说话的意思，只好继续说："当初袁青霜威胁你的事，我都知道了……对不起，对不起，真的对不起。微微，是我的错，都是我的错，是我太愚蠢，是我太可恨，我没有在你遇到危险的时候保护你，我没有在你难过的时候陪伴你，我……微微，别哭了，别哭了，你哭得我心都要碎了……"听见叶云深迟来的道歉，以为自己早已经忘记了那些事的姜雪微，此刻却觉得特别特别委屈，终于哭了出来。见她的眼泪越来越多，叶云深慌了，伸手去擦，却怎么擦也擦不完，整个人都变得手忙脚乱。

姜雪微哭了一会儿，深吸一口气，抬头看着叶云深："你说完了吗？现在该我说了。过去的都已经过去了，我不想再提。无论谁对谁错，都已经不再重要了，因为，我不打算让那些陈年旧事影响我的将来。我哭了，但你别误会，我是为过去而哭，为过去那个自己而哭，与你无关，你千万别理解成我对你还有感情。叶云深，我们以后没有见面的必要了。"

说完这番话，不等叶云深作出反应，姜雪微就逃也似的跑进了宿舍。过了很久，她找了个借口去对面宿舍的阳台上偷偷看了看，叶云深还站在那里。没办法，她只好头一次跟老板打电话请了假。

是的，叶云深不肯离开。他费尽周折，耗尽心血才终于见到姜雪微，怎么能轻易离开？

　　七月，叶云深如愿收到 Q 大的录取通知书，而袁青霜，也打点好一切，准备出国了。出于礼貌，叶云深跟着父母参加了袁青霜的欢送宴，席间，袁青霜提出要和叶云深一起自拍，因为即将离别，所以叶云深头一次认认真真坐在她旁边，正视着镜头。

　　袁青霜拍了好多张，两个人一起翻看照片，正在看，有人招呼袁青霜，她顺手把手机往叶云深手里一塞，起身去了邻桌。

　　叶云深一张张翻看着照片，看完了，退出程序，点到主页，不知怎么点多了，竟然点到录音那里去了。本来他无心要看的，但那里只存着一条录音，而且很显眼地写着姜雪微三个字，他无法做到不好奇，趁袁青霜还在邻桌跟人说话，他赶紧把录音发给自己，又删除了消息记录。

　　他等不及散席，马上起身去洗手间，关上门，迫不及待点开录音。

　　然后，隔着近一年的时光，他听见姜雪微用带着浓浓鼻音的声音，有些哀伤，又有些愤怒，还带着点心灰意冷地说："请你告诉袁青霜，我保证，这辈子跟叶云深死生不相见。请你不要伤害我妈妈，也不要再伤害我，我只想安安分分度过高三这一年，考上大学，然后走得远远的。"很明显，她说着说着就哭了，以至于后面的句子不太连贯。

　　叶云深不知道这段录音具体是在什么时候，在什么场景下录下的，但他可以想象，姜雪微当时一定受到了威胁，甚至有可能受了伤。他也马上明白了，当他从美国回来以后去找她，她为什么那么冷漠，为什么视他如洪水猛兽，为什么躲着他，又为什么说出那样决绝的一番话。

　　原来她是被迫的！可恨他还愚蠢地以为她变心了，以为自己看错了她，爱错了人。

　　袁青霜马上要走了，叶云深不想再去追究，是的，她不过是个无关紧要的人，他不想再为无关紧要的人浪费时间，他只想马上找到姜雪微，向她道歉，乞求她的原谅，从此守护在她身边，再也不让她受到任何伤害。

他甚至没等到散席，就随便找了个借口离开，去了姜雪微的家。

他去敲门，门很快打开了，来开门的却是一张陌生的脸。

"你是谁？为什么会在这里？"叶云深不解道。

"你这个人才奇怪，你来敲我家的门，却问我是谁？我还没问你是谁呢？"陌生男人很不客气地说。

"我找姜雪微，她在吗？"

"你找错了，这里没有这个人。"

叶云深突然想到，姜雪微她们原本就是租住在这里的，难道已经搬走了？"请问，你是刚搬来的吗？我找的是原来租住在这里的那家人。"

"嗯，刚搬来几天。原来那家人我不知道，我只跟房东联系。"陌生男人说完，毫不客气地关了门。

是啊，她们本来就是因为姜雪微读书才搬到这里来的，现在姜雪微毕业了，她们搬走，也是顺理成章的事。

可这下该去哪里找她呢？叶云深想来想去，确实无从下手，只好给姜雪微打电话。但他没想到，电话拨过去，竟然是空号。他马上给她 QQ 发消息，却发现自己不知什么时候已经被她拉黑了。

怎么回事？她为什么好像突然消失了一样？

他突然觉得心很慌很慌，好像缺了一块似的，呼吸困难。而姜雪微就是他心脏缺失的那一部分，如果不找到她，恐怕他以后都无法痛快地呼吸了。而且他总觉得，要是不马上找到她，这辈子，他就真的永远失去她了。

他先是回学校，去 A 重 1 班的班主任那里查姜雪微的地址，可她登记的只是租住地的地址，他又根据档案上的资料，查到姜雪微的妈妈在华清厂上班，于是去华清厂找她，却被告知此人已经辞职了。门口的保安一脸八卦地说："我们厂里都在传，说她傍上大款了，马上要跟大款结婚了。你说人家马上就要变成有钱人了，还有什么必要来我们这厂里干辛苦活呢。"

姜雪微的妈妈要结婚了？跟谁？到底怎么回事？那姜雪微怎么办？叶云深满腹疑问，总觉得心里慌得不行，可关于姜雪微的下落，他又毫无头绪。

还好，他查到姜雪微考上了 F 大，于是，暑假里剩下的日子对他来说都是煎熬，他度日如年，每天都在等着开学，好不容易熬到开学，他做的第一件事不是去 Q 大报到，而是去了上海，去 F 大找姜雪微。

可是 F 大太大了，他在校园里逛了好久，竟然没有碰上一个广告学专业的人，更没有能够幸运地碰到姜雪微。

没办法，他只好先回 Q 大报到，然后每个周末，他都坐高铁到上海，直到第三周，他才在茫茫人海中打听到广告学新生的女生宿舍在哪里，在女生宿舍楼下，他连着向好几个人打听，可竟然没有一个人认识姜雪微。要不是他确实是在姜雪微的高中班主任那里查到她考来这里了，他都会怀疑这里根本没有这个人。既然打听不到，他只好采用最笨的办法，等，守株待兔。就这样，他又等了足足四个周末，才终于见到了姜雪微。

见到她的那一刻，还没开口，他的眼圈就已经红了。其实也没过去多久，但他却觉得他们之间仿佛已经隔着沧海桑田，隔着千年万年。

他的心缺了一块，缺了很久很久了，他的每一次呼吸，每一次心跳，都让他觉得痛，觉得不安，觉得慌张，直到这一刻见到她，他才觉得自己的心完整了，仿佛又重新活过来了。

第一眼见到她，他就觉得她变了，有什么东西变得不一样了，好像，她的身上少了一些人间烟火的温暖气息，多了一些清冷和孤傲。三年过去了，她不再是初见时那朵含苞待放的清丽的荷花，而更像是无人的深山里一朵遗世独立的野百合。

她似乎拒绝任何人的靠近，包括他。

可他又怎能不靠近她？

不知过了多久，天黑了，姜雪微还是没从楼上下来，叶云深知道她有心躲他，又担心她不下来吃饭会饿着，只好暂时离开。

他猜对了，姜雪微除了跟文静走得近一些以外，并没有交好的朋友，她的人际关系很淡，淡到她压根儿没打算拜托任何人帮她带饭，因为，她不愿开口向任何人解释什么。

发现叶云深不知道什么时候已经离开了，姜雪微有些释然，也有淡淡的失落。她拿上钱包，下楼去吃饭。躲在一旁的叶云深见她终于出现，立刻跟上去。

姜雪微到食堂点了一碗面条，坐下来兴趣缺缺地吃着。她习惯了一个人吃饭，也习惯边吃饭边看手机。没吃两口，有人一把拿走她的手机，她吓一跳，猛地站起来，发现是叶云深。

他飞快地拨出一个号码，直到自己的手机响起，才把手机还给她。

"你还没走？"她见是他，倒淡定了，坐下来继续吃面。

"现在我有你的电话号码了，你也有我的新号码了，拜托你，千万不要因此换号。"叶云深在她对面坐下来，恳求道。

"我没那么闲，你也没那么重要。"她漫不经心地说。

"微微，你就真的这么讨厌我？"他有点被她的冷漠伤到了。

"不，我并不讨厌你。只是，我对你也没有感情了。如果没有记错的话，我们已经分手一年多了。你觉得两个已经分手的人还能怎么相处？最好的状态，恐怕是老死不相往来吧。"姜雪微终于彻底没了胃口，放下筷子，淡淡地看着叶云深。

"嗯，你说得对，我们早就已经分手了。那现在我宣布，我要把你追回来。微微，我不相信你真的对我一点感情都没有了。也许你只是在怪我、怨我，甚至恨我，也许你心里有很多怨气，你的怨气一日不消，你就没法平心静气地面对我。没关系，都是我的错，微微，我会用我的余生来赎罪，来求得你的原谅，来换取你放下心结重新接纳我。只求你，给我一个机会。"叶云深这辈子都没这样卑微过，但他丝毫不觉得委屈，为了他心爱的女生，他愿意放下所有骄傲。

可姜雪微却毫不动容。看着眼前这个她曾经深深爱过的男生，她觉得真是造化弄人。曾经她把他当成自己的神，高高在上，不敢靠近，连喜欢他都觉得是一种亵渎；后来他给了她一个机会，让她可以以女朋友的名义待在他身边，她欣喜若狂，觉得这是上天对自己的眷顾；再后来，他喜欢上她，他们真的在一起了，她是那样幸福，幸福到可以不顾全世界……

是的，她曾经因他而感受过这世上最大的幸福。

可后来呢？

后来她的身上发生那么多事，在她最难过、最痛苦、最悲伤、最绝望、最无助的时候，她一次次放下自尊想向他寻求一丝丝温暖和安慰，但，每一次他都让她失望了。

她从来就得不到一点温暖，反而因他跌进更深的深渊。

够了，真的够了，她再也承受不起了。她不想再捧出全部的自己任人伤害，她怕了，怕痛，怕苦，怕伤。现在的她，只想好好保护自己，把自己包裹得紧紧的，让自己以最安全的姿态来面对这个世界。

他想让她从厚厚的包裹里走出来？不可能，绝不可能。

"你还是不要浪费时间了吧。我不怪你，也不怨你，更不恨你。我只是……只是不再爱你了。一切都结束了，阿深，你放手吧。"姜雪微平静地看着他。

"不，绝不。"叶云深坚定地说。

"那就随便你了，反正该说的我已经说了。"姜雪微站起身来，"我要走了。"

叶云深马上站起来："我送你。"

"不用。"姜雪微把碗收了，去水龙头那里洗手，然后往宿舍走。叶云深紧紧跟着她，她也没有非要甩掉他的意思，他愿意跟着就跟着吧，路又不是她修的，她管不着。

到了宿舍楼下，刚好遇见文静和她男朋友。

见到向来独来独往的姜雪微竟然跟一个男生走在一起，两人之间的气氛明显不正常，而且那个男生还很帅很有气质，向来安静的文静都来了兴趣，刻意走上前去打招呼："嗨，姜雪微。"

姜雪微站住，笑一笑："回来啦。"

文静冲她挤眉弄眼："怎么，不介绍一下？"

"他吗？一个路人而已，没什么好介绍的。"姜雪微说完，挥挥手，"你们慢慢诉衷肠吧，我先上去了。"

叶云深看姜雪微连再见也不愿意道，就这样扭头就走，还是觉得很失落。文静看出他们之间一定有点什么，小心翼翼问他："帅哥，怎么啦？惹她生气啦？以前怎么没见过你？"

"你是她同学吗？"叶云深问道。

"是啊，我们是同一个宿舍的。"

"真的？"叶云深的眼睛一下子亮了，他讨好地看着文静和她的男朋友，客气地邀两人去旁边的水吧坐一坐。

饮料上来之后，叶云深先是向文静打听了姜雪微的近况。听文静大概讲了一会儿，能感觉到她是个善良的女孩，对姜雪微也不错，应该不会害姜雪微，他才放下心来，简单讲述了他和姜雪微的故事。

文静听得感动死了，怎么能让姜雪微因为误会而错过这么一个又帅又爱她的痴情种子呢？当下，叶云深就和文静结成联盟，文静答应一定想办法帮助他。

回去的高铁上，叶云深高兴得睡不着，这一趟真是收获巨大啊，终于见到了姜雪微，拿到了她的电话号码，还找到了一个同盟，简直堪称完美。

2. 你是心底的一朵玫瑰花

Q 大对学生，尤其是新生，管理还是比较严格的，所以纵然叶云深再激动，平时也只能老老实实待在学校，时不时通过文静发来的姜雪微的近况以解相思之苦。他也给姜雪微打电话，但她从来不接，后来他就改成发短信，这样即使她不回复，至少他能跟她说说自己想说的话。

终于熬到周末，叶云深根据文静发来的线报，找到姜雪微打工的公司，在门口等她。没等多久，她就出来了，还是像从前那样，走路很认真，完全没注意到周遭的情形。

叶云深走上去："下班了？"

她吓一跳，见是他，神色缓和下来，说："你来干什么？"

"来接你啊。"叶云深一脸理所当然。

她很无语地看着他，继续往前走。

　　两人沉默着走了一段，叶云深说："其实后来我去找过你，但是你们已经搬家了，我在你的班主任那里查到阿姨上班的地址，也去找过，可他们说阿姨辞职了……"

　　提到搬家和妈妈的辞职，姜雪微的神色变了变，但仍然沉默着。

　　叶云深继续说道："刚开始我以为你从此人间蒸发了，后来想，还是我想太多了，你说过你们搬去那里本来就是为了方便你读书，现在毕业了搬走也很正常。其实那次上门去找你，我还给奶奶带了保健品，想着好久没看望她老人家了……对了，她现在身体还好吧？有没有提起我？"

　　面对叶云深的提问，姜雪微却并不回答。他觉得很奇怪，她再生他的气，总不能连奶奶也不让他关心了吧。"奶奶很喜欢我的，要是知道我考上了 Q 大，她肯定很高兴。"叶云深自言自语。

　　姜雪微突然停住脚步，冷冷地说："那你寒假回去的时候，去给奶奶烧点纸吧，告诉她你考上 Q 大了。希望她能听见。"

　　叶云深万分震惊，整个人如同被雷击中一般，不敢相信地看着她，说："什么？你说什么？你的意思是，奶奶去世了？"

　　"是的，奶奶去世了。"姜雪微淡淡地说，完全不理会他的震惊。

　　"什么时候的事？你为什么不告诉我？"叶云深难受极了，一时之间，他实在很难接受这件事。那是位多么善良、多么慈祥的老人啊，她亲口对他说，要是你不嫌弃，以后就把我当成你的奶奶吧。我一定把你当亲孙子疼。他是真的把她当半个奶奶了，虽然没有经常去看望她，但心里是装着她的。

　　可现在，姜雪微却告诉他，奶奶已经去世了。叫他怎么能接受？

　　"不告诉你？告诉你干吗，告诉你又能怎样？你现在在这里吼什么吼，是我的奶奶，又不是你的奶奶！我的奶奶去世了难道我不难过？从小到大她最疼我，她去世的时候你知道我有多难过吗？可那时候你在干什么？你在美国，你和袁青霜在美国旅游！"本来以为自己已经放下了，忘记了，看淡了，可说着说着，姜雪微又难过起来，说到最后，她几乎有些歇斯底里了，眼泪也不争气地落下来。

叶云深再一次震惊了。他没想到原来早在高二那个暑假，奶奶就已经去世，他更没想到，姜雪微在最难过的时候来找过他，而他，却毫不知情，在她最需要的时候，他不曾给过她丝毫慰藉。

他能想象她满怀悲痛去找他，却得知他和袁青霜出国了，有多伤心，他也终于明白，为什么她后来会那般决绝。原来，不止是因为袁青霜的威胁，更多的，还是因为她伤透了心。

该死，真该死，他恨不得回到过去，狠狠扇那时候的自己一个耳光！叫你愚蠢自大！叫你不搞清楚情况！

"霜霜……"叶云深心疼得什么也顾不上了，伸手把姜雪微紧紧搂在怀里，迭声说，"对不起，对不起，对不起……"

这是一个迟到了一年多的拥抱。姜雪微想挣脱，却又不争气地沉溺其中。罢了，就当她是在替当初那个无助而绝望的自己索取一丝温暖吧。

默默地流了一会儿眼泪，姜雪微渐渐平静下来，慢慢找回理智，从叶云深的怀里离开。叶云深舍不得，伸手去捞她的肩膀，被她回避了。

她说："你也看到了，本来我过得好好的，但只要你来，只要你提起过去，就会让我伤心。我不想再当一个软弱的只知道流泪的女生了，我想忘记过去，平静地生活，叶云深，你放过我吧。"

怎么可能呢？即使他不知道这些事，他也不会放手，何况现在他知道了？他知道他曾经那样伤害过她，辜负过她，他又怎么可能让这样一个她独自生活？

可她看起来是那样平静，平静得有些陌生。

"对不起……我……我以后不提过去了，我不会再让你伤心了，好不好？"他有些小心翼翼地说。

尽管已经过去这么久，但看到他脸上的小心翼翼，她竟然还是会心疼，会不忍。她叹了口气，不再说话，转身继续往学校走去。

就这样，叶云深每个周末都来F大，要是姜雪微在上班，他就去公司接她，然后送她回宿舍，要是她在上课，他就去教室门口等她，要是她在宿舍，他就一直在宿舍楼下等着。

很快，从前默默无闻的姜雪微就出名了，出名的原因是，有一个那样优质的男生死心塌地死皮赖脸地追她，而她竟然可以无动于衷，冷成一块冰。

一晃就到了寒假，很不幸的是，叶云深的考试结束得晚，等他放假时，姜雪微已经回家了。还好，他有个最佳同盟，可爱的文静同学。文静借口要给姜雪微寄山东特产，要到了姜雪微家的地址，然后转身就把信息"出卖"给了叶云深。

叶云深的飞机降落C市已经是下午了，他一刻也不愿意耽搁，回家后马上照着地址找到了姜雪微的新家。

看来，当初华清厂的传言也不全是谣言，因为姜雪微的新家在一个条件很好的小区。叶云深跟着小区住户混进去，保安也没拦他，大概他本来就像是有钱人家的孩子吧。

大约走到小区的中庭，有个很漂亮的湖，不少人在湖边进行饭后散步，叶云深视力好，一眼就看见了姜雪微。

她穿着一件白色的长款羽绒服，围着一条黑色围巾，穿一双黑色的长靴，双手插在衣兜里，正站在一棵洋紫荆树下发呆。而她的身旁，一个孕妇正和自己的老公有说有笑，再仔细一看，那个孕妇不正是姜雪微的妈妈吗？

叶云深一下子明白了姜雪微和周围人之间的那种疏离感从何而来。

他觉得心脏一阵发紧，好像被谁用手紧紧捏着，呼吸也不顺畅了。

他大步走过去，来到她身边，轻声喊："微微。"

见到他，姜雪微非常意外，又没来由地涌上来一丝温暖。

"你怎么来了？"她尽量平静地说。

这时姜雪微的妈妈和徐叔叔也注意到他，姜妈妈十分惊喜："小叶！是你呀？好久不见了，你还好吧？"说完又埋怨姜雪微，"你这孩子也真是的，小叶要来你怎么都不说一声？应该等着他一起吃饭的呀。"

"没事的没事的，阿姨，我已经吃过了，就是顺路来看看。"叶云深急忙客套一番。

姜妈妈向老公介绍叶云深："这是微微的同学，叫小叶，是个好孩子，当初微微她奶奶生病，我们没钱治，还是小叶帮的忙。"

徐叔叔跟叶云深握了握手："小叶，你好，我是徐晓文，欢迎你，以后常来玩。"

"叔叔阿姨，恭喜啦，宝宝什么时候出生？"叶云深看着姜妈妈的肚子问道。

"预产期在六月初。"姜妈妈满脸温柔地回答。

叶云深偷偷看了看姜雪微的表情，发现她虽然努力做出面无表情的样子，但受伤的眼神还是出卖了她。

"阿姨，我能和姜雪微聊聊吗？"叶云深礼貌地说。

"能啊，当然能了。"姜妈妈挽住丈夫的手，"我们去那边走走吧。"

等姜妈妈和徐叔叔走开，姜雪微才说："你怎么找到这里来了？"

叶云深却并不回答，只是看着她，喊她的名字："微微。"

　　只是这么一声，她就知道，他明白她的感受。可为什么，为什么一切都来得这么迟？在她最需要的时候她得不到，在她决定永远放弃的时候，他又把一切都奉上？

　　"你走吧，不要再来了。"姜雪微轻声说。

　　"微微，你还记得你当初对我说过的话吗？你说，有你在，我不会孤独。现在我也想对你说，微微，你听好了，你不要消极、不要逃避，不要抱着孤身一人的想法，在这个世界上，只要有我在一天，我就不会让你孤独，无论你怎样怨恨我、推开我、逃避我，我都会把你找回来，我会死死赖在你身边，因为，我绝对绝对，不会让你孤单。"

　　姜雪微抬起头，望着即使在冬日里也灿烂绽放的洋紫荆，努力忍住眼泪，轻声说："不，不用了，真的不用了，我已经……不需要了。"

　　叶云深不理会她的拒绝，从随身的背包里拿出一个纸盒子，拆开来，小心翼翼地拿出一个东西："你看，这是你当初送我的杯子。有一天被人不小心打碎了，我舍不得扔，不管别人怎么嘲笑我，我都把碎片捡起来，回家粘好，一直小心保存着。"

　　他手上果然拿着她当初送他的那个杯子，明显是用碎片拼起来的，上面还用麻绳精心固定过，看起来倒像是一个艺术品了。

　　"我后来才听说，送杯子，就是一辈子的意思。对不起，我没有保护好你送给我的杯子，但我昨天考完后自己去做了一套杯子。"他把坏掉的杯子重新装进纸盒子里，又从背包里拿出一个更大一些的盒子，打开来，给她看里面的东西，有些害羞地说，"我自己做的，我手笨，没你那么心灵手巧，做得不太好，你不要笑。"

　　本来还在哭的姜雪微忍不住扑哧一声笑了出来。

　　那也能叫杯子？歪歪扭扭的，完全不能拿来喝水，顶多能摆在桌子上，做一个"特别"的装饰品。

"真的有那么糟糕吗？"他很不好意思地说。

"还……好吧。"姜雪微努力忍住笑。

叶云深给她看杯子底部，和她做的那对杯子一样，也有两个字母：Y&J。"微微，你愿意收下这个杯子吗？"

坦白地说，姜雪微很心动。作为礼物，这个笨拙的杯子远比当初那只昂贵的手表更让她感动，但她只能拼命提醒自己，要清醒，不要再犯傻了。

"谢谢你，真的，我很感动，但我真的不需要。叶云深，我已经说得够清楚了，你也不要再执着了，好吗？我们之间已经成为过去，也只能成为过去。不要连回忆也破坏了。"姜雪微直视叶云深的眼睛，做出平静的样子，试着劝说他。

"如果今天我没有来，没看到这一切，也许你一直拒绝我，我终有一天会放弃。可是微微，也许是命中注定，我来了，我知道你现在有多孤单，你觉得我能丢下你一个人吗？不，不会，绝对不会。姜雪微，这就是我的一辈子，我把它交到你手里，说什么也不会再收回。"叶云深强硬地把自己做的杯子中的一个塞到姜雪微怀里，到底还是心虚，害怕她拒绝，为了不给她拒绝的机会，他赶忙后退几步，"我先走了，明天再来找你。"

姜雪微抱着那个丑兮兮的杯子，看着他的背影，眼眶又红了。傻瓜，她怎么舍得扔掉他亲手做的杯子？哪怕……哪怕是为了给过去的自己一个交代，一个安慰，她也会把这个杯子好好收藏起来的。

第二天，姜雪微在家待得无聊，又无处可去，就下楼去散步，边散步边听歌，听到最后觉得歌也无聊，就坐在长椅上发呆。

其实她虽然不愿意承认，却也明白，自己心里有一丝隐隐的期待。期

待什么呢？当然是期待一个人的出现。不为别的，就为他昨天临走时那句
"我先走了，明天再来找你"。

就为了他一句话，她这一整天都心神不宁，什么事都做不进去。

她已经不再是当初那个情窦初开的小女生了，她已经因为他，而尝遍
了爱情中的酸甜苦辣，她快乐过，痛苦过，甚至绝望过，可为什么他还是
能如此轻易地让她为了他而患得患失？

天色渐晚，她一直在长椅上坐着，直到太阳落山，直到路灯亮起，直
到打了很多个电话的妈妈亲自下楼来找她。

他没有来。

她今天早上洗过头，戴了隐形眼镜，又把自己所知不多的化妆术用上
了，是的，她在意，她身上的每一个细节，每一处都在说，她在意。

可他没有来。

她的在意显得如此可笑。而他的诺言，也显得如此一文不值。

她为什么还会再相信他？为什么还会再对他有所期待？她被他伤得
还不够吗？

傻瓜，傻瓜，世界上最大的傻瓜！

她从长椅上站起来，活动活动已经僵硬的关节，慢慢地在妈妈的唠叨
声中回了家。

这一切，叶云深并不知道。他不知道自己随口的一句话会被她当成承
诺，他不知道他曾经已经将她的期待和信任破坏殆尽，他不知道他做了这
么多，终于打动了她，终于让她重新对他怀抱了一点点微弱的希望，他更
不知道，这一丝希望，实在太过脆弱，轻轻一触，就会破灭掉。

如果他知道，就算跟全世界为敌，他也会不顾一切都赶来见她一面的。

事实上，他只是被亲戚的拜访耽搁了。

　　凭自己的实力考上 Q 大，无论放到谁身上，都是一件值得骄傲的事情，所以叶云深一放假回家，就有很多亲戚要带着孩子跟他见面取经。

　　第一天到家时，他根本没跟父母打招呼，就直接去见了姜雪微，晚上回家还被父母埋怨了一番。第二天，好几个亲戚前来，父母连公司都没去，一直在家招待着，叶云深是主角，当然更脱不开身。

　　他想念姜雪微，非常想念，他想每天跟她待在一起，一刻也不要分开，但现实就是现实，他只能暂时待在家应付这一帮亲戚，谁也不能得罪。

　　等到终于送走这帮亲戚，已经很晚了，他给姜雪微打电话，她没接，给她发短信，她仍然没回。不过他也习惯了，并不觉得有什么不妥。

　　第二天吃过早饭，叶云深出发去了姜雪微家，在小区楼下，他碰到正在散步的姜妈妈。

　　姜妈妈见是他，很热情："小叶来了啊，来找微微？"

　　叶云深赶紧讨好地上去扶着姜妈妈："是啊，阿姨，我来找姜雪微有点事。"

　　姜妈妈一副看透一切的样子，笑眯眯地说："没事也欢迎你多来。去吧，她在家呢。"

　　叶云深根据姜妈妈的指示上了楼，敲门，姜雪微来应门，见是他，脸上马上冷下来："你来干什么？"

　　"对不起，昨天……"

　　他的话还没说完，就被姜雪微毫不客气地打断了："你昨天做了什么我没兴趣，有事吗？没事我关门了。"说完作势就要关门。

　　同样是拒绝，今天的姜雪微明显跟之前不一样，她明显要冷漠很多。

　　但叶云深不会被吓到，他很少为自己设立目标，他一旦设立了目标，就不会被任何困难所阻碍。

"我给阿姨带了点适合孕妇的保健品。"他说。

"不必了，我妈什么都不缺。"

"我在楼下见到阿姨了，她让我拿上来。"

他都这样说了，姜雪微只好冷着脸打开门，放他进来，然后就回到自己房间关上了门。叶云深把保健品放下，讪讪地在客厅坐了一会儿，见她真的没有开门的打算，起身去她门口自言自语了一会儿，就离开了。

就这样，寒假过去了，新学期开学，和上学期一样，叶云深又开始孜孜不倦地为祖国的高铁事业做贡献，每周在两座城市之间往返。

姜雪微已经不知道该怎样拒绝他才好了，索性就由得他去，他爱来接她下班就接吧，反正马路那么宽，他要走她旁边她也没办法。

他愿意在宿舍楼下等她就等吧，反正那么多男孩子站在那里，多他一个也不算多。

日子一天天过去，连姜雪微自己都没发现，其实在叶云深日复一日的坚持下，她早就已经习惯了他的陪伴，习惯了有他在她左右。

直到六月的来临。

3. 不再孤单

六月中旬，姜妈妈生下一个健康的男孩，是徐叔叔给姜雪微打的电话，接到电话时，她正在图书馆复习，而叶云深就坐在她的对面。

她起身去门口接电话，他跟着走出来，看见她简单说了两句，挂了电话就哭了。他听见她接电话时喊徐叔叔，听见她说恭喜，听见她问候妈妈的身体，大概猜到发生了什么，她哭的时候，他不由分说把她抱在怀里，而这一次，她并没有拒绝。

此刻她需要这样一个怀抱。

那是一种很复杂，很难用语言去形容清楚的感觉。妈妈平安生下了健康的弟弟，她很激动，甚至是感动，可想到从此以后，妈妈、徐叔叔、弟弟就是完整亲密的一家人了，而她是彻头彻尾的一个人了，她又觉得难过，觉得自己被彻底抛弃了。

那是无论你做了多少心理准备，无论你怎样劝说自己，都难以克服的孤独感。

还好，这个时候，有一个怀抱给了她安慰。

她的泪点很低，很容易就哭了，但她很少当着别人的面哭。大概只有面前这个人，才见过她那么多的眼泪。

她很感谢他，在这一刻，承接了她的悲伤和孤独，让她的眼泪有了可以隐藏的地方。

这一学期考完最后一科，姜雪微收拾东西，回家去看妈妈和弟弟。这一次，叶云深比她先考完，一直在 F 大等她，陪她一起坐火车回家。

这大概是他第一次坐长途火车，显得很不习惯，但明显为了姜雪微在忍耐。姜雪微好笑地看着他坐立不安的样子，心里竟然有恶作剧得逞的快感。

"大少爷，后悔了吧？谁让你非要来坐火车的。"

"没有啊，坐火车挺好的，跟你在一起，哪怕是走路我都愿意。"他看着她，眼里都是笑意，旁边的旅客听见这样的情话，笑眯眯地看着他们，倒是她，不争气地脸红了。

坐了十五个小时，火车到 C 市的时候，已经是晚上九点过了。叶云深事先没跟家里打招呼，自然也没车来接，两人打了个出租车，先送姜雪微回家。

到了姜雪微家小区门口，出租车停下，叶云深下车帮姜雪微提行李，她拖着箱子跟他道再见，他有些调皮地笑："我送你到家门口。"

"不用啦，我自己回去就行，师傅还等着你呢。"

"那让他先走。"

"这会儿很难打车的！"姜雪微着急。

"那就让他等着，大不了继续打表。"

"有钱也不是这个花法吧？"姜雪微很无语。

"那就让他先走，等下我会自己叫车。"叶云深笑嘻嘻地把自己的箱子也拿下来，付了车钱，背着姜雪微的包，一手拖着一个箱子往小区走。

"我自己来啦！拖箱子又不费劲。"姜雪微要去拿箱子。

他不给："快快快，开门。"

她赶紧摸出门禁卡，刷开小区门，又帮他扶着门，好让他通过。

这时后面走上来一个中年男人，趁着姜雪微扶着门，赶紧挤了进去，倒是抢在了叶云深的前面。

姜雪微有些不满，没带门禁卡没什么，但至少也应该让他们先走吧，真是没礼貌。

两人进了门，叶云深一手拖着一个箱子，确实不太方便，姜雪微伸手去抢："我来吧，你帮我背包就好了。你这样拖两个箱子根本不好走路啊。"

"姜雪微！"叶云深佯怒，"我身强体壮，怎么到你眼里就这么差劲了？"

"好吧好吧，你爱拖着就拖着，反正累的又不是我。"姜雪微也懒得理他了。

刚才抢在前面的那个中年男人突然停下脚步，回头看着他们，姜雪微有点不好意思，觉得是不是他们太吵了，毕竟现在已经不早了。

等到他们俩走到那个中年男人跟前，那人突然开口了："微微？"

姜雪微莫名其妙地看着他："你认识我？"

"你真的是微微，姜雪微？"那人又说。

姜雪微有些警觉，不由得往叶云深旁边靠了一点："请问你是？"

没想到那个男人竟然开始抹眼泪了，姜雪微吓一跳，着急地摆手："这位叔叔，你你你……你这是干什么？"

"微微，我是爸爸呀……"男人说着又开始哭起来。

姜雪微只觉得自己遇上神经病了，要么就是骗子，她毫不客气地冷笑一声："开什么玩笑，我没有爸爸。"

"毕竟十多年了，我走的时候，你才这么高。"男人用手比画着，"你不认识我也很正常，走，你带我去见你妈。"

姜雪微有点犹豫，说："我凭什么相信你？你怎么证明？我怎么知道你是不是骗子？"

"你是我女儿，我是你爸爸，这还有什么可证明的吗？"男人有点着急了。

一直在旁边没说话的叶云深这时候站出来，说："叔叔，据我所知，微微的爸爸已经离开家很多年了，并且这么多年一直没有任何消息，你现在突然说自己是微微的爸爸，她有所怀疑也是正常的。不如我们到旁边的椅子上坐下来，你们先谈一谈？"

男人看着他，打量一番，问："你是谁？"

"我是……微微的同学。"叶云深犹豫了一下，觉得还是不要在这个疑似是未来岳父的人面前自称姜雪微的男朋友比较好。

小区中庭的湖边有小亭子，有石凳和石桌，三个人到亭子里坐下来，刚落座，姜雪微就有些紧张又有些期待地问："你……你真的是我爸？"

男人突然从怀里摸出一个东西递给她："你看，这是我的身份证。"

那是一张早就被淘汰的老式身份证，上面确实写着"姜艇"两个字，出生年月日也对得上。

但这更让姜雪微怀疑了："你是不是从哪里捡来这个身份证，想诈骗啊？这种身份证早就被淘汰了，现在都用二代身份证了好吗？"

"微微，你听爸爸解释，爸爸说完了你就明白了。"男人叹了口气，整个人瞬间变得颓废很多。

他说，十二年前，他刚在生意上赔了一笔钱，不知从哪儿听说有个老板在招聘，急需一批青壮年去缅甸当伐木工人。这活虽然累点，需要背井离乡，但是工资很高。只要肯干，去缅甸辛苦个一两年，把工钱都存起来，回来以后就可以用这笔钱当生意本，重新来过了。

因为还没确定，所以他没跟家里打招呼，打算自己先去探探情况，没想到去了跟老板相谈甚欢，当时就敲定了。晚上，老板请吃饭，一大帮子人胸中豪情涌动，吃吃喝喝就喝醉了，第二天醒来，老板催着出发，他回到家，家里没人，他收拾了简单的行李，就火急火燎地出发了。

他本打算到了缅甸再跟家里联系，没想到，刚出境，身份证明和通讯工具就被没收了，老板一改之前的和善，变得又凶又恶。他们这些同去的中国工人被驱使着伐木，才过了两个星期就被缅甸军方抓获，接着又被法庭起诉，罪名是非法砍伐木材。

大使馆也出面斡旋过，但因为这件事牵涉很广，所以最终还是没能解救这批华工，他们最终被判监禁二十年。

监狱里的情况非常糟糕，高温、脏乱、环境恶劣，姜艇生过病，好在命大又熬了下来。

　　直到今年五月，缅甸总统签署了大赦令，赦免了几千名服刑人员，姜艇也在被赦的名单里，这才出了狱。出狱后，他又几近周折，才回到家乡。

　　他在监狱里待了十二年，外面的一切都变了，他很害怕，很不适应，只想快点回家。他不知道家里情况怎么样了，也不知道对自己这十二年的消失，家人会怎样处理？

　　没想到回到家乡一打听，他的老母亲已经去世，妻子已经改嫁，而且听说嫁了个有钱人，刚生了个儿子。

　　"微微，我还活着呢，你妈怎么可以改嫁？"说到这里，在讲述过程中有激动，有痛苦，有不甘，有悲愤的姜艇突然变得很凶狠，他双手握拳，眼中露出凶光，"我变成这样，还不是为了给她，给你们一个好的生活？她连我的死活都不问，就改嫁？"

　　在他不太流畅的讲述里，姜雪微已经相信了他，相信他就是她那个消失了十多年的爸爸，她心底一直介意的事，她一直疑惑不解的事，在这一刻也终于得到了解答。她因为他的遭遇而担忧、悲伤，所以即使此刻他说话有些过分，她还是努力宽慰他："不是这样的……爸……"她艰难地喊出这个早已经陌生的称呼，又说，"妈妈她已经做得够好了，真的，她一直照顾我和奶奶……"

　　"你别替她说好话！如果她把我妈照顾得好，我妈会摔死？她这个儿媳妇是怎么当的？"姜艇的脸色有些阴沉。

　　姜雪微觉得他简直不可理喻。

　　"我在外面受苦，她却背叛了我？微微，你妈这样对不起我，你要帮我啊！"姜艇说着，伸手来拉住姜雪微的手。

　　姜雪微吓得一抖，条件反射般抽出了自己的手。姜艇被她这个小小的举动激怒，瞪着她："怎么，你不打算认我这个爸爸了？你是不是认那个有钱的后爸了？"

　　叶云深赶紧安抚他："叔叔，您别激动，微微这么多年没见您了，一时不太适应，您别怪她。其实她一直很想您，真的。"

　　"那就带我去见你妈，我要跟她谈谈。"姜艇看着姜雪微。

　　姜雪微本能地觉得不能让他见到妈妈。

　　"我妈不在家。"她撒谎。

　　"你妈刚生了儿子，不在家，能去哪儿？"他明显不信。

　　"好像是宝宝生病了，他们去医院了。爸，已经很晚了，要不你先回去，你电话是多少？明天我再给你打电话吧。"

　　姜艇半信半疑，但还是报出了自己的电话号码："行吧，那我就先走了。让你同学送你回去吧。"

　　"叔叔您放心，我一定把微微安全送到家。您慢走啊。"叶云深赶忙起身，送姜艇离开。

　　"行，去吧去吧。"姜艇挥挥手，转身离开。

　　他一走，姜雪微腿一软，又一屁股坐下来，有些惶然地说："阿深，你说他真是我爸吗？他说的都是真的？我怎么觉得他好可怕，他会不会伤害我妈？"

　　叶云深抓着她的手，感觉到她的手在发抖，他安慰她："别怕，徐叔叔会保护好阿姨和小宝宝的。不过你得把这事儿好好跟阿姨说说，看阿姨打算怎么办。我觉得……他可能真的是你爸。"

　　"我也觉得是。走吧，我得赶紧回家，跟我妈商量商量。"姜雪微起身，两人拖着箱子匆匆忙忙往家里走。

　　来应门的是徐叔叔，见到姜雪微，他说："总算回来了，你妈妈都急死了，我说有小叶在，没事的，她就是不放心。"

　　叶云深说："都是我不好，耽搁了一会儿，让阿姨担心了。"

　　"快去看看你妈妈和弟弟吧，在卧室里呢。"徐叔叔接过箱子，把姜雪微和叶云深让进屋里。

　　"魏少萍！你给我出来！"突然，一个黑影敏捷地窜过来就要往门里挤，把徐晓文、姜雪微和叶云深吓了一大跳。

　　"你是什么人？"徐晓文一把抓住来人。

　　"你就是那个奸夫吧？我是什么人？我是魏少萍的老公！"来人反手就往徐晓文脸上招呼。

　　"爸！"反应过来的姜雪微赶紧上去拦住姜艇，这才让徐晓文免受一记重拳。姜艇在监狱里待了十二年，养尊处优的徐晓文哪里是他的对手。

　　听见动静的月嫂和姜妈妈从卧室里冲了出来，见到姜艇，姜妈妈惊呆了，不可置信地愣在原地："姜艇？真的是你？"

　　"少萍……"终于见到分别了十多年的妻子，此时的姜艇各种复杂的情绪涌上心头，竟然热泪盈眶了。

　　"姜艇……这些年你都去哪儿了？"姜妈妈又是激动又是恼恨，眼泪也流了出来。

　　"我……说来话长，唉……"姜艇抹了把眼泪，"少萍，你，你为什么要改嫁？"

　　"你招呼都不打一个就走，你知道我们孤儿寡母过的是什么日子吗？"见姜艇有埋怨自己的意思，姜妈妈也来气了。

　　"我知道你一个人带着孩子肯定辛苦，但是你也不能改嫁啊！我还没死呢，我们也没离婚，你怎么能嫁给别的男人？你这是背叛我，是给我戴绿帽子你知道吗？"姜艇越说越激动。

　　徐晓文不能接受他这样抹黑自己和妻子的关系，站出来说："你不要说得这么难听，你失踪这么多年，几乎等于不在世了，你和少萍的婚姻关系早就解除了。少萍为了照顾你的母亲，一直单身，直到你母亲离世，她才嫁给我，你还要她怎么样？她对你已经仁至义尽了！"

"有你什么事？我跟我老婆说话呢！"姜艇一把把徐晓文推开。徐晓文没站稳，踉跄几步撞在五斗柜上，痛得倒吸几口凉气。

"姜艇你住手！你干什么呢！"姜妈妈冲上来扶住徐晓文，挡在他面前。

"爸，你别激动，坐下来慢慢说，好吗？"因为之前在楼下跟姜艇交谈过，姜雪微知道他是个危险人物，赶紧站出来安抚他。

"你这个吃里扒外的丫头！"姜艇怒视着她，"你不是说你妈不在家吗？你也学会骗我了？谁教你的，啊？"

"如果你愿意坐下来好好谈，那我们就谈，如果你还是要动粗，那就别怪我报警。"徐晓文说着就摸出手机，要打110。

"少废话，我就一句话，少萍，你回来跟我过。"姜艇大刺刺地坐在沙发上，跷着二郎腿。

"不可能！"徐晓文也怒了。

姜妈妈扶着徐晓文，看着姜艇说："对，不可能。"

姜艇把茶几上的杯子猛地往地上一摔，发出的巨大声音把在场所有人都吓了一跳，也吓醒了在卧室里睡觉的小宝宝，小宝宝顿时发出一阵哭声，月嫂赶紧躲到房间里去哄孩子了。

"魏少萍！你给我搞清楚，你是我老婆！"姜艇怒气冲冲起站起来指着姜妈妈。

"姜艇！你这样有意思吗？一走就是十几年，一回来就闹事？你什么时候为我和女儿考虑过？"姜妈妈哭着说。

　　妈妈还在月子里，哭了会伤眼睛，姜雪微走过去想安慰妈妈，没想到姜艇一把拉住她，恶狠狠地说："你是我的女儿，站到我这边来！"

　　"爸！你干什么？"姜雪微想要挣脱他的手。

　　可姜艇已经被激怒，他一手抱着姜雪微，一手掐住她的脖子，对姜妈妈说："少萍，我现在什么都没有了，只有你和女儿，如果你不回到我身边，我还不如跟女儿一起死了算了！"

　　"姜艇！你把女儿放开！有什么话好好说，有什么冲我来，不要伤害微微！"姜妈妈哭得撕心裂肺。

　　叶云深被姜艇的举动惊呆了，他从没见过这种场面，一时慌乱无比，不知道该怎么办，只会无意识地说："叔叔，你别激动，别伤害微微，她是你的女儿，她是无辜的……"

　　徐晓文也乱了分寸，语无伦次地说："兄弟，有话好好说，别激动，那是你的女儿，你千万不要伤害她。"

　　"我没什么可说的，就一句话，少萍，你跟我走。"姜艇咬着牙，从牙缝里挤出这么一句。

　　姜雪微已经被掐得喘不过气，姜妈妈情急之下只好说："好，我跟你走，跟你走，你放开微微，快放开她！"

　　姜艇的手稍稍松了一下，姜妈妈一步步走过去，他伸手一把把她捞过来，这下，姜雪微和姜妈妈都在他手里了，他铁钳一般的手紧紧抓着她们，抓得她们生疼。

　　"你把女儿放了吧，我跟你走，好不好？"姜妈妈哀求。

　　"你们俩都得跟我走！"姜艇恶狠狠地说，"贱人，你们都是贱人！敢背叛我！"

　　"砰！"叶云深不知道什么时候从旁边的酒柜里摸出一瓶红酒，猛地敲在了姜艇的头上。姜艇受到重击，腿一软，跪在地上，手也松开了。姜妈妈赶紧拉着姜雪微往旁边躲，徐晓文不知从哪里摸了根棍子在手里，把姜雪微母女俩护在身后。

姜艇迅速回过神来，回头去找敲他的人，看到叶云深，他眼中喷出怒火，两步上前把叶云深的领口抓住，一拳就挥了出去。

"啊——"姜雪微尖叫一声，从徐叔叔手里抢过棍子就要冲上去，姜妈妈死死抱住她，一边喊徐晓文报警，一边求她："微微，不要去，不要去！姜艇已经疯了，你不要去啊！"

"妈！我要去救他，我要去救他！他会被打死的……"姜雪微说着，挣脱妈妈往上冲。姜艇头也没回，一脚踹过来，姜雪微被踹到一边，疼得喘不过气来。

"这里发生什么事了？"两个保安突然出现，看到眼前一幕都惊呆了。原来月嫂躲在卧室里哄宝宝的时候，按了卧室里的紧急呼叫按钮，又打电话报了警。保安室收到紧急呼叫，赶紧派两个保安赶了过来。

"不要过来！"见到保安，姜艇更加激动，他敏捷地起身跳到叶云深背后，像刚才挟持姜雪微那样挟持住叶云深，一步步往阳台上挪动。

"爸，你放开他，不关他的事，他是无辜的，我求你……"姜雪微哭着跪下来，一个劲儿地哀求，"你抓我吧，你把他放了，抓我吧……"

"微微，你别怕，我没事……"被打了好几记重拳的叶云深露出一个微笑，安慰姜雪微。

姜雪微看到他牙齿缝里渗出来的血，哭得更厉害了。

"真没事……我身强力壮，挺得住……"叶云深口齿不清地说着。

保安也没见过这种场面，一时之间不知道该怎么办，姜艇掐着叶云深的脖子说："你们别过来，过来我就掐死他！这是我的家务事，你们这些人少管闲事！"

突然，屋子里一下子安静下来，姜艇觉得有些不对劲，刚想回头，就被人从身后钳制住，然后他只觉得整个人不受控制地往地上摔去，电光石火间，他已经趴在地上，被人反剪双手，动弹不得。

原来是警察从阳台上进来，制伏了他。

姜雪微赶紧冲上去紧紧抱着叶云深，放声大哭："阿深！阿深！你没事吧？没事吧？"

叶云深靠在她身上，虚弱地笑着说："没事没事，别怕，没事了……"

徐晓文和姜妈妈赶紧上前扶叶云深到沙发上坐下，屋子里的月嫂听见警察制伏了姜艇，这才抱着宝宝走出来。

劫后余生的徐晓文和姜妈妈赶紧上前去查看宝宝的安危，看到他睡得直流口水，才又放心地过来查看叶云深的伤势。

救护车已经等在楼下，姜雪微陪叶云深去医院，徐晓文和姜妈妈留下来录口供。小区里闹出这么大动静，很多人都围在楼下指指点点。

深夜里，路上没什么车，救护车很快到了医院，姜雪微陪着叶云深做了一系列检查，然后躺在急诊室输液。

姜雪微的眼泪还没干，整个过程中，她一直紧紧抓着叶云深的手，一刻也不肯放开。

"微微……"叶云深喊她。

"嗯？"

"你……先放开，好不好？"他小心翼翼地说。

"为什么？"姜雪微很受伤，不情不愿地放开他的手，"你讨厌我了？"

"不是，我……我想上厕所……"他有些尴尬。

　　姜雪微的脸红透了："嗯，好，我……我去找人帮忙……"

　　上完厕所回来，叶云深重新躺下，姜雪微坐在旁边假装看电视，一时不知道该说什么。

　　叶云深伸手拉过她的手，牵住，这才安心地躺好："让我一直牵着，永远都不放开，好不好？"

　　"好。"姜雪微答得很干脆。

　　"真的？"叶云深激动地坐起来，差点扯到另一只手上的针头。

　　"真的。"姜雪微点点头，眼里含泪，笑着看着他。

　　"微微，我不痛了，一点都不痛了，真的，早知道这样你就能原谅我，我真宁愿早点挨一顿揍。"叶云深笑嘻嘻地说。

　　"胡说什么！"姜雪微伸手来打他的嘴，却被他握住，将她的手放在嘴边轻轻吻了一下。

　　她一下子不好意思了，没再说话。

　　两人沉默了好久，姜雪微才说："我真的好怕，怕你会受伤，怕你会死。你答应我，以后不许做任何危险的事，一定要好好的。"

　　她曾经以为自己被叶云深伤害过，就永远都不会复原，永远都不会原谅他，也永远都没有勇气重新开始了。她以为她会在自己编织的保护层里躲一辈子。

　　但当叶云深被姜艇挟持住的那一刻，她才知道，纵有再深的伤害、再大的心结，在生死面前，都不值一提。一想到叶云深可能会受伤，甚至会死，一想到她可能会永远失去他，她就无法接受。

　　何况，他是那个为了保护她愿意付出自己生命的人啊！即使他曾经伤害过她，从这一刻起，她也愿意再次接纳他，也给他一个机会，给自己一个机会。哪怕会有风险，哪怕她柔软的内心可能会再次被刺痛，她也不在乎了。

她还是会怕，怕苦，怕痛，怕失去，怕受伤。她还是那个拥有柔软内心的平凡人，但她愿意为了他，承担任何风险。

叶云深看着她柔弱却坚定的样子，也有点想哭，但他努力挤出一个笑容，说："好，我会好好保护我自己，为了你，我一定要健康强壮地活到八十岁。我说过，我把我的一辈子交给你，说到做到，绝不会收回。"然后他在内心默默地补了一句：我会保护你，用我的生命，用我的一辈子。

他曾经错过一次，他在她最孤单的时候离开她，在她最危险的时候没有陪着她，所以上天惩罚他，让他几乎失去了她。

一次已经够了，他再也不愿意经历又一次失去她的痛苦，再也不愿意放她一个人承受悲伤和孤独，这辈子，他认定了她，无论将来还会发生什么事，还会经历什么艰难困苦，他都不会再放她一个人。他会一直陪着她、保护她，永远，永远也不会再让她孤单。

"你……要不要给家里打个电话？该怎么跟你爸妈说啊？"姜雪微有些害羞，心里有千言万语，却不好意思说出口，只好拙劣地转移话题。

"先不跟我爸妈说，不然他们会担心的。反正他们也不知道我回来了。只是小伤，养几天就好了。这几天，就要拜托你照顾我了？"

"嗯，那你先住我家吧，书房里有张行军床，我可以睡那里，你睡我的卧室。"不知道为什么，姜雪微觉得这句话听起来有点暧昧，她假装没看见叶云深偷笑的样子。

输完液已经是早上了，两人回到家，姜雪微把卧室整理了一下，扶叶云深躺下。月嫂已经炖好了补身体的汤，叶云深耍赖，让姜雪微喂他喝。

两人正打情骂俏呢，姜妈妈走进来了，姜雪微脸一红，赶紧放下勺子站起来。

"没事没事，继续喂，小叶肯定也饿了。"姜妈妈摆摆手，在床边坐下来。

姜雪微哪好意思当着妈妈的面继续喂啊，倒是叶云深厚着脸皮说："阿姨发话了，快喂快喂。"

姜雪微狠狠瞪他一眼，端起碗继续喂他。

"小叶，真的谢谢你。"姜妈妈真诚地看着叶云深，"从四年前到现在，你一直帮助我们，一直照顾微微，实在太感谢了。"

"阿姨，您千万别跟我客气，这都是我应该做的。"叶云深连忙说。

"小叶，你对每个同学都这么好吗？"姜妈妈别有深意地问。

叶云深明白她的意思。他坐直身体，清了清嗓子，一本正经地说："阿姨，我喜欢微微，您愿意让我来照顾她吗？您放心，我会好好照顾她，保护她，一定不会欺负她，不会让她受委屈。"

姜妈妈很满意，笑眯眯地说："你是个好孩子，我很喜欢你，微微和你在一起，我很放心。"

姜雪微低着头，觉得很幸福，幸福得鼻子发酸。

姜妈妈很快退出了房间，叶云深拉着她的手，得意地说："你看，阿姨多喜欢我。"

"阿深，"姜雪微轻声说，"你还记得昨天晚上吗，妈妈为了保护我，宁愿跟爸爸走。其实妈妈还是很爱我的，你说是不是？"

"傻瓜，阿姨当然爱你，虽然她现在又有了一个孩子，但她对你的爱是不会变的啊！你已经长大了，不再是那个需要躲在妈妈怀抱里的小女孩了，再说，你已经有我了，不是吗？"叶云深把她抱在怀里，轻声安慰她，然后轻轻吻她的脸。她闭上眼睛，任由他的吻落在她的眼睛上，她的鼻子上，她的嘴唇上。

客厅里，月嫂正在看电视，电视里的歌声隐隐约约传入他们的耳朵：

让我轻轻地吻着你的脸

擦干你伤心的眼泪

让你知道 在孤单的时候

还有一个我 陪着你

让我轻轻地对着你歌唱

像是吹在草原上的风

只想静静听你呼吸

紧紧拥抱你 到天明

路遥远 我们一起走

我要飞翔在你每个彩色的梦中

陪着你

我从遥远的地方来看你

要说许多的故事给你听

我最喜欢看你胡乱说话的模样 逗我笑

尽管有天我们会变老

老得可能都模糊了眼睛

但是我要写出人间最美丽的歌 送给你

路遥远 我们一起走

我要飞翔在你每个彩色的梦中

对你说 我爱你

我不再让你孤单 我的风霜你的单纯

我不再让你孤单 一起走到地老天荒

我不再让你孤单 我的疯狂你的天真

我不再让你孤单 一起走到地老天荒

路遥远 路遥远

我不再让你孤单

【全文完】

【官方QQ群: 555047509】

每周丰富多彩的群活动，好礼不停送！
作者编辑齐驾到，访谈八卦聊不停！

扫一扫看更多图书番外，作者专访

/ 后记
不再让你孤单

YUNSHEN
BUZHICHU

　　《云深不知处》终于完稿了。是的，终于。去年八月，我动笔开始写这本书，有幸能在《星星花》上连载，我非常开心，摩拳擦掌打算大干一番，但很快，书的进展完全停了下来。

　　过去这大半年里，我经历了太多事，它们是我这二十多年生命里所能遭遇的最糟糕的事，这些事给了我重重一击，让我完全无法继续写作。《云深不知处》开始连载以后，我的编辑猫冬一直催着我写后面的内容，我尝试写了几次，可怎样写都觉得不对劲，猫也觉得不太好，让我重写，最后就完全停了下来。

　　这也是为什么这本书只在杂志上连载了四期就结束了的原因。

　　我自认为我已经比从前成熟了很多，理性了很多，遇到问题时，我不会哭不会怨，首先会做的，是思考该怎样解决问题，怎样走出困境。可这大半年遇上的事，完全超出了我的能力范围，最痛苦的时候，我在深夜里默默流泪，我在早上醒来后，睁开眼的第一反应是，痛苦，不想醒来，宁愿继续睡去，以此来逃避痛苦。

　　在我最迷茫的时候，我完全失去了方向，不知道该怎么办，因为人生中有些事，真的是我们无论怎样努力也无能为力的。对那些超出自己能力范围，却又必须面对的事，到底该怎么办？

没有人能给我答案。

不过，还好我从未想过放弃。不知道该怎么办的时候，我就做好眼前的事，然后，随着时间的流逝，一切真的在慢慢好起来。虽然直到今天，离真正好起来，大概还有很长一段距离。

这本书的大纲是去年八月就写好了的，在书里，姜雪微所遭遇的那些事，也是我早就设定好了的，可那只是干巴巴的情节，真正下笔的时候，我才突然意识到，我笔写我心，我和姜雪微经历的事不一样，但很多感受，很多悲伤和痛苦，是一样的。

每个人都有过孤独的时候,也许如叶云深一样不被自己的父母所理解，也许如姜雪微一样，失去爱人的信任，失去疼爱自己的亲人，失去温暖的家庭……这样的孤独会让一部分人沉溺、逃避，也会让一部分人坚强、成长。

我希望我自己和看我书的读者们，在遭遇种种孤独时，都能成长，而不是沉溺。

我写过很多短篇，在这本书之前也写过两本书，故事的结局大多是悲伤的，很少有主角能在我的故事里得到圆满，但在这个故事里，姜雪微和叶云深最终在一起了。虽然未来的人生路上，他们还有很多困难要面对，有很多关要过，有很多怪要打，但我让他们经历种种挫折之后，守住了初心，留在了对方身边。他们都曾经孤单过，又都因为对方的存在，从此不再孤单，如同我最开始给这本书起的名字"不再让你孤单"。

但愿每一个人，都有幸能遇到那个让你不再孤单的人，并与之长相厮守。更但愿每一个人，在没有遇上那个人之前，都能有足够的坚强和勇气，去面对种种孤单时刻。

风声晚凉

2016.6.8 于家中